스킬스
SKILLS

스킬스 현대편 2

류화수 퓨전 판타지 소설

초판 1쇄 찍은 날 § 2016년 2월 1일
초판 1쇄 펴낸 날 § 2016년 2월 5일

지은이 § 류화수
펴낸이 § 서경석

편집책임 § 고승진

펴낸곳 § 도서출판 청어람
등록번호 § 제387-1999-000006호
등록일자 § 1999. 5. 31
어람번호 § 제1-2345호

주소 § 경기도 부천시 원미구 부일로 483번길 40 서경B/D 3F (우) 14640
전화 § 032-656-4452 팩스 § 032-656-4453
http://www.chungeoram.com
E-mail § chungeorambook@daum.net

ISBN 979-11-04-90626-8 04810
ISBN 979-11-04-90624-4 (세트)

류화수 퓨전 판타지 소설

FUSION FANTASTIC STORY

현대편

스킬스 2

SKILLS

SKILLS

CONTENTS

Chapter 1

기근과 풍요

머챈트는 돈이 많다.

돈의 가치가 떨어진 지금 금과 귀금속류들의 가치가 상대적으로 높아졌고, 그들은 마차 몇 대 분량의 귀금속을 싣고 다니면서 필요한 아이템들을 구입했다.

그런 머챈트에게 물건을 파는 것은 상인들의 꿈 중 하나였다.

하지만 머챈트에게 접근하는 것은 쉬운 일이 아니다.

그들은 중소 상인과 접촉할 필요성을 느끼지 못했고, 헌터 협회 직속 거대 상점이나 암시장을 돌며 아이템을 수집했기에 중소 상인들은 먹지 못하는 떡에 군침을 흘리기나 했다.

하지만 나는 다르다.

일단 한지협(한국 지도자 협회)의 일원이었는데, 한지협에 속해 있는 사람들 대부분은 거대한 부를 가지고 있었고, 그중에는 머챈트와 교류가 있는 사람도 있었다.

내가 굳이 나서지 않아도 머챈트가 나에게 찾아올 수밖에 없다.

천사의 눈물은 세계 어디를 가도 구할 수 없는 귀한 아이템이니까.

"팀장님, 저 사람들이 머챈트인가요? 확실히 달라 보이기는 하네요. 저렇게 대규모로 다니는 상인들은 처음 봅니다."

나야 이계에서 저런 장면을 종종 보긴 했지만 여기서도 이런 상단이 있을 줄은 몰랐다.

사실 머챈트에 대한 정보를 처음 접했을 때는 당황스러웠다.

얼마나 많은 돈이 있기에 수백 명으로 구성된 상단을 세계 곳곳으로 보낼 수 있단 말인가.

나도 최근 들어 많은 돈을 벌었다고는 하지만 저들에 비하면 새 발의 피에 불과했다.

머챈트가 조만간 방문한다는 정보를 한지협 소속 사람에게 전해 들었고, 그들을 맞이하기 위해 여러 가지 준비를 했다.

그들이 눈독을 들일 만한 아이템들을 전시하기도 했고, 머챈트가 우리 회사에 방문하는 목적인 천사의 눈물도 수십 병 만들어두었다.

10대가 넘어 보이는 마차와 헌터급의 능력을 가진 200명의 호위 무사 그리고 그들의 리더로 보이는 중동풍 옷과 모자를 쓰고 있는 사람이 회사 안으로 들어온다.

"현수야 너 영어 좀 할 줄 알지? 내가 영어라면 쥐약이라서 네가 나서서 인사 좀 해."

"형님, 저는 수능 영어밖에 할 줄 몰라요. 회화는 해본 적이 없어서요."

서로 등을 떠미는 상황에서 머챈트의 리더가 다가왔다.

"안녕하세요. 카타르 왕실 직속 상단을 이끌고 있는 압둘 바시르입니다. 한국은 처음 방문하는데 신기한 명약을 보유하고 있다고 들었습니다. 천사의 눈물이라고 불리는 약을 구입하고 싶습니다."

어라? 너무도 능숙하게 한국어를 구사하는 압둘 바시르였다.

하지만 그의 목소리는 입에서 나오는 것이 아니라 목에 걸려 있는 목걸이에서 흘러나오고 있었다.

통역 아이템인가?

기억이 났다. 이계에서도 통역 목걸이와 비슷한 아이템이 나온 적이 있었다.

이계에서는 굳이 통역 아이템이 필요 없었기에 기억에서 잊고 있었다.

"물론입니다. 이미 준비를 해놓았으니 안으로 들어가시죠."

10명의 호위병만을 대동한 압둘 바시르가 회사 안 체육관으로 들어갔다.

물건을 판매하기 위한 목적으로 만들어진 건물이 아니었기에 부득이하게 체육관에 아이템과 천사의 눈물을 전시해 놓았다.

그래도 다른 거대 상점과는 차원이 다른 아이템들이 전시되어 있다.

각 아이템에는 능력을 간략하게 적은 정보지를 두었고, 그 정보지를 건네받은 압둘 바시르는 작은 탄성을 내지르며 아이템에 관심을 가졌다.

"이렇게 질 좋은 아이템은 중국에서도 보지 못했는데 한국에 이런 아이템이 있다니 놀랍습니다. 협회에서 보여주었던 아이템보다 훨씬 좋은 물건들이군요. 그리고 천사의 눈물도 여기서만 구입할 수 있다고 들었습니다. 정말 대단한 회사군요."

당연하지. 회사의 주인이 누군데. 다른 곳에서 이런 아이템을 구하려면 최소 5년은 더 걸린다고.

"감사합니다. 천천히 둘러보시고 원하는 물건이 있으면 말씀해 주십시오."

50가지가 넘는 아이템이 전시되어 있었기에 구경할 시간을 주었다.

하지만 돈지랄로 유명한 머챈트에게는 그런 시간이 필요 없었다.

"여기에 있는 물건을 모두 구입하겠습니다. 협상을 하면서 시간을 버리는 짓은 하고 싶지 않네요. 최고가로 전부 구입하겠습니다. 얼마면 되겠습니까?"

이런 미친! 아무리 돈이 많다고 해도 그렇지, 여기 있는 아이템을 다 구입하겠다고?

이 물건들을 암시장에 있는 경매장에 팔았을 경우 못해도 300억 정도는 벌 수 있다.

물론 수수료를 떼면 내 손에 들어오는 돈은 확 줄어들게 되지만 머챈트에게 판매를 하면 수수료를 떼어 줄 필요가 없다.

현수와 나는 급히 아이템들의 총액을 계산했고, 혹시나 하는 마음에 가격을 조금 더 높게 책정해서 불렀다.

"생각보다 비싸지 않군요. 좋은 물건을 보여주신 대가로 조금 더 책정해서 드리겠습니다."

헐! 경매장에서 판매했을 때의 가격보다 더 높은 가격을 불렀건만 머챈트는 돈을 적게 불렀다면서 웃돈을 얹어주었다.

돈이 얼마나 많은 거야. 중동 기름 부자에 대한 소문만 들었지 실제로 보니 눈이 핑핑 돌아가네. 이러니 상인들이 머챈트라면 사족을 못 쓰는구나.

"자, 그럼 이제 천사의 눈물을 직접 보고 싶군요."

"잠시만 기다려 주세요. 우리가 미처 천사의 눈물을 실험할 동물을 구하지 못했습니다 급히 돼지 한 마리를 구입해 오겠습니다."

"그럴 필요 없습니다. 칸트, 나와라."

그는 자신의 옆에 있는 호위병을 불렀고, 그의 등을 향해 칼질을 했다.

이계에서 볼 꼴 못 볼 꼴 다 봤지만 이런 장면을 목격하는 것은 신성제국의 광신도들을 제외하면 처음이었다.

피가 터져 나와도 신음 소리 한 번 내지 않는 호위병이었고, 우리는 급히 그의 고통을 줄여주기 위해 천사의 눈물을 발라주었다.

"오! 대단하군요. 생각보다 효능이 아주 뛰어납니다. 전량 구입하도록 하겠습니다. 천사의 눈물은 다른 아이템보다 희소성이 높으니 병당 10억이면 되겠습니까?"

한지협 사람들에게 판매하는 가격보다 3배나 비싼 가격을 제시하는 압둘 바시르였다.

"그 가격이면 만족합니다. 그런데 한 가지 조건이 있습니다."

큰돈을 버는 것도 좋았지만 머챈트와 거래를 하는 이유는 따로 있다.

파르만의 꽃.

세계 곳곳을 다니는 머챈트가 아니라면 구할 수 없는 재료 아이템이다.

물론 그들이 아니라도 내가 직접 다니며 구할 수는 있겠지만 너무 오랜 시간이 걸린다.

"천사의 눈물을 만들기 위해 제가 연구소를 만들었다는 것을 알고 계십니까?"

"저도 그 얘기를 듣고 상당히 놀랐습니다. 그런 발상을 하다니 정말 대단합니다. 그런데 갑자기 그 얘기를 왜 꺼내는 겁니까?"

"연구소에서 새로운 아이템을 만들려고 노력 중인데 재료가 터무니없이 부족합니다. 다른 국가에서 구입한 재료 아이템이 있으면 우리가 구입하고 싶습니다."

"흠……."

잠시 고민을 하는 압둘 바시르였지만 고민은 길지 않았고, 흔쾌히 자신이 구입한 아이템들을 보여주었다.

머챈트가 가지고 있던 10대의 마차 중 세 대는 귀금속이 들어 있었고, 나머지 일곱 대에는 아이템이 가득 들어 있었다.

그중 무기나 방어구 아이템을 제외한 아이템이 실려 있는 마차는 두 대였다.

이건 쓰레기 아이템인데 구입했네. 하긴 보기에는 좋아 보이니까.

이건 독을 만드는 데 사용하는 아이템인데 너무 허술하게 관리하는 거 아냐.

마차를 이 잡듯이 뒤졌고, 파르만의 꽃을 찾을 수 있었다.

하지만 파르만의 꽃은 고작 10송이에 불과했다.

이 정도 양이면 망각의 꽃 20송이 정도밖에 만들지 못한다.

"제가 원하는 아이템은 보라색 꽃 정도밖에 없군요. 그런데 이 꽃을 어디서 구입했는지 알 수 있을까요?"

"잠시만 기다려 보세요."

머챈트는 꼬부랑글씨가 잔뜩 적혀 있는 장부를 펼쳤다.

"중국의 천진에서 구입한 꽃입니다. 보기에 예뻐 구입하긴 했지만 별다른 능력이 없어 보여 대량 구입하지 않았는데 이 꽃이 특별한 능력을 가지고 있습니까?"

망각의 꽃을 만드는 재료라고 말할 수는 없지.

"다른 재료 아이템들은 우리도 구할 수 있지만 이 꽃은 저도 처음 보는 것이라 연구 목적으로 사용해 보고 싶을 뿐입니다. 아직 정확한 능력에 대해서는 모릅니다. 하지만 연구를 위해서는 10송이로는 부족합니다."

"그렇군요. 그렇다면 우리가 돌아가는 길에 사람을 보내놓겠습니다. 늦어도 두 달 안에 마차 10대 분량의 꽃을 받아보실 수 있을 겁니다."

"그러면 우리가 얼마를 지불해야 할까요?"

너무 많은 금액을 부르면 내가 직접 천진으로 이동해 가져올 생각이었다.

"이렇게 좋은 아이템과 천사의 눈물을 판매해 주시는데 제가 돈을 받을 수는 없지요. 저의 작은 성의라고 생각해 주세요. 앞으로 얼굴을 자주 보게 될 것 같은데 이 정도 선물은 제가 해드려야죠."

역시 돈 많은 사람이 착한 사람이라는 공식이 오늘 또 증명되었다.

기차는 물론이고 차도 다니지 않는 시대에 중국에서 한국으로 오고 가는 운송비만 하더라도 엄청났다. 하지만 압둘 바시르는 선물이라는 마법의 단어로 운송비를 부담했다.

"대신 천사의 눈물을 최대한 많이 만들어주시기 바랍니다. 다음에는 지금보다 더 많은 천사의 눈물을 구입하고 싶네요. 그리고 다른 아이템도 마찬가지입니다."

지금에 와서야 드는 생각이지만 암시장과 계약서를 작성한 일이 후회되었다.

그때야 돈이 궁해 그런 계약을 맺었지만 머챈트에게 아이템을 판매하는 것이 배는 더 수익을 올릴 수 있었다.

돈 욕심을 너무 부리지 말자.

암시장도 먹고살아야지.

말도 안 되는 이유를 들며 마음을 진정시켰고, 머챈트와의 거래를 끝냈다.

“그럼 조만간 다시 찾아오도록 하겠습니다. 세계를 돌아다니는 것보다 여기에서 물건을 구입하는 것이 훨씬 이득이군요. 그리고 제가 도울 일이 있으면 언제든지 말하세요. 최대한 도움을 드리도록 하겠습니다.”

“저도 다음에 또 이런 훌륭한 거래를 압둘 바시르 님과 하고 싶지만 그게 가능할지 모르겠습니다.”

불쌍한 척을 하며 말했다.

지금 나를 골치 아프게 하는 일을 그가 해결해 줄 수 있을 것 같아 연기를 시작했다.

“그게 무슨 말입니까? 우리가 실수한 것이라도 있습니까? 이번 거래는 상호 간에 매우 만족스러웠다고 생각했는데 저만의 착각이었습니까?”

“그런 뜻이 아닙니다. 저도 이번 거래는 매우 만족스러웠습니다. 하지만 다음에 압둘 바시르 님이 찾아올 때까지 우리 회사가 버틸 수 있을지 모르겠습니다. 한국 헌터 협회에서 회사 자격을 박탈하려고 하고 있으니 일개 회사를 운영하고 있는 제가 무슨 수로 막겠습니까.”

“무슨 이유 때문에 한국 헌터 협회에서 카인트 헌터 회사를 압박하는 겁니까? 혹시 아이템에 욕심을 내는 겁니까?”

여기서는 더 불쌍한 표정이 필요하지.

“그런 것 같습니다. 천사의 눈물을 무상으로 제공해 달라는 부탁을 거절하니 그러네요."

"이런 상도덕도 없는 사람들. 그 걱정은 하지 마세요. 제가 한국 헌터 협회에 찾아가 말해 놓겠습니다. 우리가 한국 헌터 협회에서 사용한 돈이 얼마인데 우리 부탁을 들어줘야만 할 겁니다. 그리고 부탁을 들어주지 않는다면 돈의 힘이 얼마나 무서운지 알게 되겠죠."

돈 많은 친구를 둔다는 게 이렇게 행복한 일이었던가?

귀찮은 일을 이렇게 쉽게 해결해 주다니.

이러니 사람들이 인맥을 만들기 위해 갖은 노력을 다하는 거겠지.

머챈트가 떠나고 난 후, 정말 헌터 협회에서 가하던 압박은 완전히 사라졌다.

무슨 말을 어떻게 했는지 당장이라도 우리 회사를 뒤엎어버릴 것처럼 행동하던 헌터 협회가 쥐 죽은 듯이 조용했다.

그렇게 며칠이 지나고 김미영 팀장이 회사를 찾아왔다.

가식적인 미소를 얼굴에 장착하고 말이다.

"안녕하세요. 자주 뵈니 정들겠어요."

우웩! 저 여자의 입에서 저런 부드러운 말을 듣게 되다니.

어제 먹은 닭다리가 올라오려고 했다.

"무슨 일로 찾아온 거죠? 오늘은 무슨 핑계로 회사 자격을 박탈하려고 하는 겁니까?"

"헌터 협회가 언제 카인트 헌터 회사의 자격을 박탈하려고 했다는 거예요. 우리는 단지 카인트 헌터 회사의 발전을 위해 한 행동이었어요."

돈의 힘이 무섭기는 무섭구나. 김미영 팀장을 나긋나긋하게 만들고.

"그럼 오늘은 왜 우리 회사를 찾아온 겁니까?"

"머챈트와 좋은 거래를 했다고 들었어요. 혹시 천사의 눈물 독점 거래권을 협회에 양도해 줄 수 있는지 물어보려고 왔어요. 오해는 마세요. 절대 강요는 아닙니다. 하지만 나라의 발전을 위한다면 거래권을 양도하는 게 좋지 않겠어요? 머챈트가 필요로 하는 물건을 우리 협회에서 판매한다면 국가적으로 큰 수익을 올릴 수 있어요. 개인이 머챈트와 거래를 하는 것은 상당한 위험이 따르니 그 위험을 우리가 대신 짊어져 드리겠다는 말이에요. 물론 천사의 눈물로 벌어들이는 수익은 전액 우리가 지불해 드릴게요."

머리에 똥만 들어 있나. 우리가 누구 좋으라고 그런 요구를 받아들이겠어.

생각을 좀 하고 말을 하든가.

더는 들을 필요도 없는 말이었고, 미리 준비해 놓은 소금을 뿌리며 김미영 팀장을 쫓아냈다.

협회의 발전보다 우리 회사가 발전하는 게 국가적으로나 세계를 위해서나 더 이득이라는 것을 좀 알아주고 그만 좀 찾아와라. 제발!

*　　　*　　　*

머챈트의 영향력이 강한 줄은 알았지만 헌터 협회를 이렇게 구워삶을 줄은 몰랐다.

중동에 있는 모래만큼 돈이 있다는 석유 왕실에서 보낸 대리인이라고는 하지만 그래도 국가와 국가의 관계로 보기는 힘들 거라고 생각했다.

하지만 헌터 협회는 내 생각과는 다른지 머챈트를 한 국가의 대변인으로 여기고 있었다.

하긴 돈 안 되는 다른 국가의 손님보다 머챈트랑 좋은 관계를 유지하는 것이 좋긴 하다만, 그래도 너무 굽히고 들어가는 거 아냐.

한 국가를 대표하는 협회가 이렇게 힘이 없어서야.

물론 우리와는 큰 상관이 없는 일이기는 하지만 내가 한국 국적을 가지고 있는 이상 한국 헌터 협회가 힘이 없다는 사실에 조금, 아주 조오금 가슴이 아프기는 했다.

카인트 연구소.

내가 많은 도움을 주었다고는 하지만 짧은 시간에 천사의 눈물이라는 명약을 제조한 연구원들이다.

그들은 전공을 살려 일을 할 수 있다는 사실에 기뻐하며 최선을 다해 일을 했다.

석사 졸업장을 가지고 있으면서 노가다 판에서 일을 하며 먹고살았을 때는 얼마나 자괴감이 들었을까.

전공을 살려 일을 하면서 높은 연봉을 받는다.

일확천금을 노리는 사람이 아니라면 누구나 원하는 환경일 것이다.

“헌터 팀장님, 오셨습니까. 벌써부터 손발이 부들부들 떨립니다. 오늘은 또 어떤 큰 일거리인가요?”

연구소장의 너스레는 농담 반 진담 반이었다.

한지협을 만들고 머챈트와의 관계 증진을 위해 천사의 눈물을 사용했기에 연구소의 인력들은 내가 오면 덜컥 겁부터 먹었다.

“제가 올 때마다 일을 한 보따리씩 드려서 죄송합니다. 그런데 오늘은 한 보따리가 아닙니다. 한 열 보따리 정도 되는 일이죠.”

“허허허. 괜찮아요. 그래, 무슨 일인지 들어나 볼까요.”

“우리 고용주님께서 약을 제조하는 하나의 레시피를 구해 왔습니다. 레시피는 물론이고, 재료까지 구비가 끝났습니다.”

“천사의 눈물을 처음 만들 때처럼만 하면 되겠군요. 고용주님은 어디서 그런 신기한 레시피와 재료를 구해오는지 신기할 따름입니다. 천사의 눈물이 이전에 만들어졌다면 노벨상을 탈 수도 있었을 건데. 아쉽군요.”

“노벨상이 뭐가 중요하겠습니까. 우리가 먹고사는 게 중요하지 않겠습니까. 이름뿐인 상장 하나보다는 돈이 아니겠습니까.”

이렇게 말하면 돈에 미친 사람처럼 보이겠지만 이게 현실이었다.

망각의 꽃을 만들기 위한 레시피와 재료를 전부 연구소에 전달해 주었다. 조만간 망각의 꽃이 만들어질 것이다.

엘리트들로만 구성되어 있는 연구원들은 뛰어난 능력을 가지고 있었다.

처음 보는 재료들의 특성을 빠르게 파악했고, 어떻게 하면 재료들을 조합할 수 있는지 답을 찾아내었다.

그리고 그들이 연구를 계속함에 따라 정보는 쌓일 것이고, 내가 예상치도 못하는 무언가를 만들어낼지도 모른다.

망각의 꽃이 만들어지는 동안 연구소에 자주 들러 진척 상황을 보고받고 도움도 주었다.

그러는 동안 수련생의 신분이었던 사람들이 헌터가 되었으며 새로운 노예를 구입해 수련생으로 만들어주었다.

헌터 협회의 견제도 없는 상황이었기에 회사가 성장하는 데는 아무런 문제가 없어 보였다.

하지만 의외의 변수가 현수의 입에서 나왔다.

"현수야, 왜 이렇게 수익이 줄어든 거지? 아이템도 전처럼 팔았고, 천사의 눈물도 지속적으로 판매하고 있는데 수익이 줄어드는 게 말이 안 되잖아."

현수가 돈 욕심이 생겨서 뒤로 물건을 빼돌렸나?

그럴 리는 없는데.

"팀장님, 세상 돌아가는 일에 관심 좀 가지세요. 100년 만의 가뭄이 찾아왔다고 하잖아요. 우리나라는 자급자족이 불가능한 시스템인 거 알고 계시죠? 제조업을 중히 여기고 농업을 천대했으니 당연히 식량이 부족하죠. 그러니 당연히 식량의 가격이 미친 듯이 뛰는 거고요. 쌀 한 포대 가격이 한 달 전에 비해 두 배가 넘게 올랐어요. 사람은 점점 늘어나고, 식량 가격이 하늘 높은 줄 모르고 올라가는데 당연히 수익이 줄어들 수밖에요."

가뭄? 가뭄이 찾아왔다고?

이계에서도 여러 번의 가뭄을 겪어봤지만 현대에서 가뭄이라는 단어를 들을 줄이야.

농사법의 발전과 더불어 거름과 비닐하우스까지 있는 현대와 가뭄이라는 단어는 쉽게 매칭이 되지 않았다.

"가뭄이라니? 얼마나 심각한데?"

"최근 들어 하늘에서 비가 떨어지는 장면을 본 적이 있으세요? 소나기를 본 기억도 가물가물한데 당연히 심각한 가뭄이죠. 식량난을 해소하기 위해 국가 차원에서 움직이고 있다고는 하지만 중국도 가뭄인 건 매한가지라 식량을 구하는 게 쉽지 않다고 하네요."

"심각한 상황인가 보네. 지하수를 이용해 농사를 지으면 되지 않아?"

"형님, 아니 팀장님. 생각을 좀 하고 사세요. 기계 없이 어떻게 지하수를 끌어 올리겠어요. 사람의 힘이라는 게 한계가 있다고요."

"그러면 만약 물만 충분히 공급할 수 있다면 농사에는 문제가 없겠네?"

"그렇긴 하겠죠. 하지만 물을 어디서 구합니까. 기우제라도 지내요?"

"나한테 다 방법이 있지. 이거 돈 냄새가 풍기는데. 국가가 운영하는 집단 농경지 말고, 개인이 운영하는 농장은 얼마나 있지?"

"농사에 뛰어드시게요? 팀장님, 이런 가뭄에 농사를 시작하는 건 길바닥에 돈을 버리는 거나 마찬가지예요."

"내가 생각 없이 그렇게 하겠냐. 너는 서울 근교에 농사를 크게 짓고 있는 사람들을 찾아봐. 가뭄이 심한 지금이면 농작지를 헐값에 구입할 수 있을 거야."

"일단 시키니까 하긴 하는데, 진짜 한 방에 훅 갈 수도 있어요."

가뭄이라는 얘기를 듣고 주변을 둘러보니 가뭄이 얼마나 극심한지 느낄 수 있었다.

식료품의 가격은 하루가 다르게 높아지고 있었고, 빠삭 말라 당장이라도 땔감으로 쓸 수 있는 나무들이 거리를 수놓고 있었다.

농사는 돈 냄새만 맡고 시작하려는 사업이 아니다.

식량은 전략 무기로 사용할 수 있을 정도의 위력을 가지고 있다.

밥 안 먹고 살 수 있는 사람이 있다면 그는 사람이 아니라 신의 경지에 오른 성인일 것이다.

이계에서도 가뭄을 경험해 본 적은 있다. 하지만 크게 고생을 하지는 않았다.

블루 드래곤의 지팡이.

A급에 해당하는 블루 드래곤의 지팡이는 물에 대한 지배력을 높여주는 아이템이었고, 그것을 이용해 지하수를 끌어올리거나 강의 흐름을 바꿀 수 있었다.

하지만 농사는 물만 있다고 할 수 있는 일이 아니다. 물론 물이 가장 중요한 요소기는 하지만 전문 지식이 있는 사람이 필요했다.

Chapter 2

사람이 힘이다

서울 인력시장.

연구소의 직원들을 처음 채용할 때 찾아온 곳이기도 한 인력시장을 다시 방문했다.

오늘도 많은 사람들이 일자리를 찾기 위해 인력시장을 찾아왔고, 사람들의 표정은 밝지 않았다.

여기서 농사에 대한 지식이 있는 사람을 찾을 수 있을까?

이공계적인 지식을 가진 사람은 지금의 시대에서는 천대받았지만 농업은 조금 달랐다.

농사에 대한 전문 지식을 가진 사람은 국가에서 운영하는 농장의 관리자로 일하거나 큰 농작지를 가지고 있는 개인에게 고용되어 일을 하는 경우도 많았다.

하지만 농업적인 지식을 가진 사람이라고 해서 모두 일을 할 수 있지는 않았고, 인력 시장에는 농업에 종사했던 농부는 물론이고, 대학에서 농사를 배운 사람도 있다.

여기에 뛰어난 인재가 있을지 의문이 들긴 했지만 그래도 많이 뽑으면 그중 몇 명은 걸리겠지. 돈이 그렇게 많이 드는 것도 아니니 일단 지르자.

"용욱아, 소리 지를 준비 됐지?"

"팀장님은 여기만 오면 왜 저보고 소리를 지르라고 하세요. 현수 형도 있고, 용택이 형도 있잖아요."

"그중에서 밥을 누가 가장 많이 먹는데? 너잖아! 밥 많이 먹는 값을 해야지. 잔말 말고 소리나 지르세요."

하기 싫다고 말한 것과는 달리 용욱이는 배에 힘을 꽉 주고 소리를 질렀다.

"농업을 연구했던 사람이나 전문 지식이 있는 사람을 모집합니다. 채용 공고를 여기에 붙여 둘 테니 확인하시고, 관심이 있는 분들은 카인트 헌터 회사로 찾아와주세요."

카인트 헌터 회사라는 이름은 여기서 유명했다.

인력시장에서도 천대받던 이공계 지식을 가지고 있던 인력들을 대거 고용한 회사였고, 대우도 상당히 좋다는 소문이 났었기에 위용욱의 입에서 카인트 헌터 회사라는 단어가 나오자 엄청난 인원이 몰려들었다.

"이 정도면 되겠네. 수고했어, 용욱아. 그만 돌아가자."

돌아가는 길부터 수십 명의 사람들이 우리 뒤를 쫓아왔고, 정식 면접시험을 보는 날에는 천 명이 넘는 사람이 회사로 찾아왔다.

역시 취업난이 심각하네.

하지만 농사에 대한 전문 지식이 있는 사람이 필요하다.

연구소에서 일하는 교수들 중에는 농업적인 지식을 가지고 있는 교수도 두 분이 계셨고, 그들의 도움으로 농업 전문가들을 고용했다.

"팀장님, 일단 농지로 매물이 나온 땅은 사긴 했는데 너무 무리하게 일을 진행하는 거 아닙니까? 10만 평이 넘는 농지를 매입하면서 사용한 돈만 해도 150억 원이에요. 머챈트에게 어렵게 번 돈 1/3을 넘게 집어넣었다고요."

"사람이 일을 하려면 크게 해야지. 쪼잔하게 일하는 건 내 스타일이 아니거든. 그리고 넌 왜 이렇게 부정적이냐? 절대 안 망한다니까. 대표님이 다 방법이 있다고 했어."

"그러니까, 그 방법이 뭔지 좀 알려 달라고요. 제 돈은 아니지만 어렵게 번 돈을 소각장에 태우는 기분이 들어 밤에 잠도 안 와요."

현수의 아우성을 가볍게 무시해 주고는 회의실로 이동했다.

이번에 고용한 농업 전문가들이 회의실에서 나를 기다리고 있었고, 나는 그들에게 간단한 인사를 하고는 바로 본론을 얘기했다.

"카인트 헌터 회사는 이번에 농업에 뛰어들기로 결정했습니다. 이미 농작지로 사용할 10만 평의 땅을 구입했고, 여러분들의 도움이 필요합니다."

가만히 듣고만 있던 교수 중 한 명이 조심스럽게 입을 열었다.

"극심한 식량난에 고통을 받고 있는 지금 농사에 한 명이라도 더 많은 인력을 투입하는 것은 찬성이긴 하지만 좋은 성과를 얻을 수는 없을 걸세. 농사는 하늘의 뜻이라는 말도 있지 않은가. 과학이 아무리 발전해도 가뭄에 농작물이 병들어가는 것을 완전히 막을 수 없었는데 지금은 더욱 힘들다네."

틀린 말은 아니다. 과학이나 기계의 도움을 받을 수 없는 세상이긴 하다.

하지만 나에게는 특별한 아이템이 있다.

블루 드래곤의 지팡이.

농사를 대신 지어줄 수 있는 능력을 가진 아이템은 아니지만 가뭄이 언제까지 계속될지 모르는 지금은 가장 절실한 아이템이다.

"물에 대한 걱정을 하지 않아도 된다고 가정하면 어떻습니까? 그래도 좋은 성과를 얻을 수 없습니까?"

"물을 끌어올 방법이 있는 건가? 그렇다면 말이 달라져야지. 물만 충분하다면 충분하다네. 그런데 어떤 방법으로 물을 끌어 올릴 생각인가? 농사를 짓기 위해서는 엄청난 양의 물이 필요하다네."

블루 드래곤의 지팡이에 대한 설명을 간단하게 해주었지만 교수진들과 농사 전문가들은 아이템의 능력을 믿지 못하는 눈빛이었기에 회사 근처에 있는 농작지에 그들을 데리고 갔다.

"잠시만 기다려 보세요."

블루 드래곤의 지팡이가 A급 아이템인 이유 중 하나는 지팡이 스스로 물이 있는 지점을 알아낸다는 점이다.

지팡이를 땅에 박아 넣기만 하면 알아서 지팡이는 지하수를 찾아내었고, 물의 양에 따라 지팡이의 색이 바뀐다.

옅은 파란색.

이 색이면 작은 호수를 만들 수 있는 양이다.

이제 지팡이에 내 의지를 담기만 하면 된다.

의지를 담는다고 해서 거창한 의식이 필요한 것은 아니고 단지 방향을 설정해 주는 정도였다. 지금은 물이 위로 올라오게 하면 된다.

서서히 지팡이 근처에 물이 올라오기 시작한다.

"정말 지하수가 올라오다니. 이건 기적이야."

나도 저들의 입장이었다면 이런 비현실적인 장면을 믿지 못했을 것이다.

"이 정도 물이면 농사를 지을 수 있겠습니까?"

"충분하다네."

전문가들이 된다고 했으니 되겠지.

농사 전문가들을 제외하고도 농부 150명을 고용했다.

그들에게 헌터들이나 연구원들에게 주는 월급만큼을 약속할 수는 없지만 그래도 다른 곳에 비하면 후한 가격에 고용해 주었다.

월급도 월급이지만 식사 제공이라는 복지에 매우 기뻐하는 농부들이었다.

월급보다 비싸진 식량 때문에 끼니에 대한 걱정이 심한 그들이었다.

구입한 농지의 상황은 좋지 않았다.

땅은 완전히 굳어 있었고, 물이 흐른 흔적조차 찾아볼 수 없었다.

그러니 팔았겠지.

"용택아, 땅 좀 열심히 파! 힘도 좋은 놈이 삽질을 숟가락질처럼 하면 부끄럽지도 않냐."

"팀장님! 저는 몬스터를 상대하기 위해 고용된 거 아니에요? 근데 삽질이나 시키고!"

"삽질도 훈련의 일부라고 생각하면 되잖아. 덩치는 산만해가지고 덩치 값 좀 해라."

농지 주변의 지하수를 끌어 올렸고, 지하수를 수로에 연결시켜 농지에 공급해 줘야 했다.

전문가들의 의견에 따라 수로 공사가 한창 진행되고 있었고, 헌터들이 공사 현장에 투입되었다.

다른 헌터들이 작업 현장에 뛰어든 지금 나는 무엇을 하냐고?

당연히 공사 현장이 한눈에 들어오는 곳에서 쉬고 있다.

"지하수를 끌어 올리시느라 고생이 많으셨어요. 다음 농지는 여기서 멀지 않은 곳에 있어요."

"현수야, 나도 좀 쉬자. 아무리 아이템의 도움으로 지하수를 끌어 올린다고는 하지만 내 정신력이 얼마나 많이 소모되는지 알고 있어?"

정신력이 쓰이기는 하지만 집중해서 책을 읽는 정도의 피곤함이다.

하지만 굳이 그 사실을 알려줄 필요는 없지.

"며칠 사이에 농지를 배나 넘게 구입했다고요. 회사의 자금줄이 막혔어요. 이번 농장 사업이 망하면 우리는 다시 처음부터 시작해야 된다고요! 빨리 움직이세요."

"그래, 알았다. 움직이면 되잖아. 다음 농지가 어디라고?"

부동산은 절대 배신을 하지 않는다는 명언도 모르는지. 그리고 망하기는 왜 망해.

물만 있으면 된다고 전문가들이 입을 모아 말했는데.

쉬고 싶은 마음은 굴뚝같았지만 내 팔을 잡고 놓아주지 않는 현수 덕에 하루 종일 농지를 돌아다니며 지하수를 파며 시간을 보냈다.

식량 확보 프로젝트라는 거창한 이름을 가지고 있는 프로젝트를 시작한 지도 몇 달이 지났고 이제는 조금씩 성과가 보이기 시작했다.

"그런데 하늘이 정말 미쳤나 보네. 소나기 한번 내리지 않네."

"우리 입장에서는 좋은 거죠. 비싼 돈을 들여 농지를 구입하고 인부를 고용했는데 가뭄이 해소돼 버리면 우리는 깡통 차는 겁니다."

돈이 싫은 사람은 당연히 없을 거고 나 또한 돈을 좋아하지만 현수는 돈에 미쳤다.

아무리 농장 사업에 자본 대부분을 쏟아부었다고는 하지만 가뭄이 들어 다행이라니.

"너 그러다가 지옥 간다. 지금 가뭄 때문에 사람들이 얼마나 고생하는지 알면서 그러냐."

"팀장님도 좋으면서 저한테 괜히 그러시네요. 어쨌든 이제 유통에 신경을 써야 돼요. 한지협 사람들이 예약 구매를 할 수 있는지 물어보는데, 그들에게 판매를 하면 큰 수익을 얻을 수 없어 일단은 생각할 시간을 달라고 하고는 돌려보냈어요. 수확물을 경매를 통해 판매하는 게 가장 큰 수익을 얻을 수 있어요."

"나도 알지. 그래도 같은 협회에 있는 사람인데 너무 매정하게 그러면 안 되는 거 아냐."

아직 수확물이 나오지도 않았다.

하지만 한국에서 유일하게 대풍년을 맞은 우리 농지였기에 당연히 물밑 접촉을 해오는 사람들이 있었다.

한지협처럼 나와 좋은 관계를 맺고 있는 사람들이라면 이해가 가지만 생판 모르는 사람이 와서 헐값에 농작물을 판매하라고 협박 비슷한 부탁을 하기도 했다.

그리고 헌터 협회도 찾아왔었다.

사람이 얼굴을 자주 보면 정이 든다고 하는데 김미영 팀장 하고는 절대 정이 들지 않았다.

"최진기 팀장님, 오랜만이네요."

참기름을 들이마셨는지 느끼한 목소리로 인사를 하는 김미영 팀장이다.

"오랜만이네요. 오늘은 무슨 일로 왔어요? 회사 자격 박탈하려고요? 아니면 천사의 눈물 독점권을 달라고 하게요?"

"아니에요. 협회는 이미 카인트 헌터 회사를 동반자로 생각하고 있어요. 천사의 눈물의 독점권도 포기한 지 오래랍니다. 단지……."

얼씨구. 딱 보니 농작물을 달라고 하겠네.

"전 세계적인 가뭄으로 식량을 구하기가 너무 힘들어졌어요. 국민들을 생각해 협회에 농작물을 공급해 주세요."

혹시나 했는데 역시나 였다.

협회는 언제나 애국심 혹은 국민을 핑계로 자신들이 원하는 것을 얻으려고 했다.

기브 앤 테이크.

이런 간단한 원칙도 모르는 건가.

"제가 그래야 하는 이유를 모르겠네요. 농지를 구입할 때 한 푼이라도 지원을 해줬어요? 아니면 수로를 만드는 데 지원을 해줬어요? 농작물을 원하면 제값을 내고 구입하세요. 그럼 저는 바빠서 이만."

긴 얘기를 할 필요도 없다.

김미영 팀장을 쫓아내고는 회의실로 들어갔다.

회의실에서는 연구소 교수들과 농사 전문가들이 기다리고 있었다.

"예상 수확량이 얼마나 됩니까?"

"현재 가장 많은 수확이 기대되는 것은 쌀입니다. 현재 쌀을 재배하고 있는 논은 20만 평이 넘고, 예상 수확량은 32만kg 정도 됩니다. 20kg를 한 포대로 잡으면 만 6천 포대 정도 됩니다."

보통 20kg 쌀 한 포대가 200인분 정도 나오니까. 만 6천 포대면 320만 인분이네.

엄청나네.

옆에서 예상 수확량을 들은 현수의 얼굴에 웃음꽃이 피어 있는 것만 봐도 대박이라는 것을 느낄 수 있었다.

다른 농작물은 쌀에 비하면 적은 수확량이었지만 그래도 엄청난 양이었다.

"지금 우리가 필요한 게 무엇입니까?"

"기계가 없으니 우리가 직접 정미를 해야 되고 포장도 해야 됩니다. 인부가 충분하니 모두 수작업으로 할 수는 있습니다. 하지만 창고가 필요합니다. 농작물을 포장하고 바로 판매를 한다면 많은 창고가 필요하지 않겠지만 긴 시간 보관을 할 생각이라면 엄청난 규모의 창고가 필요합니다."

헌터와 연구소 그리고 농장에서 일하는 사람까지 우리 직원은 이제 600명이 넘었다.

그들이 먹을 식량을 먼저 확보해야 했다.

"우리 직원들 모두가 1년 동안 걱정 없이 먹을 수 있으려면 몇 포대가 필요할까요?"

"보통의 사람이 1년 동안 먹는 쌀의 양은 60~70kg 정도입니다. 하지만 대체 곡식이 없으니 더 많은 양의 쌀이 필요합니다.

75㎏ 정도를 1인당 쌀 소비량이라고 생각한다면 2천3백 포대 정도면 충분합니다. 하지만 여유분을 생각하면 2천8백 포대 이상은 보유하고 있어야 되지 않을까 생각합니다."

만 6천 포대에서 2천8백 포대를 빼도 만 3천 포대가 넘는다.

쓸데없이 창고를 만들 필요는 없지.

"현수야. 쌀 만 3천 포대로 우리가 얻을 수 있는 수익을 계산해 줘."

현수는 내가 이런 질문을 할 줄 알았던지 바로 답을 내놓았다.

"어떤 방식으로 판매를 할지에 따라 수익이 천지 차이입니다. 모든 쌀을 경매 방식으로 판매하는 것이 가장 큰 수익을 낼 수 있겠지만 대표님께서 한지협 사람들에게는 원가로 판매하라고 했으니 우리가 판매할 수 있는 쌀은 줄어듭니다. 하지만 절대 8천 포대 이하가 되면 안 됩니다. 이번 사업에 투자한 돈을 회수하고 이익을 내기 위해서는 최소 8천 포대 이상의 쌀이 있어야 합니다. 그리고 이런 기회가 다시 오지 않을지도 모릅니다. 최대한 많은 수익을 내야 합니다."

"경매를 하면 한 포대에 얼마를 받을 수 있는데? 내 계산으로는 이번에 손익분기점을 넘기지 못할 것 같은데."

내가 이계로 넘어가기 전에 쌀 20㎏ 가격은 5만 원이 넘지 않았다.

8천 포대 해봐야 4억 정돈데. 아무리 쌀의 가격이 미친 듯이 올랐다고는 해도 이번에 우리가 투자한 돈이 200억 정돈데 어떻게 본전을 찾겠다는 거지.

"경매를 실시해 봐야 알겠지만 한 포대 당 최소 150만 원 이상을 받을 생각입니다."

"150만 원? 그게 가능해. 아무리 쌀값이 올랐다고는 하지만 폭리 아냐?"

"수요가 있으니 그런 가격이 가능한 거죠. 저만 믿으세요."

쌀 한 포대가 150만 원이라니…….

믿기지 않는 가격이다.

현수의 추가 설명에 따르면 악마의 탑이 생기기 전 몬스터의 범람으로 많은 농작지가 파괴되었고, 쌀 가격은 포대 당 30만 원 정도로 책정되었다고 한다.

하지만 지속된 가뭄으로 인해 중국에서 들어오는 쌀의 양이 현저히 줄어들면서 쌀의 가격은 점점 올라갔고, 최근 들어서는 부르는 게 값이라고 했다.

계절은 바뀌었고, 드디어 본격적인 수확의 시기가 찾아왔다.

농부들은 얼굴에 미소가 가득했고, 게을리 일하는 사람은 한 명도 보이지 않았다.

주변 친구들이나 이웃 사람들은 하루에 한 끼를 먹지 못해 힘들어하고 있을 때 카인트 헌터 회사 소속 농부들은 부족하지만 그래도 굶지는 않았다.

직원의 가족에게까지 식량을 제공해 주고 싶었지만 현수의 극심한 반대로 포기해야 했다.

"우리가 돈 벌려고 하는 거지 자선 사업을 하는 건 아니잖아요. 그리고 지금 받는 월급도 다른 곳에 비하면 몇 배나 더 주는 거라고요."

직원들도 딱히 불만을 표하지는 않았기에 현수의 말에 반박을 할 수가 없었다.

금빛의 벼들이 차곡차곡 창고에 쌓여갔고, 능력에 따라 배정된 사람들이 벼를 정미하기 위한 작업을 진행했다.

"경매 준비는 잘돼가?"

"그럼요. 이미 경매 준비는 끝났고, 경매 참석자들을 확인하고 있어요. 경매에 참석하겠다는 사람만 해도 50명이 넘어요."

"그래, 알아서 잘하겠지. 나는 나갔다 올게."

"어디가요, 팀장님!"

"그냥 마실 좀 다녀올게. 경매가 시작하기 전까지는 들어올 테니까, 걱정하지 마."

회사 밖을 나왔다.

곡식을 나르고 있는 농부들의 모습이 눈에 들어온다.

그리고 그들의 주변을 헌터들과 수련생들이 지키고 있다.

농지 주변에는 헌터와 수련생들이 파견 가 있었다.

아직 큰 소란은 없었지만 곡식을 노리는 자가 있을 수도 있었기에 헌터들이 농지를 지켜야 했다.

다들 고생하네.

슬슬 시간이 돼서 회사로 돌아가려고 하는 순간 수십 명이 농지로 다가오는 모습이 보였다.

누구지?

닭 모가지 하나 꺾을 힘이 없어 보이는 사람들.

“제발 쌀을 좀 주세요. 우리 아이가 며칠 동안 한 끼도 먹지 못했습니다.”

“다가오지 마세요. 더 다가오면 무력을 사용할 수밖에 없습니다.”

그들이 농지에 다가오지 못하도록 막는 헌터들의 표정은 밝지 못했다.

차라리 몬스터와 싸우는 것이 편하다고 생각했다.

*　　　*　　　*

“경매를 시작하도록 하겠습니다. 쌀 3천 포대가 오늘의 경매품입니다. 시작가는 포대당 90만 원입니다.”

몇 달 전만 해도 쌀 한 포대당 30만 원 정도였다. 무려 3배가 넘게 뛴 가격이었지만 아무도 이의를 제기하지 않았고, 다들 손을 들어 쌀을 낙찰받기 위해 애썼다.

경매에 참여한 사람들은 무슨 목적으로 쌀을 구입하려고 할까?

헌터 회사를 운영하는 대표도 보였고, 상단을 가지고 있는 사람도 보였다.

이번 경매에서 곡식을 구입해 프리미엄을 붙여 팔 생각인 사람이 대부분이다.

경매에 참여한 사람들을 구경하는 동안 경매가는 계속해서 높아져 갔고, 현수가 생각했던 150만 원에 근접해졌다.

생각보다 비싼 가격에 많은 사람들은 경매를 포기했지만 세 명은 끝까지 남았다.

김미영 팀장도 참여했네.

세 명 중 한 명은 김미영 팀장이었다. 쌀을 무상으로 제공받을 수 없다는 것을 깨달았는지 경매에 참여한 헌터 협회였다.

그리고 다른 한 사람은 서울에서 가장 큰 상점을 운영하고 있는 사람이었고, 마지막 한 사람은… 누구지?

한국에서 이름깨나 있는 사람의 얼굴은 모두 기억하고 있다.

자랑은 아니지만 한국에서 부유층에 속한 사람 대부분은 천사의 눈물을 구입하고자 회사를 방문했었다. 하지만 저 노인은 처음 본다.

내가 궁금해하는 동안 쌀은 김미영 팀장에게 낙찰되었다.

최종 낙찰가는 170만 원.

엄청난 수익을 올리게 된 현수는 웃음을 참지 못하고 있었다.

3천 포대의 쌀을 헌터 협회의 사람들에게 인도해 주고 난 뒤 현수는 돌아왔다.

"수고했어. 이렇게 비싼 가격에 팔릴지는 생각도 못 했네."

"그렇죠? 저도 그래요. 이런 페이스라면 손익분기점에 생각보다 빨리 도달할 수 있겠어요. 내일은 얼마에 팔려 나갈지 벌써부터 기대되네요."

"그런데 말이야, 마지막까지 경매에 참여했던 노인에 대해서 알아? 다른 사람보다 굉장히 아쉬워하던데."

"유 노인 말씀하시나 보네요. 그분은 서울에서 유일하게 자선 사업을 하는 분이세요. 특히 부모를 잃은 고아들을 보살피고 있는 분이시죠. 몬스터가 범람하기 전에 제약 회사 회장님이었는데 지금은 한국에서 가장 큰 고아원을 운영하고 있는 분이시죠. 제가 존경하는 몇 안 되는 사람이에요. 일제 강점기 때는 독립군을 지원해 준 집안으로도 유명하죠."

"현수야……."

"왜 그렇게 부르세요, 사람 불안하게."

"쌀을 그분한테 판매하는 게 어떨까? 이번 경매로 큰 수익을 얻었으니 충분하잖아."

"충분하긴요! 아직 멀었어요. 제가 유 노인을 존경하기는 하지만 그래도 이건 아니죠. 물론 쌀 몇백 포대 정도는 유 노인에게 원가에 판매할 수 있지만 천 포대 넘게는 안 됩니다. 저 지금 단호합니다."

"현수야……."

"알았어요. 딱 천 포대만 팔게요."

"현수야……."

"안 된다니까요. 아, 진짜! 알았어요. 그러면 원가로 500포대를 팔고 나머지 500포대는 시중가로 팔게요. 더는 안 됩니다!"

"현……."

"그만 좀 해요. 안 되면 안 되는 줄 알아요."

쌀 천 포대는 시중가의 절반도 되지 않는 가격으로 유 노인이라는 분에게 판매되었다.

유 노인에게 천 포대의 쌀을 헐값에 팔았지만 그래도 이번 경매를 통해 벌어들인 수익은 엄청났다. 땅을 구입하는 데 사용한 돈을 완전히 복구하지는 못했지만 땅이야 내 소유가 되었으니 손해를 본 것은 절대 아니었다.

가뭄이 계속되면 계속될수록 수익은 더 커지게 된다.

그리고 구황작물도 재배를 하고 있었기에 잉여 인원도 생기지 않았고 수익은 계속 들어오게 되어 있다.

"형님, 다녀왔습니다. 이거 참 기분이 좋으면서 씁쓸하네요."

현수는 이번에 수확한 농작물 일부를 유 노인에게 기부를 하고 오는 길이었다.

농작물이 아이들을 위해 사용되기에 기분이 좋지만 더 큰 수익을 얻지 못해 아쉬운 현수였다.

"그래도 존경하는 분에게 감사의 인사도 듣고 성공한 인생 아니냐?"

"그런가요? 모르겠네요."

"생각이 많으면 몸을 써야지. 오랜만에 나와 같이 악마의 탑으로 가자. 이제는 다음 단계로 넘어갈 때도 된 거 같지 않냐?"

현재 팀원들은 악마의 탑 2층에서 사냥을 하고 있었다.

헌터 협회의 최상위 헌터들이 3층 공략에 성공했다. 그들에게 뒤질 수는 없다.

오랜만에 팀원들과 악마의 탑에 들어왔다.

자신도 가고 싶다고 조르는 정기람을 겨우 떼어놓고 원래의 팀원들과 함께 악마의 탑 공략에 나섰다.

"악마의 탑 1층은 우리가 알아서 처리할게요. 구경이나 하고 계세요."

"그래, 실력이 얼마나 늘었는지 확인이나 해보자."

방어에 특화되어 있는 위용욱이 몬스터들의 어그로를 끌고 뒤처리를 딜러들이 한다.

이제는 몬스터를 죽이는 데 망설임도 두려움도 없는 팀원들이었고, 빠르게 1층의 몬스터들을 정리했다.

2층도 1층에 비해 조금 더 시간이 걸렸을 뿐 내 도움이 딱히 필요하지는 않았다.

3층도 지금처럼만 하면 어렵지는 않지.

아이템을 조금만 더 업그레이드시켜 주면 4층도 충분히 공략할 수 있겠는데.

하지만 악마의 탑을 빠르게 공략할 필요는 없다.

이계에 처음 악마의 탑이 생겼을 때는 어떻게 해서든 악마의 탑을 빠르게 공략하기 위해 노력을 했지만 그 노력이 허튼짓이었다는 것을 알게 되었을 때 얼마나 큰 충격을 받았는지.

악마의 탑은 악마가 우리에게 주는 선물이자 절망이다.

"팀장님, 어떻게 해요? 3층으로 올라갑니까?"

"그래, 올라가자. 3층의 몬스터라고 해도 지금 착용하고 있는 아이템이면 충분히 공략이 가능하니까. 겁먹지 말고."

지금 팀원들이 착용하고 있는 아이템은 협회의 헌터들이 착용하고 있는 아이템보다 한 단계 이상 등급이 높았고, 능력도 뛰어났다.

당연하지. 내가 만든 아이템들인데.

그리고 위용욱이라는 존재.

악마의 탑을 공략하기 위해 많은 연구가 이루어졌고, 가장 일반적인 진영은 탱커 한 명과 세미 탱커 한 명, 그리고 딜러 두 명으로 진영을 유지하는 것이 가장 효율적이라는 연구 결과가 나왔다.

하지만 용가리 통뼈를 가지고 있는 위용욱이 있기에 세미 탱커가 필요하지 않았고, 딜러 한 명을 더 추가할 수 있었다.

몇백억을 줘도 구할 수 없는 아이템이 바로 위용욱의 뼈였다.

위용욱이 있는 이상 악마의 탑 4층까지는 무난하게 공략할 수 있다.

*　　　*　　　*

악마의 탑 3층을 공략하고 나왔다.

팀원들은 3층 보스 몬스터가 얼마나 강한 상대였는지 다른 헌터들에게 자랑을 하고 있다.

저런 아이템을 가지고 있으면서 부상을 입은 주제에 자랑이나 하고.

어쨌든 오늘 전투로 봐서는 내가 없어도 충분히 악마의 탑 3층을 안정적으로 사냥할 수 있을 것 같았다.

"아! 팀장님, 혹시 연구소에 인력 충원할 생각 없으세요?"

한창 다른 헌터들에게 자랑을 하고 있던 현수가 급히 뛰어와 말했다.

"인력 충원? 당연히 하긴 해야지. 연구소 증축 공사가 멀지 않았으니 이제 인력 충원을 해야지. 지금 있는 인원으로는 과부하가 걸리거든."

농장에서 많은 수익을 얻고, 암시장에 아이템을 팔아 수익을 얻는다고는 하지만 가장 안정적으로 수익을 창출하는 곳은 연구소였다.

연구소에서 만들어내는 천사의 눈물과 망각의 꽃은 비싼 가격에 거래되었고, 하루가 다르게 가격이 높아지고 있는 추세였다.

특히 헌터 협회가 이번에 악마의 탑 3층을 공략할 수 있었던 것은 망각의 꽃이 있었기 때문이었다.

천사의 눈물과 망각의 꽃을 꾸준히 생산하기에도 벅찬 연구소였기에 새로운 연구를 하기에는 인력이 부족했다.

"제가 악마의 탑에 들어간다고 깜빡하고 말 안 한 게 있는데요. 유 어르신이 이전에 제약 회사의 대표였다고 했었잖아요. 혹시 인력이 필요하면 옛날 직원들을 불러줄 수 있다고 했었어요."

"그 말을 왜 이제 하냐. 제약 회사 연구원이라면 A급 인력들인데, 당연히 영입해야지. 그런데 연구원들이 얼마나 된다고 하셔? 이번에 우리 대표님이 연구소에 집중 투자할 생각이시거든."

"어르신이 말하는 거로 봐서는 최소 100명 정도는 모을 수 있을 거라고 하던데요."

"100명? 그 정도면 따로 인력 공고를 하지 않아도 되겠는데. 다음에 나랑 같이 어르신을 만나러 가자. 인력을 제공해 주시는 고마운 분인데 너만 딸랑 보내면 우리 회사 입장이 뭐가 되겠냐."

"아니, 제가 어때서요!"

다음 날 현수와 나는 유 노인이 운영하고 있는 보육원으로 찾아갔다.

보육원은 내 생각보다 컸다. 우리 회사 건물과 비등한 규모의 보육원에서는 200명이 넘는 아이들이 뛰어놀고 있었다.

"규모가 엄청나네. 이 정도 규모의 보육원을 운영하려면 돈이 엄청 들 건데, 자금을 어떻게 충당하고 있대?"

"기부금을 받고 있긴 한데, 먹고살기 바쁜 시대에 기부금이 얼마나 되겠어요. 어르신이 이전에 벌어놓은 자금으로 운영하고 있다고 하더라고요. 아직은 여유가 있긴 한데, 수익이 없으면 몇 년 못 가서 망할 것 같아요."

유 노인이 급사라도 한다면 아이들은 어떻게 될까?

…….

끔찍한 장면이 머릿속에 떠올랐다.

"팀장님, 어서 들어가죠."

그래도 몇 번 방문을 했다고 현수는 아이들에게 아는 척도 하며 어르신이 있는 방으로 안내를 했다.

"안녕하세요. 카인트 헌터 회사 헌터 팀 팀장을 맡고 있는 최진기입니다."

"자네에 대한 소문은 들어 알고 있다네. 그래, 연구원들이 필요하다고 했는가?"

어르신을 가까이서 보는 순간 '신선이 아닐까'라는 생각이 들었다.

"그렇습니다. 100명 정도의 연구원이 필요합니다.'

"그래, 자네가 연구소를 만들어 천사의 눈물 같은 명약을 만들었다고 알고 있네. 그리고 연구원들에게 최고의 대우를 하고 있다고? 내가 연구원들을 모아보겠네."

어르신이 운영했었던 제약 회사는 역사와 전통이 있었기에 당연히 직원들도 최고의 인재들이었다.

"어르신, 저와 함께 사업을 하나 하시지 않겠습니까?"

"팀장님?"

자신과 한마디 상의도 없이 유 노인과 사업을 하겠다는 나의 말에 현수는 내 손을 잡으며 말렸다.

딱 봐도 돈 냄새가 안 나는 사업이라고 생각하는 현수였다.

"무슨 사업을 나와 함께하고 싶은 겐가? 나는 늙고 능력 없는 노인네일 뿐일세."

"일단 들어 보시고 결정해 주세요. 저는 인력 양성 학교를 세울 생각입니다. 지금의 시대에는 대학교는 물론이고, 초등학교까지 사라졌습니다. 이대로는 인재들이 말라버립니다. 전문학교를 만들어 인재를 양성해야만 합니다."

"학교를 건립하겠다는 자네의 말뜻을 알겠지만 그게 자네에게 무슨 이득이 되는가?"

이득? 물론 당장에야 돈 먹는 하마가 될 학교지만 몇 년이 지나면 인재 구하기가 하늘에 별 따기가 되어버릴 것이고, 그때가 되면 학교를 졸업한 전문 인재들이 필요하다.

하지만 지금 당장 큰 규모의 학교를 만들 수는 없다.

그리고 조금은 충동적인 결정이기도 했다.

유 노인을 만나지 못했다면 학교 건립은 몇 년이 지나서야 말이 나왔을 것이다.

"학교를 세운다……. 물론 좋은 생각이지만 내가 거기에 어떤 도움을 줄 수 있겠는가?"

"학교의 교장이 되어주십시오."

"하지만 나는 그럴 수 없다네. 여기 있는 아이들을 두고 내가 어떻게 떠나겠는가."

"언제까지 유 어르신의 힘만으로 보육원을 운영할 수 있으십니까? 어르신이 사라진다면 여기 있는 아이들이 마지막으로 비빌 수 있는 언덕이 사라지는 겁니다. 제가 보육원의 운영에 도움이 되어 드리겠습니다. 그러니 학교의 교장이 되어주세요."

"내 생각은 해보겠네. 그보다 자네 연구소에 비품이 부족하지 않나? 지금은 돌아가지 않는 제약 회사에 많은 비품이 남아 있는데 구입할 생각이 있는가? 기계는 고철이 되어버렸지만 다른 비품들은 상당히 남아 있다네."

"전부 구입하겠습니다. 그렇지 않아도 비품이 많이 부족했습니다."

유 노인을 도와주고 싶은 생각도 있었지만 정말 연구소의 비품은 부족한 상황이었다.

쉽게 구입할 수 있었던 유리병조차도 재고가 부족한 상황이었으니 유 노인의 제안은 가뭄의 단비나 다름이 없었다.

"그럼 따라오게나."

보육원에서 멀지 않은 곳에 제약 회사가 있었던 건물이 있었다.

"여기가 우리 회사 본사가 있던 건물이네. 우리 할아버님부터 시작된 작은 회사가 이렇게 커졌지. 하지만 내 대에서 이렇게 망해 버렸으니 하늘에 계신 조상님들을 볼 낯이 없네."

폐허나 다름없는 건물을 보는 유 노인의 눈에는 슬픔이 가득 맺혀 있었다.

"따라오게나. 건물은 이렇게 부서졌지만 지하는 그래도 멀쩡하다네."

작은 횃불을 만들어 지하로 들어갔고, 거기에는 엄청난 양의 비품들이 쌓여 있었다.

"여기는 창고로 사용되던 곳이었네. 필요한 물건이 있으면 다 가지고 가게나."

"현수야, 여기에 있는 비품들의 가치가 얼마나 나가겠어?"

현수는 수첩을 꺼내 들고 계산을 하기 시작했다.

계산 시간은 길지 않았고, 현수는 곧장 답을 내놓았다.

"여기에 있는 비품의 가격이라면 최소 10억의 가치가 있습니다. 예전이야 흔했던 물건들이지만 지금은 이렇게 많은 재고를 가지고 있는 곳은 없습니다. 그리고 다른 곳에서 구할 수 없는 물건들도 상당히 있습니다. 만약 경매로 이 물건들을 판매한다면 20억까지 받을 자신이 있습니다."

돈에 미쳐 있는 현수지만 이번만큼은 진실 되게 말했다.

하긴 사람이면 유 노인에게 사기를 치면 안 되지.

"그럼 20억을 지불하도록 해."

"아닐세. 내가 받은 도움이 적지 않으니 10억만 받도록 하겠네."

"괜찮습니다. 아무리 많은 돈이 있다고 해도 구하지 못하는 이런 물건들을 우리에게 판매해 주시는 것만 해도 감사할 따름입니다. 가격까지 깎으면 우리가 너무 나쁜 사람이 되지 않습니까."

"그래도 일방적으로 받기만 하면 미안하지 않은가. 그렇지! 우리 가문에서 전해져 내려오는 비전서를 주겠네. 작은 약방에서 큰 규모의 제약 회사가 될 수 있었던 방법이 모두 적혀 있는 비전서라네."

유 노인이 지하실 한 모퉁이를 밀자 숨겨진 방이 나타났다.

거기에는 벽면 가득 책들이 빽빽이 꽂혀 있었다.

오래돼 겉면이 금방이라도 바스라질 것만 같은 책부터 만들어진 지 얼마 되지 않아 보이는 책까지, 수백 권의 책이 방을 채우고 있었다.

"이 칸은 약 제조에 관한 책일세. 그리고 이 칸은 약을 만드는 기구에 대한 책들이네."

엄청났다. 수백 년의 역사가 고스란히 담겨 있는 책들이다.

이런 경험을 얻기 위해서는 엄청난 시행착오가 동반돼야만 했다.

여기 있는 지식들을 우리 연구소 연구원들이 알게 된다면?

"여기 있는 책들을 그냥 받는 것은 정말 실례되는 일입니다. 가문의 정수가 담긴 책에 가격을 매길 수는 없지만 그래도 돈으로 보답을 해드리고 싶습니다. 현수야, 가격을 책정해 봐."

현수는 이번에도 수첩을 꺼내 계산을 했지만 쉽지 않은지 한참이나 고민을 하고 나서야 계산을 끝냈다.

"정확한 가격을 매길 수는 없지만 제 예상으로는 100억 이상입니다. 100억도 최소로 잡은 금액입니다. 여기 있는 지식들을 우리 연구소가 흡수한다면 엄청난 발전을 할 수 있습니다."

내가 가지고 있는 지식들은 이계의 마법사들이 몇 년 동안 연구를 하면서 얻은 정수였다.

하지만 마법사들의 연구 결과로는 한계가 있었다.

여기에 이 내용들이 더해진다면 엄청난 연구 결과를 만들 수 있다는 확신이 들었다.

"170억을 드리겠습니다. 비품의 가격까지 더한 가격이지만 지금 우리가 지불할 수 있는 금액이 그 정도밖에 되지 않습니다. 대신 보육원 아이들이 충분히 먹을 수 있는 식사를 제공하겠습니다."

"허허. 나한테는 전혀 쓸모없는 책들일세. 그냥 가져가게나."

제약 회사가 사라졌다고 해도 이 책들은 유 노인의 선조들의 모든 것이 담겨 있어서 그냥 우리에게 줄 수 있는 그런 게 아니었다.

"우리가 그냥 받을 수는 없습니다. 제발 돈을 받아주세요."

겨우 애원하고 나서야 유 노인이 계약서에 도장을 찍게 할 수 있었다.

유 노인에게 얻은 지식들은 고스란히 연구소로 이관되었다.

연구원들은 거대 제약 회사의 비전이 담긴 책들을 보며 눈물을 흘릴 정도였으니 얼마나 귀중한 자료인지 알 수 있었다.

그리고 유 노인에게는 170억을 지식의 대가로 주려고 했지만 절대 받지 않으려 했다.

계속된 우리의 부탁으로 20억을 받긴 했지만 나머지 150억은 끝까지 받지 않으려 했고, 결국은 학교를 건립하는 데 기부하겠다는 유 노인이었다.

학교를 세우기 위해서는 일단 부지와 건물이 필요했다.

하지만 학교를 건립하는 것에 부정적인 의견이 대부분이었다.

특히 현수가.

"팀장님, 제가 대표님과 팀장님이 무슨 생각을 하고 계신지는 모르겠지만 지금 당장 학교를 건립하는 것은 회사의 수익에 아무런 이득이 되지 않습니다. 회사가 안정권에 접어들고 나서 사회 기여 차원에서 학교를 세울 수는 있지만 아직은 회사가 자리를 잡지 못했습니다."

"지금 우리보다 튼실한 기업이 한국에 있어? 협회를 제외하고 말이야."

내가 알기로 지금 우리보다 더 많은 수익을 올리는 회사는 없었다.

암시장처럼 음지에서 활동하는 곳을 제외하면 말이다.

헌터 협회는 데빌 도어의 대여를 통해 상납금을 받았고, 그 수익이 엄청났기에 우리 회사와 견줄 수는 없지만 거기는 국가 차원에서 운영했으므로 당연한 것이었다.

"그건 그렇지만 도저히 지금의 수익 구조로는 학교를 유지할 수가 없습니다. 어르신이 150억 상당을 기부했다고는 하지만 부지를 사고, 건물을 올리면 끝입니다. 그렇다고 등록금을 받을 것도 아니잖아요. 학교를 졸업했다고 안정적인 직업을 우리가 제공해 주는 것도 아닌데 학교를 돈 내고 다닐 학생이 얼마나 되겠습니까. 부유층 자제들이나 학교를 다니겠죠. 하지만 그렇게 되면 우리가 그들을 고용할 수 있겠습니까? 잘사는데 굳이 우리 밑에서 일할 이유가 없잖아요."

현수는 내 마음을 돌리기 위해 계속해서 부정적인 의견을 내놓았다.

"지금 우리가 수익을 낼 수 있는 것은 아이템 판매와 연구소에서 만드는 천사의 눈물과 망각의 꽃이 전부라고 봐도 됩니다. 농사는 한철 장사지 않습니까. 수익이 발생하지 않는 계절에는 우리가 고용한 농부들을 유지하는 데 돈을 쓰면 남는 게 하나도 없습니다."

"하나도 없지는 않겠지. 겨울에는 다른 일을 하면 되잖아."

"무슨 일을요?"

"학교를 건설하는 인부로 일할 수도 있고, 아니면……."

"없죠? 학교를 건설하는 데 농부들을 투입한다고 해서 문제가 끝이 아니라고요. 소규모로 학생을 받아들인다고 해도 최소 100명 이상은 받아들이겠죠. 강사진은 우리 회사에 소속된 사람들이 한다고 해도 교재도 만들어야 하고, 필요한 비품도 주기적으로 구입해야 하는데 어떻게 하실 생각이세요."

"숙식도 제공해야지."

"기숙학교를 생각하고 계신 겁니까? 헐! 그렇게 되면 유지비가 기하급수적으로 늘어납니다. 지금 식량이 얼마나 비싼지 잘 알고 계시죠? 100명의 학생들이 살 수 있는 기숙사를 만들려면 최소 600명 이상이 살 수 있는 기숙사가 필요하겠네요. 매년 신입생을 새로 받아야 하니까요. 그리고 그들의 식사는 어떻게 하실 생각인데요?"

"그걸 고민하는 사람은 너지. 너 머리 좋잖아. 너 수능 만점 받았다며. 그 좋은 머리를 어디다 쓰려고 그래. 이런 데 써야지."

"으아아악! 팀장님! 저는 못 해요. 아니, 안 해요! 돈을 버는 일이라면 제가 잠을 줄여가며 하겠지만 이건 쓰는 일이잖아요. 절대 못 합니다."

"일단 고민은 해봐. 학생들에게 교육과 숙식을 제공해 주는 대신 다른 무언가를 받을 수 있지 않을까?"

머리에서 김이 솔솔 나는 현수의 머리를 가볍게 만져 주었다.

"현수야, 너도 잘 알잖아. 희망도 기회도 없는 세상이 얼마나 지옥 같은지. 소수의 사람이지만 기회를 만들어주고 싶어. 그리고 미래에는 그들이 우리에게 큰 도움을 줄 거야."

"팀장님, 저도 부정적인 생각을 하고 싶지 않지만 제가 이런 의견을 내놓지 않으면 너무 무리하게 사업을 벌일 것 같아 하는 말이에요. 일단 방법은 찾아볼 테니까, 제발 일을 더 크게 벌이지 말아주세요."

*　　　*　　　*

어느새 차가워진 공기가 콧불을 차갑게 만들었다.

겨울이다. 이계에서 돌아와 처음 맞이하는 겨울이다.

이제 11월이라고는 하지만 날씨는 겨울과 다름이 없다.

이계의 겨울도 그렇지만 한국의 겨울은 더욱 차갑다.

농작물의 가격은 겨울이 되자 더욱 높아졌다.

이런 혹독한 겨울에 생존하는 것이 사람들의 목표가 되어버렸다.

차가워진 공기를 맞으며 연구소로 들어갔다.

차가운 바깥과는 달리 연구소 안은 열기가 가득했다.

온풍기가 있어 공기를 데운 것도 아니다. 방마다 있는 난로에서 아무리 열기를 뿜어낸다고 해도 이럴 수는 없다.

"어이, 최 팀장! 어서 빨리 와보게나. 안 그래도 자네를 부르러 사람을 보내려고 했다네."

김민중 연구소장이 급히 나를 불렀고, 그를 따라 연구실로 들어갔다.

거기에는 시큼한 냄새가 나는 정체 모를 물질이 있었다.

"이게 뭡니까?"

똥색과 녹색의 중간 지점에 있는 이런 물질이 무슨 능력을 가지고 있길래 나를 이리 급하게 찾은 거지?

"이게 바로 우리가 이번에 새로 만든 거름이라네."

"거름 말씀이신가요?"

거름이라고 하면 배설물을 정제해 땅에 영양분을 주는 그런 걸 말하는 거잖아.

근데 그게 이렇게 호들갑 떨 정도의 일인가?

"그렇다네. 바로 거름이지. 자네는 잘 모르겠지만 거름을 구하기가 상당히 힘들다네. 화학적 거름을 더는 만들지 못하기에 배설물을 이용해 거름을 만들었지만 그 효과는 화학적으로 만든 거름에 절반도 미치지 못한다네."

"그렇군요. 전혀 모르고 있었습니다."

겨울이 다가왔고, 대부분의 땅이 놀고 있는 게 당연하다고 생각했었다.

그 시간 동안 농업 연구원들이 무슨 일을 하는지 큰 관심을 두지는 않았다.

"농업 연구원들이 우리에게 공동으로 거름을 개발하자는 제의를 했었고, 우리는 그들과 함께 거름 개발에 몰두했었다네. 그리고 결과물이 바로 이것이네. 화학 거름보다 최소 다섯 배는 뛰어난 효능을 가지고 있지. 보통 거름은 질소, 인산, 마그네슘, 칼리, 철분이 중요하다네. 각 성분이 농작물에 미치는 효과에 대해 설명을 하자면 너무 말이 길어지니 생략하겠네."

거름의 성분에 대한 강의를 듣지 않게 되어 다행이라는 생각이 들었다.

그런데 거름을 개발한 것이 이렇게 대단한 일인지는 여전히 와 닿지 않았다.

"거름을 개발하면 뭐가 좋아지는 겁니까?"

"일단 개발 과정에 대해서부터 듣게나. 천사의 눈물 제작법이 거름을 개발하는 데 큰 도움이 되었다네. 슬라임의 재생력과 회복력은 천사의 눈물을 만드는 데만 이용되는 것이 아니라 거름을 만드는 데도 큰 도움이 되었다네. 슬라임의 사체를 분해해 유기질 거름과 섞으면 새로운 거름이 완성된다네. 물론 그 과정은 쉽지 않았다네. 어쨌든 그렇게 만든 슬라임 거름은… 일단 우리는 이 거름을 슬라임 거름이라고 부른다네. 슬라임 거름을 준 땅에서 자라는 농작물은 병충해에 대한 저항력이 일반 농작물에 비해 10배 이상 높다네. 그리고 성장도 두 배 이상 빨라진다네. 마지막으로 겨울에도 일부 농작물을 재배할 수 있단 말일세. 이제야 슬라임 거름이 얼마나 중요한 작용을 하는지 이해가 되는가?"

겨울에도 농작물을 키울 수 있다?

한국의 겨울은 춥다. 물론 남부 지방으로 내려가면 조금은 따듯해지긴 하지만 그래도 농작물을 키우기에는 불가능한 날씨다.

겨울에 자라는 시금치 같은 농작물도 비닐하우스에서 재배를 하지 않으면 크게 성장하지 않는다. 그런데 거름 하나로 농작물을 겨울에도 키울 수 있다?

믿기지 않는 말이었다.

"물론 겨울에 재배하는 농작물은 여름에 비해 큰 수확을 기대할 수 없지만 그래도 사계절 다 농작물을 수확할 수 있게 된다네. 우리나라는 보통 일모작이 기본이고, 베트남 같은 국가나 이모작이 가능하지. 하지만 이 거름을 이용하면 사모작도 가능하다고 우리는 예상하고 있다네."

"정말입니까? 대단합니다! 정말 대단해요."

"아직 놀라기는 이르다네. 가을에 수확하는 것을 기준으로 보면 이전에 비해 수확물의 양이 두 배 이상 된다고 예측하고 있다네. 다른 계절은 그런 수확을 기대할 수 없지만 비슷하거나 조금 부족한 양은 수확할 수 있다고 본다네."

"거름을 얼마나 만들 수 있습니까? 지금 당장 투입이 가능합니까?"

"지금 당장은 만들어 놓은 양이 많지 않다네. 그리고 슬라임의 사체가 부족하다네. 다른 재료들은 시중에서 쉽게 구할 수 있지만 슬라임의 사체는 악마의 탑에서 나오지 않는가."

나는 당장 연구소를 벗어나 현수에게로 갔다.

그리고 연구소에서 들었던 얘기를 그대로 현수에게 해주었다.

"정말입니까? 잠시만 있어 보세요. 제가 직접 연구소에 가서 듣고 와야겠어요."

현수는 아이템의 능력까지 이용해 빠르게 눈에서 사라졌고,

20분이 지나서야 다시 돌아왔다.

"팀장님! 대박입니다. 진짜 대박입니다. 학교 마음껏 세우세요. 1년에 사모작이 가능하면 학교가 문제겠습니까. 더한 것도 하세요."

"진짜?"

"아니요! 말이 그렇다는 거지. 일 한 번만 더 벌여 보세요. 저 진짜 자리 내놓고 헌터 생활만 할 겁니다."

"그래, 알았어. 다음에는 상의하고 할게. 그런데 진짜 사모작이 가능할까? 아무리 생각해도 사모작은 불가능해 보이는데."

"저도 그렇게 생각해요. 이론적으로는 사모작이 가능하긴 한데. 땅이 딱딱하게 얼은 1~2월에 농사를 하는 것은 불가능해 보이고, 한다고 하더라도 농지의 절반 정도만 이용해 농사를 지어야 되지 않을까 싶어요. 그래도 삼모작은 가능해요. 그리고 다른 농작물까지 심는다고 하면 1년 내내 농사를 지을 수 있어요. 그리고 수확물도 지금의 다섯 배 정도는 될 겁니다. 지금이 11월이니까. 빨리 시험 농사를 해봐야 해요. 일단 연구소에서 만든 슬라임 거름을 1번 농지로 옮겨달라고 부탁을 해뒀으니 내일부터 농사를 시작할 수 있을 겁니다."

농사는 일반 사람들이 할 수 있는 일이 아니다.

그러나 우리에게는 농사 전문가들이 있었고, 그들과 연구원들이 머리를 싸매고 농사법을 찾을 것이다.

다음 날이 되어 우리는 1번 농지로 향했다.

1번 농지에는 이미 연구원들과 농사 전문가들이 자리하고 있었다.

우리가 도착해도 시선 한번 주지 않고 의견을 교환하는 그들이었다.

“아무리 거름이 있다고는 해도 모종이 겨울 날씨를 견딜 수 있다고는 생각되지 않아요. 비닐하우스를 만들어 모종을 키워야 해요. 비닐을 구하기가 쉽지 않겠지만 모종만 키울 거니 큰 규모의 비닐하우스는 필요하지 않아요.”

비닐하우스?

동네 슈퍼만 가도 쉽게 구할 수 있던 비닐이 이제는 귀해졌다.

물론 많은 돈을 들인다면 지금 당장 비닐하우스를 만들 수는 있지만 비닐하우스는 일회용이나 다름없다.

그러나 지금 당장 다른 방법을 찾을 수는 없었고, 우리는 비싼 돈을 들여 비닐을 구입해 비닐하우스를 만들었다.

“소장님, 비닐하우스 말고 다른 방법으로 모종을 키울 방법이 없겠습니까?”

“다른 방법이라면 유리로 건물을 세우는 방법이 있긴 하지만 유리는 강도가 약하지 않은가. 유리로 건물을 만든다고 해서 얼마나 가겠는가.”

유리로 하우스를 만든다?

유리의 강도가 문제란 말이지.

방법이 하나 떠올랐다.

바로 악마의 탑 3층에서 서식하는 글루잉이라는 몬스터.

글루잉은 비늘을 유리와 비슷한 모양으로 이은 뒤 비늘을 날려 보내는 방식으로 공격하는 몬스터인데 한번 비늘을 날린 후 곧장 새로운 비늘을 만들어낸다.

악마의 탑을 여러 번 들어가 글루잉을 찾아내어 비늘을 뜯어 돌아왔다.

"이런 강도를 가지고 있는 유리가 있다니. 이런 강도라면 충분히 유리 하우스를 만들 수 있다네!"

팀원들은 다른 몬스터 사냥 말고 오직 글루잉 사냥에 나섰다.

3층에 들어가 글루잉이 아닌 다른 몬스터가 나오면 망각의 꽃을 이용해 악마의 탑을 빠져나왔고, 다시 악마의 탑으로 들어가는 방식으로 그루잉을 찾았다.

"빨리 비늘을 뽑아내라고. 이렇게 느려서야 오늘 안에 돌아갈 수 있을지 모르겠네!"

사지가 찢겨진 채 밧줄에 묶여 있는 글루잉들.

글루잉의 머리를 방패로 치며 비늘 생산을 독촉하는 위용욱이었다.

글루잉들의 눈빛을 보자니 어디선가 들었던 말이 생각났다.

'사장님 나빠요.'

팀원들은 그런 방식으로 글루잉의 비늘을 공급했고, 유리로 만든 하우스는 임시로 사용하고 있는 비닐하우스 옆에 만들어졌다.

글루잉을 착취해 얻은 유리로 만든 유리 하우스에서 모종들이 커가고 있다.

확실히 슬라임 거름의 효과는 탁월했다.

하루가 다르게 무럭무럭 크는 모종들을 볼 때면 괜히 내가 뿌듯해졌다.

"비닐하우스에서 키운 모종들은 겨울임에도 불구하고 잘 자라고 있어요. 다음 달이면 수확이 가능할 것 같은데요. 처음 들었을 때만 해도 긴가민가했는데 진짜 가능하네요."

11월에 비닐하우스에 키운 모종들은 겨울의 척박한 땅임에도 불구하고 슬라임 거름의 영향으로 굵은 씨알을 머금은 벼로 성장했다.

농부들은 겨울에도 일을 해야 했지만 피곤을 호소하기보다는 일을 할 수 있다는 것에 만족하는 모습이었다.

천사의 눈물 덕분에 슬라임이 가치가 높아졌는데, 슬라임 거름까지 만들어야 했기에 슬라임을 구하기가 힘들어졌다.

회사 헌터들이 악마의 탑에서 슬라임을 공급하긴 했지만 양이 부족했기에 슬라임을 구입해야 하는 상황까지 벌어졌다.

협회에 속한 사람 중 헌터 회사를 보유하고 있는 사람들에게 슬라임을 구입하긴 했지만 그것만으로는 부족했기에 우리는 여러 헌터 회사들과 계약을 맺어 슬라임을 공급받았다.

슬라임이 이렇게 귀한 재료가 될 줄 전혀 예상하지 못한 헌터 회사들은 집중적으로 슬라임 사냥에 나섰다.

사냥하기에 위험하지도 않고, 수익을 얻을 수 있는 슬라임이 이제 헌터 회사들에게는 보물과도 다름없는 몬스터가 되어버렸다.

"농사는 그렇고, 학교 부지는 알아봤어?"

"이왕 학교를 세울 거면 좋은 위치에다 세우는 게 좋잖아요. 여러 군데를 알아보긴 하는데 터무니없이 높은 가격을 부르거나 농작물의 지분을 떼어달라는 식의 요구가 있어 까다롭네요."

더는 학교 건립을 반대하지 않는 현수였다. 이제는 가장 적극적으로 학교 건립을 추진하고 있는 사람이 현수였다.

"그렇게 부지가 없어? 어디 괜찮은 부지 없나."

"한 군데 있긴 한데, 차마 말을 꺼내지 못하겠어요."

"어딘데?"

"유 어르신 제약 회사 부지가 학교를 세우기에 적당하긴 해요. 그런데 어떻게 회사 부지를 판매하라고 그러겠어요."

"하긴 마지막 남은 재산을 판매해 달라고 말하기는 그렇지."

"일단 흘러가는 말로 학교 부지를 찾기 힘들다고 말하긴 했는데, 잘 모르겠어요. 최대한 다른 땅을 찾아봐야죠."

현수는 며칠 동안 땅을 더 둘러보며 학교를 세울 부지를 찾아다녔지만 마땅한 장소는 나오지 않았다.

결국 유 어르신에게 부지에 관한 얘기를 직접적으로 해야만 했고, 어르신은 우리의 생각보다 훨씬 흔쾌히 우리에게 부지를 제공해 주겠다고 했다.

하지만 이번에도 어르신은 돈을 받지 않겠다고 고집을 부리셨기에 우리는 어쩔 수 없이 임대 형식으로 부지를 확보했다.

부지를 무료로 주겠다는 어르신의 고집을 겨우 꺾고 나서야 땅을 임대할 수 있었다.

“이제 건물을 올려야 하는데. 어떻게 할 생각이야?”

“일단 제약 회사 건물 중에 그나마 멀쩡한 건물은 리모델링해서 사용하고 나머지 건물은 건설 회사와 계약해서 만들어야죠. 그게 그나마 가장 돈이 적게 드는 방법이에요.”

우리가 생각하는 학교의 구조는 강의를 할 수 있는 건물과 학생들이 숙식을 해결하는 기숙사, 그리고 체육관으로 되어 있다.

그나마 온전한 모습을 유지하고 있는 제약 회사 건물을 기숙사로 사용할 생각이었다.

물론 전면적인 리모델링이 필수였지만 말이다.

“아는 건설 회사 있으세요? 협회 쪽에 문의를 해서 몇 군데 소개를 받긴 받았는데 건설사 선정까지 제가 할 수는 없잖아요.”

“왜? 잘못되면 책임 물을까 봐?”

“그런 게 아니잖아요. 건설은 제 전문 분야가 아니라서 그래요.”

“연구소에 건설과 교수님들도 계시니 그분들하고 상의해서 건설사를 골라 봐. 고른 다음에 내가 직접 건설사에 찾아가 볼게.”

현수와 교수진들은 건설사를 직접 방문해 학교를 건설할 능력이 있는지 파악을 했고, 두 곳을 최종적으로 결정해 나에게 알려주었다.

“이준 건설 회사랑 한두 건설 회사가 가장 경험이 많고 능력도 있어요. 다른 회사들은 기계의 도움 없이 건물을 지은 경험이 별로 없어 불안해요.”

"그래? 알았어. 지금 당장 다녀올게."

"팀장님 혼자 가시게요? 절대 먼저 계약하시면 안 됩니다. 계약은 저한테 맡겨주세요. 팀장님은 또 이상하게 계약할 게 뻔하다고요!"

"내가 언제 계약을 이상하게 했다고 그래."

나는 내가 나름 합리적인 사람이라고 생각하고 있었지만 현수의 눈에는 과소비하는 마누라 정도로 보이나 보다.

하긴 현수가 있어 돈에 대한 걱정을 덜 하고 사는 건 분명했다.

현수가 없었다면… 아마 회사가 진작에 거덜 났을지도 모르지.

현수가 알려준 두 곳의 건설 회사 중 거리가 상대적으로 가까운 한두 건설 회사를 먼저 찾아갔다.

건설 회사답게 서울에서 보기 드문 깔끔한 건물이었다.

"어떻게 오셨습니까?" 정문을 지키는 경비원이 나를 막아섰다.

카인트 헌터 회사에서 찾아왔다고 말하려는 순간!

경비원이 급히 나를 옆으로 밀쳐 내고는 고개를 90도로 숙였다.

"부사장님, 나오셨습니까!"

이제 20대 초반으로 보이는 사람이 부사장?

딱 보니 아버지가 회사 대표겠네.

부사장이라는 사람은 경비원 옆에 혼자 서 있는 나를 아래위로 훑어봤다.

"회사 이미지 나빠지게, 모르는 사람이 오면 그냥 쫓아내라고. 내가 몇 번이나 말해. 딱 보면 몰라? 우리 회사에서 콩고물 주워 먹으려고 온 사람이잖아. 쫓아내!"

내가 그런 이미지인가?

패션에 신경을 쓰지 않기도 했고, 딱히 잘 보일 사람도 없기에 옷을 차려입고 오지는 않았지만 그래도 일반 사람보다는 잘 입었다고 생각했었다.

정장을 입고 올 걸 그랬나. 나 때문에 경비원이 혼나네.

이제라도 오해를 풀어줘야 했다. 내가 카인트 헌터 회사에서 온 사람이라고 한다면 이 모든 오해가 풀린다.

하지만 부사장이라는 사람은 나에게 그런 기회를 주지 않았다.

"뭘 봐. 꺼지라고. 여긴 개나 소나 찾아오는 곳이 아니라고. 너 같은 놈 하나 죽이는 건 일도 아니야. 죽기 싫으면 빨리 꺼져!"

저런 개망나니가 회사의 부사장이라니.

아무리 아들이라지만 저런 놈을 회사에 들인 한두 건설 회사 대표가 좋게 생각되지 않았다.

직원들을 함부로 대하는 행동을 누구한테 배웠을까?

아버지겠지.

더는 볼 필요가 없다.

원하는 대로 꺼져 줘야지.

지금의 말에 140억에 달하는 건설 수주가 날아갔다는 것을 알아도 저렇게 거만한 표정을 지을까?

1차 건설 수주만 140억이지, 추후 건설 계획까지 합하면 250억에 달하는 계약이다.

아들 교육은 아버지의 책임이지.

내가 가정교육까지 신경 쓸 필요는 없잖아.

나는 경비원이 더 험한 꼴을 당하기 전에 한두 건설 회사를 떠나 곧장 이준 건설 회사로 향했다.

"여기가 이준 건설 회사인가? 생각보다 허름한데."

한두 건설 회사의 거창한 건물에 비해 초라했다.

가건물 여러 개로 이루어져 있는 건설 회사였지만 분위기는 밝았다.

회사를 오가는 직원들의 얼굴에는 미소가 걸려 있었고, 정문을 지키는 경비원도 사람 좋은 미소를 하며 나에게 다가왔다.

"무슨 일로 찾아오셨습니까? 혹시 일을 하고 싶으신 거라면 매달 초에 실시하는 면접을 받으셔야 합니다."

"매달 면접을 보나 보네요?"

"그렇습니다. 우리 대표님은 인재를 중히 여기셔서 회사 직원을 뽑을 때 직접 면접을 보시거든요. 여기 있는 저도 회사 대표님이 직접 면접을 봐서 입사했습니다."

경비원까지 직접 면접을 본다? 쉬운 일이 아니다.

이준 건설 회사의 대표가 얼마나 인재를 중요하게 생각하는지 느껴졌다.

"그런데 직원들의 얼굴이 상당히 밝습니다. 요즘 같은 시대에 저런 얼굴을 하고 있는 사람은 오랜만에 봅니다."

물론 우리 회사 직원들을 제외하고 말이다.

"그렇죠? 우리 회사는 복지가 좋거든요. 월급도 박하지 않고, 식사도 다 챙겨주니 이보다 더 좋은 직장이 어디 있겠습니까. 그러니 다음 달에 실시하는 면접을 꼭 보세요. 제가 도움을 줄 수는 없지만 응원은 해드리겠습니다."

이제는 내가 찾아온 목적을 말해줘야지. 이대로 더 대화를 나누면 경비원을 가지고 노는 것밖에 되지 않는다.

나보다 나이도 많아 보이는 사람을 가지고 놀 수는 없지.

"저는 카인트 헌터 회사 헌터 팀장을 맡고 있는 최진기입니다. 학교 건설 문제로 찾아왔다고 전해주세요."

"아이쿠, 헌터셨습니까? 제가 몰라봐서 죄송합니다."

"옷을 갖춰 입지 않은 제가 잘못이죠."

경비원은 급히 회사 안으로 들어가 나의 방문을 알렸고, 이준 건설 회사 대표인 이준이 직접 나를 맞이했다.

"조만간 카인트 헌터 회사의 사람이 찾아올 거라고는 들었지만 이렇게 젊으신 분이 오실 줄은 몰랐습니다. 어서 안으로 드시죠."

이제 40대가 조금 넘어 보이는 이준 대표는 180이 넘는 키에 마른 체형이었다. 경비원의 사람 좋은 미소가 어디서부터 시작되었는지 알 수 있었다.

"우리 회사 재경을 담당하는 직원이 간단히 건설 계획에 대해 말해준 것으로 알고 있습니다."

이준 대표가 직접 끓인 커피 한 잔이 내 자리에서 단 향을 풍기고 있다.

커피로 입술만 적신 채 학교 건설에 대한 사항을 얘기했다.

"그렇습니다. 일단 학교 강의실과 체육관을 건설할 계획이라고는 들었지만 정확한 규모에 대해서는 아직 듣지 못했습니다."

"600명이 수업을 들을 수 있는 강의실이 필요합니다. 그리고 체육관도 그 정도 규모가 되겠지요. 그리고 기숙사도 신축을 해야 될 것 같습니다."

생각보다 큰 규모에 이준 대표는 머릿속으로 계산기를 두들겼다.

"그 정도 규모의 건설이라면 많은 금액이 들어갑니다. 기본적인 구조로 만든다고 해도 150억이 넘는 공사가 될 겁니다."

사람이 통이 작기는.

"우리는 250억을 생각하고 있습니다. 이왕 지을 거 예쁘게 지어야 되지 않겠습니까."

"아시는지 모르겠지만 지금의 건설 기술로는 고층의 건물을 짓지 못합니다. 5층 건물이 한계입니다. 물론 무리하면 더 높은 건물을 지을 수는 있지만 우리의 기술로는 5층 건물까지만 안전하게 건설할 수 있습니다."

"건설과 교수님들에게 들어 알고 있습니다. 기계를 사용하지 못하기에 그렇다고 하더군요. 괜찮습니다. 5층이면 어떻고 1층이면 어떻겠습니까. 학생들이 안전하게 사용할 수 있는 건물이면 족합니다. 그런데 지금 있는 직원들로 학교 건설이 가능하십니까?"

"지금 있는 인원으로는 부족하지만 계약을 수주한다면 새로운 직원을 선발할 겁니다. 이래 봬도 3대가 건설업에 종사한 집안입니다. 불가능한 수주를 받을 정도로 탐욕스럽지는 않습니다."

"그러시군요. 알겠습니다. 그러면 정확한 답변은 일주일 안에 드리겠습니다."

만족스러운 대화였다.

마음은 이준 건설 회사 쪽으로 기울었지만 그래도 한두 건설 회사 사람을 만나보긴 해야 했다.

다음 날 헌터 임명식 때 입었던 정장을 꺼내 입고 현수를 데리고 한두 건설 회사를 찾아갔다.

현수에게 두 건설 회사에서 있었던 일들을 고자질했더니 현수는 나보다 더 흥분했다.

"아니, 사람을 겉모습만 보고 판단하다니요. 아무리 팀장님이 없게 생겨도 그렇지, 말도 제대로 못 하게 하고 쫓아내는 게 어디 있어요."

내가 없게 생겼나? 그런 생각은 한 번도 해본 적이 없는데…….

"너무 흥분하지 말고. 일단은 학교 건설이 중요하니까."

겨우 현수의 흥분을 가라앉혔다. 그러는 동안 우리는 한두 건설 회사의 정문에 도착했다.

입고 있는 옷이 달라서일까? 경비원은 나를 전혀 알아보지 못하고 있었다.

하지만 현수의 얼굴은 기억하고 있었기에 우리를 곧장 회사 안으로 들여보내 주었고, 우리는 마중 나온 사람의 안내를 받아 한두 건설 회사 대표실로 들어갔다.

돈을 얼마나 해 먹으면 이런 사무실을 가지고 있을 수 있지?

헌터 협회장의 고급스러운 사무실을 방문한 적이 있다.

헌터 협회장은 한국에서 가장 높은 직위를 가지고 있는 사람이다.

하지만 한두 건설 회사 대표의 사무실은 협회장의 사무실이 초라하게 보일 정도로 고급스러웠다.

돈을 엄청 해 먹었나 보네.

건설 수주만 해서는 이런 생활을 할 수 없지. 직원들의 허리띠를 강제로 졸라맸나 보네.

"우리 회사는 국가 차원의 사업을 여러 번 한 적이 있고, 유명 헌터 회사의 건물도 여러 채 지은 경력이 있는 매우 우수한 회사로서……."

나불나불.

한두 건설 회사 대표의 말은 귀를 통해 들어와 뇌를 거치지 않고 바로 반대편 귀로 빠져나갔다. 그가 무슨 말을 하든 중요치 않았다.

민한두.

그는 자신의 능력을 과대 포장 했고, 현수도 그가 터무니없는 말을 하고 있다는 것을 눈치채고 있었다.

당연하지. 교수진들이 몇 명인데.

교수진들이 이미 각 회사의 능력을 다 파악해 둔 상태였기에 한두 건설 회사에서 제시하는 조건이 허황되다는 것을 알 수 있었다.

강의실 건물을 7층으로 짓겠다고? 그것도 반값도 안 되는 가격으로?

물론 지으려면 지을 수는 있겠지.

하지만 안전은 누가 보장하고?

인부는 많지만 전문가는 터무니없이 부족하다는 것을 뻔히 알고 있는데 이런 말을 하다니, 누굴 병신으로 보나.

중장비가 없다고 해서 고층 건물을 짓지 못하는 것은 아니었지만 그런 능력이 한두 건설 회사는 없었다.

"우리는 12층 높이의 건물을 완공한 경험이 있으며……."

완공? 겨우 리모델링을 한 것 가지고 완공했다고 거짓말을 하네.

더는 들을 필요가 없었다.

"한두 건설 회사의 능력은 충분히 알아들었습니다. 그럼 이만 일어나 보겠습니다?"

"오늘 계약서를 작성하는 것이 아닙니까?"

"200억이 넘는 계약인데 신중히 결정해야 되지 않겠습니까. 생각을 해보고 연락드리겠습니다."

"허허. 아직 젊은 사람이라 그런지 세상 사는 방법을 잘 모르시는군요. 저도 정보통이 있습니다. 회사의 대표가 한 분 있긴 하지만 결정은 두 분이 전담한다고 알고 있습니다. 오늘 계약을 하시죠."

뭐지, 이 분위기는?

지금 우리를 협박하고 있는 건가?

일반인이 헌터를 상대로 협박한다?

내가 아무리 우스워 보여도 그렇지, 일반인에게 협박을 당하다니.

지금의 상황에 어이가 없었다.

"비켜 주세요. 이러신다고 지금 당장 계약서를 작성할 수는 없습니다."

"제가 무슨 짓을 했다고 그러십니까. 저는 단지 고생이 많으신 두 분을 위해 작은 성의를 준비했을 뿐입니다."

공포 분위기를 조성하고 뇌물을 준다?

완전 쓰레기구만.

그는 007 가방 하나를 꺼내 우리에게 내밀었다.

"작은 성의입니다. 성의를 생각해서 오늘 계약서를 작성하시죠. 혹시 성의를 무시하신다면 제가 섭섭해질지도 모릅니다."

헐! 섭섭해하든 말든 그게 나랑 무슨 상관인지.

회사의 인부가 100명이 넘는다고 그랬지.

인부들을 믿고 지금 우리를 협박하는 건가?

헌터들이 어떤 존재인지 모르는 건가, 아니면 따로 믿는 구석이라도 있나?

민한두는 갑자기 와이셔츠를 접어 올렸다.

그의 팔뚝에는 아이템으로 보이는 팔찌가 채워져 있었다.

지금 저 따위 아이템을 믿고 우리에게 협박을 하는 거야?

"현수야, 지금 우리 협박당하고 있는 거 맞지?"

"그런 거 같은데요. 이런 상황은 저도 처음이라 당황스럽네요."

우리가 전혀 겁을 먹지 않아 보이자 민한두는 사무실에 걸려 있는 검을 집어 들었다.

검 또한 마법 아이템으로 보이긴 했다.

고작 D급 정도는 될까?

"얘들아, 손님이 우리 성의를 무시한다고 하시네. 너희들이 좋게 말씀 좀 드려라."

문 뒤에 서 있던 건장한 사내 다섯 명이 사무실로 들어왔다.

그들 또한 아이템을 착용한 것처럼 보였다.

"현수야, 도와줘야 되냐?"

"아닙니다. 혼자 처리할게요. 헌터 자격도 없는 놈들한테 당할 정도로 나약하지는 않아요."

현수는 들고 있는 수첩을 책상 위에 두고는 다섯 명의 사내에게로 걸어갔다.

솔직히 현수의 첫인상은 약해 보인다. 그리고 나 또한 강한 인상은 아니다.

그러니 우리가 헌터인 걸 알고도 이런 짓을 하는 거겠지.

다른 헌터 회사의 헌터들이라면 이들에게 위압감을 느낄지도 모르겠지만 현수는 악마의 탑 3층을 공략할 수 있는 능력을 가진 헌터다.

헌터 협회에서도 3층을 공략할 수 있는 능력을 가진 헌터는 손가락에 꼽혔다.

현수가 최상위 헌터라고는 꿈에도 생각하지 못했겠지.

"한두야, 나이 먹었으면 나잇값을 해야지. 어디서 엉기고 지랄이야."

오! 현수 강하게 나가는데?

민한두는 갑작스럽게 바뀐 현수의 분위기에도 여전히 상황 파악을 하지 못하고 있었다.

"지금 나한테 한 소리냐? 내가 곱게 끝내려고 했는데 안 되겠네. 내 뒤에 누가 있는지 알고 있냐? 흑두방이라고 들어 봤냐? 너희를 여기서 담가 버려도 뒷수습을 흑두방 사람들이 해준다고. 회사에 있는 헌터들을 믿는가 본데, 노예들로 구성된 너희 헌터들이 흑두방 사람들을 감당할 수 있을 거라고 생각하는 건 아니겠지?"

믿는 구석이 있긴 있었네.

우리가 아무리 약해 보인다고 해도 우리 회사 소속 헌터들은 100명이 넘었고, 수련생까지 더하면 200명 가까이 되었다.

이런 규모를 가진 헌터 회사는 없다.

물론 우리 헌터들이 정식 헌터 자격증을 가지고 있는 것도 아니었고, 헌터 협회에서 인정하는 정규 교육을 받지도 않았다.

그랬기에 우리 헌터 회사는 상대적으로 과소평가되었다.

그렇다고 해도 이건 아니지.

헌터 회사를 상대로 건설 회사가 시비를 건다?

아무리 못난 헌터 회사라고 해도 전문 분야가 다르다.

힘쓰는 일을 전문적으로 하는 건설 회사라고는 하지만 몬스터를 죽이는 일을 업으로 삼는 헌터들과는 길이 다르다.

"거기, 아저씨. 혹시 살아 움직이는 것을 죽여본 적 있어요? 닭 모가지라도 비틀어봤냐 이 말이에요! 사람을 때리고 다치게 하는 일은 많이 해봤겠지만 손에 피를 얼마나 묻혀봤어요? 지금 여기 있는 사람 전부를 합치면 저보다 피 보는 일을 많이 했을 것 같아요? 그렇게 생각한다면 오산입니다. 아무리 이렇게 떠들어도 모르겠죠. 입 아프게 떠들어봤자 뭐하겠어요. 오세요."

현수는 엄지와 검지를 까딱거리며 저들을 도발했다.

독기는 있어도 착한 아이였는데 어쩌다가 이렇게 망가졌는지.

현수는 위용욱의 표정을 따라 하며 민한두와 그의 패거리를 바라봤다.

저 표정으로 말할 것 같으면 몬스터들도 견디지 못하고 광분하는 위용욱의 트레이드 마크와 같은 표정이다. 눈을 반쯤 감고 오른쪽 입술만 씰룩거리는 궁극의 도발기.

나쁜 건 빨리 배운다더니. 위용욱과 같이 다니다가 물들어버렸네.

"어린놈의 새끼가! 오늘 버릇을 단단히 고쳐 줘야겠어."

결국 현수를 향해 공격해 들어가는 민한두였다.

돌아오지 못하는 길을 건너버렸네.

삼가 고인의 명복을 빕니다.

퍽!

"대표님!"

검을 휘두르는 민한두의 옷이 찢어져 있었고, 옆구리에는 선명한 주먹 자국이 남았다.

우후! 저 정도면 갈빗대 두세 개는 나갔겠는데.

일반인을 상대로 살살 좀 하지. 한 방에 사람을 병신을 만들어버리네.

역시 위용욱이랑 친하게 지내서 물들어버린 거야.

"쿨럭! 저 새… 끼, 죽여… 죽여 버려."

기침하면서 소리치느라 고생이 많네.

다섯 명의 경비원들은 민한두의 지시에 따라 현수에게 달려들었다.

파리가 윙윙거리면 잡으면 그만이다.

파리가 한 마리든 다섯 마리든 말이다.

우당탕탕!

퍽!

아이구! 난리도 아니네.

현수를 공격하기 위해 경비원 다섯 명이 달려들었지만 그들의 주먹은 번번이 빗나갔고, 교묘하게 피하는 현수를 쫓다 자기들끼리 부딪쳐 넘어졌다.

그리고 넘어진 경비원의 머리에 사커 킥을 날리는 현수였다.

"이게 끝이냐? 헌터를 상대로 너희들만으로 상대할 수 있다고 생각한 거야? 이거 참 웃겨서 말도 안 나오네."

현수의 말이 끝나기를 기다렸다는 듯이 10명의 경비원이 사무실 안으로 달려들어 왔고, 그들 또한 다른 경비원들과 비슷한 모습으로 바닥을 기어 다녔다.

"팀장님, 정리 끝났습니다. 이만 돌아가시죠."

사무실에서 들려오는 시끄러운 소리에 많은 사람들이 몰려들었지만 우리를 막는 사람은 없었다. 아니, 없다고 생각했다.

"거기 멈춰!"

우리를 붙잡은 사람은 정문에서 나에게 면박을 줬던 부사장이라는 놈이었다.

그래도 꼴에 효자 소리는 듣고 싶은가 보지.

"그래, 멈췄다. 어떻게 할 건데?"

자기의 말에 우리가 진짜로 멈출 거라고는 예상하지 못했는지 부사장은 잠시 머뭇거렸다.

"저 새끼들을 족쳐!"

직접 덤빌 능력도 안 되면서 입만 살아서는.

하여튼 윗사람 잘못 두면 아랫사람만 고생이라니까.

"현수야, 살살해라. 일반인들이잖아."

아이템을 착용하고 있는 경비원들이라면 몰라도 일반 인부들을 상대로 과하게 손을 쓸 필요는 없었다. 계급이 깡패라고 월급 주는 사람의 명령에 따라 움직이는 불쌍한 사람들이었다.

"저도 그 정도는 알고 있어요. 제가 위용욱인 줄 아세요. 저는 정도라는 걸 알고 있다고요."

알고 있는 놈이 한 방에 갈빗대를 부숴 버려?

전혀 신빙성이 느껴지지 않는 현수의 말이었지만 그래도 직접 몸을 움직이기는 싫었기에 그에게 맡겼다.

30명이 넘는 인부가 현수에게 달려들었지만 현수는 그들의 배에 가볍게 주먹을 찔러 넣어 상황을 정리했다.

"이제 네 지시를 들을 사람이 없어 보이는데, 어떻게 할래? 직접 올래?"

주춤!

역시 입만 산 놈이다.

배에 덕지덕지 붙은 비계가 출렁거리는 모습이 보였다.

"아까 나를 거지라고 했었던가? 아니지, 개나 소라고 그랬었던 것 같은데. 그리고 나 같은 놈 하나 죽이는 건 일도 아니라고 했었지. 그 말을 다시 한 번 해보지."

"내가 언제 그런 말을 했다고. 난 그런 말을 한 적 없어."

"지금 필살기 쓰는 거야? 드라마 좀 봤나 본데 기억상실 걸린 척하면 다 끝나는 줄 아나. 미안하게도 여긴 드라마 촬영 현장이 아니거든. 분명 오전에 정문에서 나한테 그런 말을 했잖아! 옷을 바꿔 입어서 못 알아보는 거야?"

"아! 오전에 정문에서 알짱거리던!"

"드디어 기억이 났나 보네. 자, 다시 얼굴 보이면 나를 죽여 버린다고 그랬었지. 그럼 한번 죽여 봐. 죽여 보라고."

"그때는 당신이 헌터인 줄 모르고……."

"모르면 끝이야? 사람 죽여 놓고 모르고 그랬습니다. 하면 만사 오케이야? 이거 참, 세상 쉽게 사는 놈이네. 현수야, 교육 좀 시켜 줘라."

현수는 나름 교육에 일가견이 있었다.

노예 출신인 신입 수련생들은 대부분 기가 셌기에 그들에게 교관 대우를 받으려면 초장에 잡아야 했다.

그리고 현수는 수련생 사이에서 악명이 자자했다.

위용욱은 한 방에 강하게 교육을 시키지만 현수에게 찍히면 하루 종일 괴롭히기에 현수의 말을 어기는 수련생은 아무도 없었다.

"어이, 거기, 금 수저 물고 태어난 양반. 잠시 이리로 와 보지."

"나? 나 말이야?"

"그럼 여기에 너 말고 누가 있는데. 왜, 내 말이 우스워? 우습냐고!"

시작이네. 현수는 웃으면서 화를 내는 신기한 기술을 가지고 있었다.

지금도 웃으면서 부사장의 몸을 멍 자국으로 도배하고 있었다.

"으아악!"

"고작 이 정도로 비명을 지르면 어떻게 해. 아직 시작도 안 했는데. 네가 우리 팀장님 욕했다며. 나도 가끔씩 팀장님을 욕하기는 하는데 너는 내가 아니잖아. 나 말고 우리 팀장님을 욕할 자격이 있는 사람은 없다고. 이 새끼야! 죽어! 죽으라고!"

현수가 나를 욕했나? 학교 건립한다고 그래서 뒤에서 나를 씹은 건가.

속이 좁은 줄은 알았지만 밴댕이 소갈딱지일 줄은 몰랐네.

"현수야, 이제 그만해. 더 하다가는 오늘 초상 치르겠다."

"이런 새끼는 저승 문턱에서 저승사자랑 하이파이브하고 돌아와야 정신을 차려요. 조금만 더 두드리면 될 것 같아요. 조금만 기다려 봐요."

퍽!

"으아아악!"

"현수야, 그쯤 했으면 됐어. 그만 가자."

"잠시만요. 아직 스트레스가 덜 풀렸어요."

뭐야, 지금 스트레스 풀고 있는 거였어…….

난 또 부사장이 내 욕을 했다고 해서 화난 줄 알았네. 그러면 그렇지.

퉁퉁 부운 눈을 제대로 뜨지도 못하는 부사장이었지만 용케 기절은 하지 않았다.

부사장의 정신력이 강해서라기보다는 그가 기절하지 않게 패는 현수의 능력이 뛰어난 것이다.

"마지막으로 한마디 하는데, 우리 눈에 한 번만 더 띄면 지금의 고통은 애들 장난이라고 생각하게 될 거야. 앞으로 보지 말자."

현수는 그 말을 끝으로 부사장을 놓아주었다.

"비켜! 확!"

현수가 앞을 막고 있는 인부들을 뚫고 길을 만들었다. 나는 그의 뒤를 쫄래쫄래 따라 건물을 빠져나갔다.

"아마 이대로 끝나지는 않겠지. 헌터를 상대로 시비를 걸어온 놈들이니 보복을 할 거야. 흑두방이라는 단체에게 부탁을 할 것 같은데."

"흑두방이라면 중국에서 넘어온 화교가 만든 단체잖아요. 덤비라고 하세요. 조폭과 헌터의 차이를 보여줄 테니까요."

자신감 하나는 최고네.

역시 우리 회사 헌터답네.

Chapter 3

은심원생(恩甚怨生-
은혜가 지나치면 원망을 산다)

겨울이 지나가고 이제는 봄이 찾아오기 시작했다.

두꺼운 옷을 벗어던졌고, 길거리에서도 푸른 기운이 솟아났다.

겨울에 생명의 기운을 느낄 수 있는 곳은 우리 농장을 제외하고는 없었다.

"팀장님, 이제 겨울이 끝나가는데 무상 배급을 중지하는 게 어때요? 정부에서도 하지 않는 일을 왜 우리가 하는지 모르겠어요. 보육원에 지원을 하는 것만으로도 충분해요. 지금 우리처럼 기부를 많이 하는 회사가 어디에 있어요."

"나라고 피 같은 돈을 쓰고 싶겠냐. 그런데 어떻게 해. 눈앞에서 사람이 죽어가고 있는데 그냥 모른 척할 수가 있어야지. 근데

네 말대로 무상 배급을 계속할 수는 없지. 겨울이 끝나면 무상 배급을 그만둘 생각이었어. 언제까지 우리가 보살펴 줄 수 있는 상황은 아니니까."

"그러니까요. 지금 서울에 있는 부랑자들이 전부 우리 회사에 진을 치고 있다고요. 무상 배급량이 작다고 언성 높이는 사람도 있어요. 그래도 헌터들하고 수련생들이 통제를 하고 있지만 우리가 헌터 회사를 가지고 있지 않았다면 진작에 회사가 뒤집어졌을 거라고요."

사람들은 이상했다.

우리가 무상 배급을 할 의무는 없다. 처음에 사람들은 우리에게 고마워하며 눈물까지 흘렸지만 이제는 보따리까지 달라고 하는 상황이었다,

물론 모든 사람이 그런 건 아니었지만 하루가 다르게 그런 사람이 늘어나고 있었다.

이런 상황에서 우리가 무상 배급을 그만하겠다고 하면 어떻게 될까?

아마 우리를 원망하겠지.

원망을 들을 걸 뻔히 알면서 시작한 일이었다.

처음 현수는 무상 배급을 무조건적으로 반대했지만 내가 강력하게 주장해 벌인 일이다.

뒷수습도 내가 해야 한다.

오늘도 어김없이 무상 배급소 앞은 인산인해를 이루고 있다.

이들에게 오늘이 마지막이라고 말해야 한다.

"오늘이 마지막 무상 배급일입니다. 내일부터는 배급이 없습니다."

그렇게 큰 목소리는 아니었지만 파장은 엄청났다.

"아니, 그게 무슨 말입니까! 그럼 우리를 굶겨 죽일 생각입니까."

"하루에 고작 한 끼를 먹고 사는데 여기서 배급을 안 해주면 우리는 뭐 먹고 살라는 말입니까!"

예상했던 반응이다.

애원에 가까운 반응은 점점 협박조로 바뀌고 있다.

"농장에서 엄청난 농작물을 수확하는 것으로 아는데, 우리에게 조금 나눠주는 게 그렇게 아깝나? 능력이 있으면 나눠야지. 혼자 잘살면 좋냐!"

"우리가 가만히 있을 거 같아? 농장에 불을 지를 거야!"

개인으로는 절대 이런 말을 하지 못할 사람들이 집단의 광기에 이끌려 입에 담지 못할 말들을 쏟아부었다.

"처음부터 겨울까지 배급을 하기로 말했고, 우리가 계속해서 무상 배급을 해야 될 이유는 없습니다. 겨울이 지나갔으니 이제는 일을 하세요."

"어디서 일을 하라고! 그리고 하루 종일 일해 봐야 한두 끼 먹을 식량밖에 구하지 못한다고!"

"그건 그쪽 사정이지. 우리는 자선 사업 단체가 아니라 회사입니다. 정당한 노동을 하지 않는 사람에게 식량을 나눠줄 이유는 없습니다."

아무리 저들을 이해시키고 진정시키려고 해도 말이 통하지 않았다.

마치 자신들의 물건을 우리가 훔친 것처럼 반응했다.

대화가 길어질수록 인내심에 한계가 찾아왔다.

"아무튼 내일부터는 배급이 없으니 찾아오지 마세요."

할 말만 하고 회사로 돌아갔고, 한동안 시끄러운 소음이 회사 주변을 울렸다.

하지만 이것도 며칠이 지나면 잠잠해지겠지.

다음 날이 되었다.

혹시나 하는 마음으로 많은 사람들이 배급소를 다시 찾았지만 배급소는 문을 굳게 닫았다.

사람들은 집단 농성을 시작했고, 회사 정문까지 흔들며 무상 배급을 다시 시작하라고 외쳐 댔다.

이런 일에 헌터들을 투입하고 싶지는 않았지만 저들을 진정시키기 위해서는 강한 헌터들이 움직이는 것 말고는 방법이 없었다.

사용하지는 않겠지만 위압감을 심어주기 위해 손에 무기까지 든 헌터들이 정문에 모습을 보이자 잠시 조용해졌다.

하지만 우리가 자신들을 어떻게 하지 못한다는 것을 알고 있는지 다시 소리를 지르기 시작했다.

"악덕 회사는 다시 무상 배급을 시작해라!"

"시작해라! 시작해라!"

언제부터 우리가 악덕 회사가 된 거지?

법에 어긋나는 행위로 돈을 번 적은 없었고, 어떤 회사보다 사회에 많은 기여를 했다고 자부했다. 지금 보육원에 지원하고 있는 돈만 해도 작은 헌터 회사의 수익과 맞먹었다.

그런데 우리보고 악덕 회사라고?

머리 검은 짐승은 거두지 말라는 옛말이 뼈저리게 이해되었다.

이계에서도 이와 비슷한 일이 있었지만 그때는 워낙 귀족들의 힘이 강했기에 시민들이 함부로 입을 열지는 못했다.

하지만 여기는 다르다. 아직도 민주주의 사회라고 착각하는 사람들이었다.

표면적으로는 아직 민주주의가 맞긴 했지만 힘없는 사람들이 모인다고 해서 바뀌는 것은 하나도 없었다. 그것도 명분도 없는 사람들이라면 더더욱 말이다.

"용욱아, 부탁한다."

이런 일에는 위용욱이 제격이다. 곰 같은 덩치와 노안은 사람들에게 위압감을 주기에 충분했다.

몬스터조차 주춤거리게 만드는 그의 인상이 사람들에게 먹히지 않을 리는 없었다.

"거참, 남의 사업장에서 뭣들 하는 겁니까. 겨울 동안 먹여줬으면 됐지. 우리가 당신들 똥까지 닦아 줘야 하나요? 정부를 찾아가서 먹여 살려 달라고 하세요. 우리는 정부가 아니라 회사라고요."

위용욱의 거친 언사에 사람들은 주춤거렸다.

그렇지만 말만으로는 그들을 해산시킬 수 없었다.

"다들 이만 돌아가시라고요!"

위용욱과 다른 헌터들이 움직였다.

그들은 최대한 무력을 사용하지 않으려고 했지만 어쩔 수 없는 상황에 최대한 힘을 조절해 사람들을 해산시켰고, 하늘이 어둑해져서야 사람들을 완전히 해산시킬 수 있었다.

다른 헌터 회사들처럼 힘없는 사람을 짐승처럼 대했다면 10분도 되지 않아 해산시킬 수는 있었지만 우리 헌터들은 그래도 사람을 사람처럼 생각했다.

사람들을 해산시키고 돌아온 위용욱은 진이 빠져 있었다.

"팀장님, 이거 진짜 사람 할 일이 아니네요. 그러게 처음에 현수 말을 듣지 그랬어요."

"너도 무상 배급 찬성해 놓고 나한테 그러기냐?"

"그때는 이렇게 될 줄 알았나요. 하여튼 사람들을 상대하는 것보다 악마의 탑에서 몬스터를 상대하는 게 훨씬 나아요."

"그래, 고생했다. 며칠만 고생하면 사람들이 잠잠해질 거야."

이런 내 예상을 뒤엎고 소란은 쉽사리 잠잠해지지 않았다.

회사 앞으로 찾아오는 사람은 줄었지만 농장에 피해를 가하는 사람들이 생겨났던 것이다.

밤중에 농장을 찾아와 농작물을 훔치기만 하면 다행이었다.

농장에 불을 지르려는 사람도 있었고, 농수로에 오물을 투척하는 사람까지 있었다.

"이대로는 피해는 피해대로 입고, 우리 이미지도 나빠져요."

현수는 이번 일을 심각하게 생각하고 있었다.

회사의 평판을 중요하게 생각하고 있지는 않았지만 그래도 이미지가 나빠져서 좋을 것은 없었다. 그리고 이대로는 헌터와 수련생들이 제대로 휴식을 취하지도 못한다.

농장을 지키기 위해 평소보다 많은 인원을 배치해야 했고, 피로를 호소하는 직원들이 늘어났다.

"미안하다. 내가 생각이 짧았어."

"어떻게 하실 생각이세요?"

현수의 질문에 떠오르는 답은 하나뿐이었다.

지금의 현대의 방식보다 이계의 방식이 어울렸다.

"본보기를 보여줘야지. 우리가 너무 착한 방식으로만 일을 처리하려고 했어. 우리가 그렇게 착한 회사가 아니라는 걸 보여주는 게 차라리 이미지가 더 나빠지지 않겠어."

"본보기요?"

"그래, 본보기."

하늘이 어두워지고 달마저 밝지 않은 시간.

벌레마저 잠든 시간이지만 역설적으로 농장 주변의 헌터들에게는 지금이 가장 바쁜 시간이었다.

"팀장님, 10명 남짓한 사람이 3번 농장 옆에 숨어 있습니다."

"그리로 가자."

위용욱과 현수만을 데리고 그들에게로 이동했다.

농장에 해코지를 하려는 열 사람은 농장 옆 수풀에 숨어 기회를 노리고 있었다.

보자기를 잔뜩 들고 온 걸 보니 농작물을 훔쳐 가려는 생각이었나 보네.

하지만 그게 끝이 아니었다.

어디서 구했는지 기름이 들어 있는 페트병도 가지고 있었다.

불까지 지르려고? 봐줄 필요가 없는 사람들이군.

일말의 망설임도 사라졌다.

퍽!

"으악!"

10명이라고는 하지만 일반인이다. 우리의 공격을 한 번이라도 견딜 수 있는 사람은 없었기에 순식간에 그들을 제압했다.

"횃불을 가지고 와."

멀리서 우리의 명령을 대기하고 있던 헌터들이 횃불을 가지고 왔고, 그들의 얼굴이 선명하게 들어왔다.

"우리는 그냥 산책을 왔을 뿐입니다. 우리에게 왜 이러시는 겁니까. 아무리 헌터들이라고 해도 우리에게 이럴 권리는 없습니다!"

"증거가 이렇게 있는데 오리발을 내미시겠다? 산책을 나왔는데 보따리는 왜 챙겨왔고, 기름은 왜 필요한데?"

"그건……. 어쨌든 우리는 억울합니다."

억울하긴 개뿔.

"다들 묶어서 회사로 데리고 와."

10명의 도둑들은 밧줄로 사지가 묶인 채 회사로 옮겨졌다.

그들은 다음 날 해가 뜰 때까지 회사 정문 앞에 속박당한 채 시간을 보내야 했다.

날이 밝아오면 어김없이 거지들이 찾아온다.

겨울이었다면 불쌍한 사람들이라고 하겠지만 지금은 거지라는 말도 아까운 사람들이다.

그들은 정문에 몸이 묶여 있는 10명의 사람들을 보고 웅성거렸다.

그 사람 중에는 자신들과 안면이 있는 사람들도 있었고, 저들이 무슨 짓을 꾸몄는지 알고 있는 사람도 소수 있어 보였다.

"팀장님, 사람들이 충분히 모인 것 같습니다. 시작하시죠."

우리가 마냥 착한 사람들이 아니라는 것을 각인시켜 줘야 한다.

그러기 위해서는 저들이 본보기가 되어야 했다.

하지만 미안한 감정이나 동정심은 일체 생기지 않았다.

농장에 불까지 지르려고 했던 사람들에게 감정을 나눠줄 정도로 감정이 풍부하지는 않다.

"다들 주목하세요. 이들이 왜 여기에 있는지 궁금하십니까? 이들은 우리 회사 소유의 농장의 농작물을 훔치려고 했을 뿐만 아니라 불까지 지르려고 한 현행범들입니다. 우리는 이들에게 지금까지 입은 피해 보상을 받을 생각입니다. 현수야 지금까지 입은 피해액을 불러줘라."

현수는 수첩을 꺼내 들고는 읽었다.

"최근 며칠 동안 도둑맞은 농작물은 3억에 달합니다. 그리고 농수로에 투척된 오물을 정화하기 위해 2억이 들었고, 불탄 농작물은 3억, 도둑들을 막기 위해 투입된 인건비와 기타 금액을 합치면 10억 정도가 됩니다."

그렇게 큰 액수는 아니었다. 회사 헌터들이 밤잠을 설쳐 가며 막았기에 이 정도 피해로 막을 수 있었다.

하지만 나에게 큰 액수가 아니라고 해서 이들에게 큰 액수가 아닌 건 아니었다.

이들이 10억을 벌려면 평생이 걸려도 불가능했다.

"10억을 배상하세요."

"우리는 억울합니다. 우리가 언제 도둑질을 했다고 그럽니까. 그리고 우리 말고도 다른 사람들도 그랬는데 왜 우리한테만 그럽니까!"

"다른 사람이 했으니 너희도 해도 된다? 참 인생 쉽게 살려고 하네."

주변의 사람들은 끼어들지 않았다.

저들 중에도 농작물을 훔친 경력이 있는 사람이 있을 테고, 이들과 관련된 사람도 있을 것이다. 하지만 이들을 위해 변호하려고 나서는 사람은 없었다.

혹시나 불똥이 자신에게까지 튀어 10억을 공동 배상할지도 모른다는 생각에 한발 물러나 관망하는 사람들이었다.

저들에게 공포심을 심어주어야 나중이 편해진다.

"지금 당장 10억을 배상하지 않으면 노예시장에 팔아버리고, 모자란 금액은 가족들에게 연계 책임을 묻겠습니다."

"우리는 정말 억울합니다."

"억울? 그런 말이 통할 거라고 생각합니까? 증거가 이렇게 있는데 억울하다는 말이 나오다니 신기하네요."

그들의 옆에 이번 범행에 사용하려고 했던 기름이 담긴 페트병과 보따리를 던졌다.

"이런 증거가 우리의 죄를 입증할 증거가 되지는 못합니다. 법대로 해주세요."

"법? 지금 법이라고 하셨나요? 요즘 같은 시대에 법을 찾는 사람도 있군요. 경찰을 부르려면 부르세요. 경찰이 이런 일에 개입할 거라고 생각하신다면요."

지금 시대에 법은 없다.

힘 있는 자가 곧 법이었다. 그리고 나는 힘이 있고 이들은 힘이 없다.

결국 법을 어긴 사람은 내가 아니라 이들이다.

이제야 자신들의 상황을 깨달은 건지 위기를 느끼는 10명의 도둑이었다.

"하지만 우리는 돈이 없습니다."

"알고 있습니다. 돈이 있었다면 이런 짓을 하지도 않았게죠. 하지만 그렇다고 해서 정당화될 수는 없죠. 돈이 없으면 몸을 팔아야겠네요. 이들을 노예 시장에 팔아 버려!"

"알겠습니다."

헌터 중에서도 탱커에 속하는 덩치 큰 헌터들이 도둑들을 일으켜 세웠다.

정문을 에워싸고 있던 사람들은 헌터들이 움직이는 방향에 따라 길을 내주었고, 이제야 그들의 눈에 공포라는 감정이 생겨나기 시작했다.

물론 이건 쇼였다.

진짜 저들을 노예시장에 팔지는 않는다.

하지만 사람들에게 공포심을 심어주기 위해서는 일정 시간 동안 저들의 모습이 보여서는 안 된다.

* * *

10명의 도둑들은 회사 창고에 감금시켜 두었다.

"노예시장에서 제값 받으려면 살 좀 쪄야죠. 이래서는 완전 싸구려 취급을 받는다고요. 제가 노예를 많이 구입해 봐서 아는데 지금 상태로는 노예시장에서 안 받아 줘요."

죄를 미워해도 사람은 미워하지 말라고 했던가?

이 불쌍한 사람들을 미워해서 뭐하겠는가.

하지만 이대로 풀어 줄 수는 없었다.

우리가 한 짓이 쇼라고 소문이라도 난다면 지금까지의 노력이 헛수고가 되어 버린다.

그렇기에 이들을 여기에 가두어 두고 공포 분위기를 조성하고 있었다.

이들이 얼마나 긴 시간을 여기에 갇혀 있어야 될지는 모르겠지만 아직은 소문이 더 돌아야 했다. 하루가 다르게 회사를 찾아오는 거지들의 행렬이 줄어들고 있었고, 회사와 농장에 거지들이 찾아오지 않을 때까지는 여기에 갇혀 있어야 했다.

"어서 드세요. 음식에 독 안 들었어요."

살이 찌면 노예시장으로 팔려나간다고 생각하는지 음식에 손을 대지 않는 도둑들이었다.

"제발 노예시장에만 팔지 말아주세요. 하라는 대로 다 하겠습니다."

지금은 진심으로 하는 말이겠지만 지금 이들을 풀어 주면 어떻게 될까?

며칠 지나지 않아 우리를 또 만만하게 볼 것이다.

우리 회사에 있었던 일을 무용담 삼아 떠들고 다니겠지.

"참 말 안 듣네요. 좀 먹으라고요. 사람이 좋은 말 할 때 들어야지. 노예로 팔려나가는 게 그렇지 나쁘지는 않아요. 우리 회사 헌터 대부분이 노예 출신이라는 거 알고 있잖아요. 지금처럼 도둑질을 하며 사는 것보다 좋은 주인을 만나 새로운 일을 시작하는 것도 나쁘지 않아요. 혹시 알아요? 중동 상인들에게 팔려서 좋은 밥 먹고 살지. 어쨌든 노예로 팔려나가는 걸 너무 무섭게 생각하지는 마세요."

정신교육이 이렇게 싱겁게 끝나면 효과가 없겠지.

수련생들 중에 입담이 좋은 사람을 뽑아 노예로서의 삶을 이들에게 자세히 설명해 주게 했다.

그런 작업이 2주가 지속되자 회사를 찾아오는 거지들은 완전히 사라졌다.

"팀장님, 이제 저들을 풀어 주실 거예요? 제 마음 같아서는 진짜 노예시장에 팔아 버리고 싶은데."

"나라고 안 그러고 싶겠냐. 그런데 노예로 팔려나가면 어떻게 되는지 너도 잘 알고 있잖아. 운 좋으면 공사판에 팔려가고 아니면 헌터 회사에 팔려가서 몬스터 미끼가 되는데 회사에 피해를 입혔다고 해서 죽게 둘 수는 없잖아."

내가 너무 감성적으로 행동하는 걸까?

"하긴 이제 사람들이 회사에 찾아오지도 않으니 본보기는 이 정도면 충분하기는 한데, 어떤 방식으로 풀어줄 생각이세요? 그냥 풀어 주면 귀찮은 일이 다시 생길지도 몰라요."

"그래서 생각한 방법이 있어."

*　　　*　　　*

카인트 헌터 회사의 창고 안.

창고 안에는 두려움에 밤잠을 설치고 있는 10명의 사람들이 소곤거리고 있다.

"요즘 들어서 감시가 느슨해졌다고 생각하지 않아?"

"그러니까요. 밥을 줄 때를 제외하면 창고에 들어오는 사람이 없네."

"수련생들끼리 하는 말을 들었는데 조만간 우리를 노예시장에 판다고 하더군요. 그러니 우리에게 큰 관심이 없는 게 아닐까요?"

"그럴 걸세. 이번 주 안에 노예시장으로 끌려갈지도 모른다네."

"정말 노예로 팔려갈 생각입니까? 저는 죽으면 죽었지 노예로 살긴 싫습니다."

어떤 사람이 노예로 살고 싶을까.

동시에 서로의 눈을 살폈다.

같은 생각을 하고 있는 10명의 사람들. 누군가가 먼저 입을 열기만을 기다렸다.

"도망을 치세. 노예로 팔려가나 잡혀 죽으나 똑같지 않은가. 어차피 죽을 거면 그래도 인간답게 죽고 싶네."

"저도 그렇습니다."

의견이 하나로 모아지자 그들은 조심스럽게 자리에서 일어났다.

살이 안 찐다는 이유로 족쇄는 풀려 있었기에 움직이는 데는 큰 지장이 없었다.

"문에 잠금장치는 없습니다."

자신들을 얼마나 쉽게 생각했으면 그 흔한 자물쇠 하나 설치하지 않았을까.

하지만 굴욕감보다는 안도감이 드는 그들이었다.

"문을 여는 순간 사방으로 흩어져야 하네. 뭉쳐서 이동하면 전부 잡힐 수밖에 없네. 누가 살아서 도망갈지는 운에 맡기는 수밖에."

끼이익!

창고의 문이 열리자 10명의 사람들이 사방으로 뛰쳐나갔다.
지금까지 살아오면서 이렇게 열심히 뛴 적이 있을까?
목숨을 건 탈출은 그렇게 시작되었다.

"팀장님, 드디어 도망갔네요. 이렇게 결단이 느려서야. 며칠을 고생했네요."

"그러게 말이야. 족쇄를 풀어주면 바로 도망칠 줄 알았는데 며칠이나 창고 안에서 뜸을 들이네. 괜히 시간만 버렸잖아."

"어쨌든 도망을 갔으니 내일 아침에 바로 후속 조치를 할게요."

후속 조치라고 해서 특별한 것은 없었다.

미리 만들어 둔 전단지를 회사 근처에 붙이고, 헌터들과 수련생들을 데리고 동네 한 바퀴를 산보하면 끝이다.

전단지의 내용을 조금 공격적으로 작성하긴 했다.

회사에 피해를 입힌 10명의 도둑들은 죗값을 치루지 않고 도망을 쳤다. 이에 우리는 더 이상의 자비를 버리고 즉결 처분할 생각이다. 회사의 헌터들을 풀어 도둑들을 찾아 나설 것이고, 잡히는 즉시 죗값을 묻겠다. 이 방침은 이후의 문제에 대해서도 적용한다.

무례한 말이 가득 적혀 있는 전단지지만 이렇게 해야 효과가 있다.

오전에 전단지를 뿌리고, 회사 헌터들과 수련생들을 데리고 도시를 산책했다.

그런 모습만으로도 전단지의 글은 사실로 인식되었고, 카인트 헌터 회사에 대한 악명이 사람들 사이에 퍼졌다.

착한 회사보다는 악명이 퍼지는 것이 낫다.

헌터들과 산책을 하고 회사로 돌아오자 손님이 찾아와 있었다.

와이셔츠가 용케 버티고 있을 정도의 근육질.

그는 바로 흑두방의 보스 왕진수였다.

그가 왜 우리 회사를 찾아왔을까?

혹시 한두 건설 회사의 문제 때문인가?

그렇겠군. 생각보다 늦었어.

"반갑습니다. 한두 건설 회사 문제 때문에 오셨습니까?"

그가 좋은 마음으로 온 것이 아니라고 생각했기에 차가운 목소리로 그에게 말했다.

"아닙니다. 한두 건설 회사가 우리 흑두방의 이름을 팔았다고 듣긴 했는데, 우리는 그들과 큰 관련이 없습니다. 그냥 얼굴만 아는 사이입니다."

흑두방에게도 버림을 받았군.

분명 한두 건설 회사는 흑두방에게 돈을 상납했을 것이다. 하지만 흑두방은 움직이지 않았다. 평소 행실을 어떻게 하였길래 흑두방 같은 음지의 조직마저 한두 건설 회사에 등을 돌렸는지 보지 않아도 눈에 선했다.

음지의 조직이라고 무시를 했겠지. 돈 몇 푼 던져주고 아랫사람 취급을 했을 것이 분명했다.

"그러면 무슨 일로 우리 회사를 방문하신 겁니까?"

"우리도 이번에 농업에 뛰어들 생각입니다. 도움을 받고 싶습니다. 물론 그에 상응하는 대가를 지불하겠습니다."

농사? 흑두방이?

서울에서 가장 큰 음지의 조직인 흑두방이 농사를 한다?

물론 조직원들이 직접 농사를 짓지는 않겠지만 그래도 흑두방이 농사를 시작한다는 말은 믿기지 않았다.

어울리지 않는다. 깡패 조직과 농사?

아무리 생각해도 어울리지 않는 조합이다.

우리가 농사를 통해 많은 돈을 버는 것을 보고 돈 냄새를 맡았겠지.

그래도 그렇지. 깡패가 농사를 지을 생각을 다 하다니.

"정확히 우리에게 어떤 도움을 받길 원하시는 겁니까?"

"슬라임 거름의 판매와 농수로를 지원해 주길 바랍니다. 농수로를 사용하는 돈도 지불하겠습니다."

헌터들이 늘어남에 따라 슬라임 거름에 대한 재고는 빠르게 쌓여 가고 있었지만 아직 다른 사람에게 판매할 정도는 아니었다.

"슬라임 거름의 재고가 있긴 하지만 그렇게 많지 않습니다. 농작지의 규모를 모르겠지만 우리가 판매할 수 있는 슬라임 거름의 양으로는 수익을 올리기 힘들 겁니다."

"슬라임이 부족해서 거름을 많이 만들지 못하고 있는 거라고 들었습니다. 우리가 슬라임의 사체를 공급하겠습니다. 그 양만큼 슬라임 거름을 판매해 주시면 안 되겠습니까?

깡패에 대한 편견이었던가?

왕진수는 생각보다 정중했고, 합리적이었다.

이런 조건이라면 나쁘지 않은데, 이들과 손을 잡아 버려?

또 나 혼자 결정을 내리면 현수가 가만히 있지 않겠지.

"잠시만 상의를 하고 오겠습니다."

내 말을 기다렸다는 듯이 현수는 내 손을 잡아 끌고 옆방으로 들어갔다.

"어떻게 생각해?"

"일단 흑두방에서 얼마를 제시하는지에 따라 다르기는 하지만 나쁘지 않습니다. 흑두방에서 농작물을 생산한다고 해서 우리의 수익이 크게 줄어들지는 않습니다. 거름 판매를 통해 새로운 수익을 창출하는 것이 우리에게 더 이득입니다."

"그래? 그러면 알았어."

왕진수가 기다리는 회의실로 들어가 말을 꺼냈다.

"일단은 긍정적으로 고려해 보기로 했습니다. 슬라임의 사체를 제공해 준다면 슬라임 거름을 판매하지 못할 이유는 없습니다. 그리고 수로 또한 금액만 맞다면 제공해 줄 수 있습니다."

회의는 매우 긍정적으로 진행되었고, 금액에 관한 문제는 현수에게 일임했기에 매우 만족스러운 결과를 얻을 수 있었다.

계약서는 일사천리로 작성했고, 다음 날 점심시간이 되자 흑두방의 사람들이 슬라임의 사체를 한가득 가지고 회사를 찾아왔다.

"흑두방이 헌터와 맞먹는 무력을 가지고 있다고는 들었지만 이 정도일 줄은 몰랐네요. 웬만한 헌터 회사보다 더 뛰어난 것 같은데요."

시장에서 판매하는 슬라임 사체는 우리가 거의 독점적으로 구입하고 있었다.

흑두방에서 가지고 온 슬라임은 그들이 직접 악마의 탑에 들어가 구했을 것이다.

이들이 가지고 온 슬라임의 사체를 통해 예측해 본다면 흑두방의 무력은 대형 헌터 회사와 비슷했다.

슬라임의 사체만 있다면 슬라임 거름을 만들 수 있다.

이미 체계화된 생산 방식이 만들어져 있었고, 연구원들이 대량생산의 기틀을 만들기 위해 지금도 슬라임 거름 공장을 개선시키고 있었다.

자동화 기계가 없다고 해서 생산 속도를 빠르게 하지 못할 이유는 없다.

철저한 분업과 인원 분배로 생산 속도를 높였고, 여러 기구를 만들어 내기도 했다.

슬라임 거름이야 우리가 돈을 받고 판매했지만 수로는 조금 까다로운 문제였다.

미리 만들어 둔 수로를 이용할 수 있는 곳은 흑두방 쪽 사람들이 새로운 길을 만들어 농작지에 물을 끌어갔지만, 우리가 만들어 둔 저수지와 거리가 떨어진 곳에 농작지가 있으면 내가 도움을 줘야 했다.

드래곤의 지팡이를 이용해 지하수를 끌어 올려 주었고, 그들은 새로운 저수지를 만들었다.

물론 추가 요금은 따로 받았다.

아무리 많은 돈을 준다고 해도 새로운 저수지를 만들지 못한다.

하지만 나야 지팡이만 있으면 간단히 해줄 수 있었기에 서비스 개념으로 해주었다.

그렇게 일을 같이하다 보니 흑두방 식구들과 우리 직원들 간의 친분이 생겼고, 흑두방을 비즈니스 파트너로 인정했다.

흑두방과의 사업이 시작되고 얼마 지나지 않아 한지협 소속의 사람들도 농사에 대한 문의를 해왔고, 그들에게도 슬라임 거름과 저수지를 공유해 주었다.

"이번 달 수익은 어때?"

"점점 수익이 늘고 있어요. 농작물 경매를 통해 벌어들이는 수익은 줄었지만 거름 판매와 저수지 임대로 벌어들이는 수익이 크게 늘었고, 수익은 저번 달에 비해 상승했어요. 농작물의 가격도 이제는 안정세에 접어들었어요."

많은 회사들이 농사에 뛰어들었고, 이제는 수십 배가 넘게 뛴 농작물의 가격이 안정을 찾았다. 물론 아직도 비싼 농작물의 가격에 굶는 사람이 있긴 했지만 예전에 비해서는 그 수가 현저히 줄어들었다.

그리고 농사를 하는 회사가 늘어남에 따라 많은 사람들이 일자리를 가지게 되었다.

여전히 헌터가 유망 직종 1위이긴 했지만 그래도 헌터 말고도 먹고살 수 있는 직업이 생긴 것이었다.

헌터 회사들도 농사에 관심을 두고 있을 정도였다.

이러다가 모든 회사들이 농사를 시작하겠다고 할 지경이다.

농사를 시작한 회사는 많지만 가장 중요한 슬라임 거름 생산은 우리가 독점하고 있었다.

솔직히 수익이 줄어들어도 상관이 없다.

슬라임 거름의 독점권은 생각보다 중요했다.

거름이 없으면 농사로 얻는 수익이 현저히 떨어지게 마련이었고, 농사를 하는 회사들은 우리와의 관계를 지속시켜야만 했다.

슬라임 거름으로 여러 회사들을 움직일 수 있는 것만으로도 만족이다.

이전에도 그랬지만 지금에는 헌터 협회도 우리를 함부로 대하지 못했고, 카인트 헌터 회사라는 이름은 전국에 퍼져나갔다.

인력 충원을 위해 인력 모집 공고라도 하는 날에는 회사로 찾아오는 사람들로 발 디딜 틈이 없어졌다.

농작지를 더 늘릴 생각은 없었고, 우리는 주로 연구소 인력이나 헌터들을 영입했고, 회사의 규모는 새로운 건물을 하나 더 지어야 될 정도로 커졌다.

그리고 이제 학교 건설도 마무리 작업에 들어갔다.

"팀장님, 꼭 제가 가야 돼요? 팀장님이 가시면 되잖아요. 저 바쁜 거 아시잖아요."

현수가 징징거리는 게 이제는 익숙했다.

하루라도 현수가 징징거리는 소리를 듣지 않으면 귀에 가시가 돋친다니까.

오늘은 학교가 정식으로 개교하는 날이다.

보통 학교의 개강이 3월이지만 건설 시기에 맞춰 개교를 했기에 4월이 돼서야 학생들을 받았다.

우리 학교라서가 아니라 한국에 현존하는 최고의 학교라고 자부할 수 있는 학교다.

학교의 외관이 예술적으로 아름답거나 교수진이 세계 최고의 대학을 졸업한 우수한 인재들이어서는 아니다.

한국에 우리 학교 말고 남아 있는 학교가 없기 때문에 개교와 동시에 1등을 차지한 것이다.

전국 제일의 학교.

혼자만의 만족일 수도 있지만 그래도 전국 제일이라는 딱지를 다는 게 쉬운 일은 아니다.

정부 차원에서 아이들의 교육을 위해 학교를 만들려는 시도를 하고 있긴 했지만 지원금 문제로 계획으로만 그친 상황에서 헌터 회사가 학교를 개교했다는 것은 이례적인 일이다.

대한민국하면 여러 가지가 떠오르지만 교육열을 빼놓을 수 없다.

개교 전에 실시한 입학 등록에 정원보다 훨씬 많은 학생들이 지원했다.

분명 15살에서 30살까지의 사람만 받는다고 제한을 두었지만 지원자의 수를 줄이는 데는 큰 영향을 주지 못했다.

그리고 오늘이 입학시험을 합격한 학생들이 처음으로 등교하는 날이기도 했다.

1회 입학식이니만큼 예식이 빠질 수가 없다.

하지만 굳이 내가 나설 필요는 없지.

유 어르신에게 총장의 자리를 떠넘기듯이 넘겨 버렸고, 나머지 행사 진행은 현수에게 맡겨 버리기만 하면 완벽하다.

지금 현수는 행사 진행을 맡지 않으려고 앙탈을 부리고 있다.

결국은 하게 될 거 그냥 하면 될 건데 꼭 앙탈을 부린다니까.

"대표님한테 말해서 이번 달 보너스를 두둑이 넣어주라고 할게."

"정말요? 그럼 제 능력을 한번 살려볼게요."

카인트 헌터 회사에는 여러 직종의 사람들이 있지만 그중에서 가장 돈을 많이 받는 사람은 현수였다. 회사의 재정을 관리하면서 헌터 생활까지 하고 있으니 많은 연봉을 받을 수밖에 없다. 그런데도 여전히 돈에 굶주려 있었다.

내 입장에서는 나쁘지 않았지만 그래도 이렇게 악착스럽게 돈을 벌어서 어디다 쓰려고 하는지 궁금하긴 했다.

딱히 격식을 차린 예식을 하고 싶진 않았기에 행사는 간략했다.

학교 설립 목적과 인재상에 대한 말씀을 총장님께서 하시고,

각 과에 대한 설명을 현수가 하면 입학식은 끝이다.

"저 먼저 가볼게요. 이왕 입학식 행사 진행을 맡았으니 완벽하게 해야죠."

역시 현수한테 맡긴 선택은 신의 한 수였다.

현수는 자신이 맡은 일은 완벽주의자처럼 처리했고, 뒤탈이 없었다.

이러니 자꾸 현수한테 일을 맡기는 거다.

잘난 게 죄지. 사회에 나가면 중간만 하라는 명언이 괜히 있는 게 아니거든.

현수가 행사장에서 바삐 움직이는 동안 나는 입학식이 진행되는 체육관을 둘러보았다.

"새로 만든 건물답게 광택이 끝내주네. 다음 계약도 이준 건설회사에 맡겨야겠어. 헌터 숙소도 증축을 해야 되는데. 조만간 연락을 해야겠네."

체육관을 둘러보는 동안 입학식은 시작되었고, 많은 수의 학생과 학부모들이 참석했다.

"카인트 종합 대학에 입학하신 여러분을 환영합니다."

헌터와 연구원 그리고 농업 분야까지 여러 인재들을 양성하기 위한 카인트 대학이었고, 앞으로도 새로운 과를 더 신설할 생각이었다.

과는 몇 개 되지 않았지만 올해 신입생 수는 300명에 육박했다.

등록금은 물론이고, 숙식을 제공하기에 많은 사람들이 학교에 입학 신청을 했다.

고르고 고른 인재들.

이들 중 절반 이상은 국내 유명 대학을 재학했거나 졸업한 사람들이었다.

그래서 신입생치고는 나이 대가 조금 높은 편이었다.

평균 27살.

매년 평균 나이는 낮아질 거라고 예상하고 있긴 했지만 나이 대가 높긴 했다.

그리고 이번에 내 동생도 학교에 입학했다.

내 입김이 전혀 들어가지 않았다고 볼 수는 없었지만 그래도 실력이 있어 합격한 것이다.

입학시험 문제를 알려주거나 면접관들에게 내 여동생이라고 말하지도 않았다.

단지 연구원이 되고 싶어 했기에 연구소에서 신입 사원 교재로 사용되는 책을 집에 가져갈 수 있게 해주었을 뿐이다.

거기서 입학시험 문제가 나올 줄 누가 알았겠는가.

정말이다!

"이번에 입학하셨나 봐요? 몸을 봐서는 헌터과는 아닌 것 같은데 혹시 융합 연구과 학생이세요?"

지금 나한테 하는 말인가?

주위를 둘러보았지만 다른 사람에게 말을 하고 있어 보이지는 않았다.

지금 나에게 질문을 하고 있는 사람은 아직 20살도 되어 보이지 않는 귀염상의 여자였다.

"융합 연구과 학생은 아닙니다."

내가 학생은 아니지. 차라리 교수에 가깝지.

각 과에 걸맞은 교수진 선발 작업은 연구 소장과 어르신 그리고 1기 헌터들까지 모여 진행되었다. 다른 사람들은 특화된 능력이 있었기에 능력에 맞는 과를 선택했지만 내 위치는 조금 이상했다.

헌터의 능력도 있으면서 연구소에 밀접한 관계를 가지고 있었기에 각 과의 학과장 교수들이 서로 나를 그 과의 교수로 만들려고 했다.

교수를 하면 분명 우수한 인재들을 가르치면서 보람을 얻긴 하겠지만 귀찮아진다.

그래서 나는 각 교수들의 요청을 단칼에 거절했다. 하지만 교수들은 끈질겼고, 나는 결국 한 달에 한 번 수업을 하기로 했다.

그러니 학생은 아니고 교수라고 할 수 있지.

"그러면 농업과 학생이신가 보군요. 농업과와 융합 연구과는 겹치는 수업이 많다고 하니 다음에 볼 수도 있겠네요."

말할 틈을 주지 않고 자기 할 말만 하는 이상한 여자였다.

말이 끊기기를 기다렸다가 해명을 하려고 했지만 그녀를 부르는 사람 때문에 말을 하지 못했다.

그런데 여자를 부르는 사람의 모습이 어딘가 낯이 익다.

김민재다.

내가 저자를 어떻게 잊을 수 있겠나.

내가 이계에서 지옥 같은 시간을 견뎌야 했던 이유가 그였다.

자신을 살리려는 나를 용광로에 밀어 넣은 김민재가 지금 이 체육관에 있었다.

김민재는 이제 30살이 되었을 것이고 우리 학교에 입학할 수 있는 커트라인이었다.

나를 못 알아보고 있는 건가?

하긴 내가 죽었다고 생각하고 있을 테니 못 알아보겠지.

같은 회사를 다니면서 몇 주간의 시간을 김민재와 같이 보냈었다.

그는 높은 학벌로 나를 무시했었고, 나에게 주먹질까지 한 적이 있었다.

그리고 나를 왕따로 만들려고까지 했었지.

그런 그를 살리겠다고 움직였다가 그의 손에 밀려 용광로에 빠져 이계로 넘어갔었다.

용광로에 빠져 이계로 넘어갔다는 것을 그때는 이해하지 못했지만 용광로는 중요한 매개체였다.

이계로 넘어간 뒤 그를 원망한 적도 있었다. 하지만 지금에 와서는 그를 원망하지는 않는다. 그가 의식적으로 나를 용광로에 밀었다고는 생각하지 않는다.

사람의 본능에 따라 나를 밀었겠지.

그래도 기분이 더러운 것은 어쩔 수가 없었다.

*　　　*　　　*

입학식이 끝나고 본격적인 수업이 진행된 지도 2주가 지났다.

새로 농사를 시작한 흑두방은 농작물의 수확에 한창이었고, 새로운 비즈니스 파트너도 더 생겼다.

이제는 내가 따로 관리를 하지 않아도 될 정도로 회사는 안정세에 접어들었다.

하긴 이전에도 현수가 대부분의 일을 하긴 했지만.

나는 한가한 시간에 혼자 악마의 탑을 찾았다.

세계의 모든 헌터들이 꿈속에서도 가고자 하는 악마의 탑 5층을 홀로 올라갔다.

악마의 탑 5층에 서식하는 몬스터들은 강하다.

숙련된 헌터들이라고 해도 일반 몬스터 한 마리를 제대로 상대하지 못할 정도로 강한 몬스터들이 득실거리는 곳이 5층이다.

4층이 반딧불이라면 5층은 LED 조명의 밝기다.

그리고 현재 내가 갈 수 있는 최고층이기도 했다. 6층부터는 몬스터와 더불어 마족이 나온다. 물론 6층의 마족을 상대해 지지 않을 자신은 있다.

하지만 그래서는 안 된다.

마족을 처리하는 순간 악마의 탑에 숨어 있는 악마들이 깨어나게 된다.

아직 준비가 제대로 되지 않은 지금 악마들이 깨어난다면 감당하지 못한다.

내가 악마의 탑에 찾아온 이유는 하나였다.

네르.

이계에서 내 목숨을 몇 번이나 구해준 신수 네르를 살리기 위해 찾아온 것이다.

현재 네르는 생명력 유지 아이템 덕분에 겨우 목숨을 부지하고 있었다.

네르를 살리기 위해서는 마기의 정수가 필요하다.

마기의 정수는 5층의 일반 몬스터에게서 간혹 발견되었고, 주로 5층 보스 몬스터에게 구할 수 있었다.

상처 입은 고양이의 모습을 하고 있는 네르를 품에서 꺼냈다.

"조금만 더 기다려줘. 이제 얼마 남지 않았어."

내 예상으로는 마기의 정수 세 개만 더 구하면 네르를 회복시킬 수 있다.

몸속에 잠들어 있는 고리를 깨웠다.

오랜만에 봉인이 풀린 고리의 기운들은 폭발하듯이 몸 전체로 퍼져나갔고, 몸에 새겨진 문양에 검은 빛이 돌았다.

몸 전체가 검게 보일 정도로 문양은 몸을 감싸고 있었다.

몬스터 한 마리가 나를 발견하고 다가온다.

침을 한 바가지 흘리고 있는 걸로 보아 허기진 것 같았다.

그는 더는 배고픔을 느끼지 못할 것이다.

죽은 몬스터가 배고픔을 느끼지는 않을 테니까.

오랜만에 모습을 드러낸 고리의 기운은 5층의 몬스터에게 화풀이를 했고, 보스 몬스터까지 어렵지 않게 사냥했다.

그리고 내 손에 들린 3개의 정수.

보랏빛이 도는 마기의 정수 3개를 손으로 녹였다.

고운 가루가 된 마기의 정수를 네르의 입에 부었다.

움찔!

네르의 입이 움직였다.

자세히 보지 않았다면 발견하지 못할 정도로 작은 움직임이었지만 나는 보았다.

마기의 정수가 네르의 입에서 녹아 없어지자 네르의 몸에서 환한 빛이 쏟아져 나왔다.

환한 빛에 눈이 아파 눈물이 나려고 했다.

"뽀오!"

"네르야! 미안해! 정말 미안해."

다시 살아난 네르는 내 품을 파고들어 왔다.

항상 자신이 있던 내 품으로 말이다.

한참이나 재회의 눈물을 흘리고 나서야 악마의 탑을 빠져나왔다.

검은 고양이의 모습을 하고 있는 네르는 드래곤이 가지고 있던 신수의 알을 내가 직접 품어 깨웠다. 이계에서도 유일했고 현대에서도 유일하게 살아 움직이는 신수가 바로 네르다.

작고 연약한 모습을 하고 있는 네르지만 힘을 완전히 되찾게 된다면 혼자 악마의 탑 6층을 공략할 정도로 강한 힘을 가지고 있다.

하지만 네르의 능력은 힘뿐만이 아니다. 네르가 가지고 있는 특수 능력은 시간 붕괴다.

나를 몇 번이나 살려준 기술이기도 한 시간 붕괴는 네르의 몸속에 보관되어 있는 기운 대부분을 소모해야만 사용이 가능하다.

시간 붕괴를 사용하기 위해서는 마기의 정수 100개 이상이 필요했고, 한번 사용하고 나면 네르는 다시 마기의 정수를 흡수하는 동안은 일반 고양이와 다름이 없었다.

"팀장님, 웬 고양이에요? 그놈 귀엽게도 생겼네요."

"뾰옹!"

네르는 현수의 손길을 거부하며 앙칼지게 소리쳤다.

"고양이 울음소리가 왜 '뾰옹'이죠? 성대에 문제가 있나 보네요. 제가 아는 수의사가 있는데 한번 데리고 가보실래요?"

"아니야, 괜찮아. 원래 이렇게 울어. 그건 그렇고 이 시간에 무슨 일로 나를 찾아왔어?"

현수는 계속해서 네르를 만지기 위해 손을 움직였지만 철벽 방어를 펼치는 네르의 손을 뚫을 수는 없었다.

고양이를 만지는 데 아이템을 사용하고 싶지는 않았던 현수는 네르를 만지는 것을 포기하고 자세를 바로 했다.

"흑두방에서 새로운 농작지를 개척하려고 하는데 한번 가봐야 할 거 같아서요. 같이 가실래요?"

"왜? 저수지를 새로 만들어야 돼?"

"우리 농지와 근접해 있는 곳이라서 따로 저수지를 만들 필요는 없어요. 그냥 얼굴이나 한번 내비쳐야 될 것 같아서요."

"흑두방에서 오래?"

"그건 아닌데, 그래도 비즈니스 파트너로서 한번 가봐야 될 거 같아서요."

"그런 일이라면 나는 안 갈란다. 너나 다녀오세요."

"알았어요. 그럼 혼자 갔다 올 테니까. 서류에 사인이나 하고 계세요. 요즘 무슨 일을 하시는지 모르겠지만 지금 결재를 기다리고 있는 서류가 산더미예요."

네르를 회복시키기 위해 악마의 탑 몬스터들을 사냥한다고 결재를 하지 않았다고 해도 이건 아니잖아.

책상에 쌓여 있는 서류는 산을 이루고 있었다.

"이걸 언제 하고 있냐. 네가 보고 대충 결재해."

"저한테는 결정권이 없답니다. 전부 팀장님이 하셔야 돼요."

"누가 너한테 결정권이 없다고 그래? 오늘부터 너에게 최종 결재권을 위임할게."

현수는 잽싸게 양팔을 교차시켜 X 자를 만들었다.

"사양합니다. 제가 왜 스스로 무덤을 파겠어요. 그럼 저는 이만 흑두방의 농지로 가볼게요. 제가 다녀오는 동안 결재를 다 하세요."

현수는 번개와 같은 속도로 사무실을 빠져나갔고, 사무실 안에는 나와 네르 그리고 산더미처럼 쌓인 서류만이 있었다.

"네르야, 내 서명을 따라 할 수 있겠어?"

아무리 신수라고는 해도 고양이의 모습을 하고 있는 네르는 내 사인을 따라 하지 못했고, 나는 어쩔 수 없이 눈물을 머금고 책상에 앉아 서류에 사인을 하며 시간을 보내야 했다.

"이거 혼자는 절대 못 하겠다. 서류에 사인하는 데 이런 능력을 사용하고 싶지는 않았지만 그래도 이렇게 시간을 낭비할 수는 없지."

이계에서 구한 아이템 중 지금 가장 필요한 아이템이라고 하면 분신을 만들 수 있는 물의 환영이다.

처음 물의 환영을 구했을 때만 해도 하나의 분신을 겨우 컨트롤할 수 있었지만 지금의 정신력이라면 10개의 분신을 만들어 조종할 수 있었고, 단순한 서명 작업 정도라면 20개의 분신을 한꺼번에 조종할 수 있었다.

20개의 분신이 일사불란하게 서류를 넘기며 서명을 했고, 책상 위를 차지하고 있던 서류들은 빠르게 줄어들었다.

이렇게 쉬운데. 역시 사람은 머리를 잘 써야 된다니까.

조금 전만 해도 서류를 보며 낙심했던 기억은 벌써 머릿속에서 사라져 있었다.

*　　　　*　　　　*

강현수는 흑두방의 새로운 농지로 이동하며 여러 가지 생각을 했다.

지금 자신의 머리에서 가장 먼저 떠오르는 사람은 역시 팀장님이다.

"맨날 사람 부려 먹기나 하고, 돌아갔을 때 서류가 그대로면 이번에는 진짜 폭발할 거야!"

자신에게는 일을 산더미처럼 주면서 한량처럼 빈둥거리는 팀장이 조금 괘씸하기는 하지만 그래도 그가 좋았다.

인간처럼 살 수 있는 기회를 주었고, 그 기회를 잡을 수 있게 많은 도움도 준 사람이 최진기 팀장이다.

목에 칼이 들어오더라도 그를 배신할 생각은 없다.

몇 개의 회사에서 같이 일해보자고 제안을 해오기도 했지만 그럴 마음은 전혀 들지 않았다.

"다른 회사로 옮긴다고 해서 지금보다 더 많이 벌 수 있을 것 같지도 않고, 나름 대우도 좋잖아. 그리고 회사를 키우는 맛도 있고."

주머니가 빠르게 채워지기까지 하니 회사를 떠나고 싶은 마음이 드려야 들 수가 없었다.

"이제 도착했네. 7번 농지 근처라고 하더니 그렇게 가깝지는 않네."

사실 굳이 흑두방의 농지에 찾아오지 않아도 되었다.

이미 계약금을 받기도 했고, 따로 찾아와 달라고 연락을 받지도 않았다.

하지만 회사를 생각하는 마음으로 흑두방의 농지를 찾았다.

그래도 가장 큰 비즈니스 파트너인데 얼굴은 비쳐야지.

팀장님은 이런 관계에 대해서는 신경 쓰고 싶지 않아 하니 나라도 해야지.

흑두방의 사람들이 인부들을 고용해 수로를 파고 있었다.

강현수는 영업용 미소를 장착하고 그들에게 인사를 건넸다.

"안녕하세요. 고생이 많으십니다."

웃는 얼굴에 침 못 뱉는다고 했다.

그런데 반응이 왜 이렇지?

분명 웃는 얼굴로 인사를 했건만 흑두방 사람들의 반응은 뭔가 이상했다.

황급히 인부들에게 무언가를 지시하는 흑두방 사람들.

인부에게 지시를 한 다음에야 흑두방에서 한 사람이 다가왔다.

흑두방의 보스인 왕진수의 오른팔로 불리는 류철이었다.

"연락도 없이 높으신 분이 여기까지 다 오시고……."

"일이 어떻게 되어 가고 있는지 확인차 왔습니다. 혹시 우리가 지원해 줄 게 있나 싶어서요."

"모든 게 완벽합니다. 우리만으로도 충분히 공사가 가능합니다. 날도 더운데 저쪽으로 가서 시원한 차라도 한잔하시겠습니까?"

날이 덥다니. 이제 5월의 초입이다. 더위가 찾아오려면 한 달은 남았다.

그런데 류철은 정말 더워 보였다.

그의 이마에는 땀이 송골송골 맺혀 있었고, 입이 타는지 연신 혀로 입술을 적셨다.

무언가 숨기고 싶은 것이 있는 사람이 하는 전형적인 행동이다.

우리 모르게 무슨 짓을 벌이고 있는 건가?

강현수는 다시 얼굴에 영업용 미소를 장착하고 말을 이었다.

"그래도 우리가 도울 게 있는지 한번 확인이나 해볼게요."

류철이 무슨 말을 하기도 전에 수로 공사가 벌어지고 있는 장소로 걸어갔다.

류철이 다급히 자신의 뒤를 따라왔지만 애써 그를 무시하고 수로로 이동했다.

일반적인 수로 공사의 모습이다.

삽과 곡괭이를 이용해 저수지에서 농지로 물이 흐르게 하는 공사.

특별한 것은 없었다.

내가 민감했나?

"공사가 잘 진행되고 있네요. 우리가 딱히 도와줄 일은 없어 보이네요."

"그렇다니까요. 카인트 헌터 회사 덕분에 아무런 문제 없이 공사가 진행되고 있습니다."

그렇게 돌아가려고 하는 순간 현수의 눈에 하얀 가루가 든 포대 하나가 들어왔다.

"저 하얀 가루는 뭡니까? 공사에 필요한 재료는 아닌 것 같은데."

"아무것도 아닙니다. 신경 쓰지 마세요."

아무것도 아니라니까 더욱 신경이 쓰인다.

현수는 류철의 팔을 뿌리치고 포대가 있는 곳으로 이동하려고 했다.

하지만 그 순간 류철이 자신의 어깨를 강하게 잡아챘다.

"정말 아무것도 아니니 이만 돌아가시죠. 공사에 방해가 됩니다."

자신에게 이런 반응을 해서는 안 된다.

비즈니스 파트너로서 그리고 거름을 공급받는 입장에서 이런 행동을 하는 것은 예의에 어긋났다.

그 사실을 류철도 알고 있을 것이다. 그런데도 이런 행동을 한다는 것은 저 하얀 가루가 회사 간의 관계보다 더 중요하다는 뜻이다.

강현수는 조심스럽게 아이템을 작동시켰다.

카인트 헌터 회사 헌터 중에서도 가장 고가의 아이템을 착용하고 있는 강현수다.

그가 아이템을 작동시키자 육체의 능력은 한순간에 강해졌고, 류철의 힘만으로는 그를 막아 낼 수 없었다.

"다들 저자를 막아!"

류철은 자신의 손을 뿌리치고 하얀 가루가 든 포대로 달려가는 강현수를 막으라고 소리쳤고, 수로 근처에 있던 흑두방의 조직원들이 강현수에게 달려들었다.

흑두방의 조직원들도 아이템을 착용하고 있긴 했지만 악마의 탑 3층의 몬스터들마저 학살하는 강현수를 막기에는 역부족이었다.

몇 번의 칼부림이 있긴 했지만 강현수는 성공적으로 포대에 도착할 수 있었다.

"이게 무슨 가루지?"

난생처음 보는 가루였다.

석회질도 아니었고, 공사에 사용되는 가루도 아닌 것처럼 보였다.

흑두방의 조직원들이 무기까지 꺼내 들고 나를 막으려고 하는 이유가 이 가루인 건 분명한데. 연구소에 가져가 봐야겠어.

강현수는 포대를 어깨에 들쳐 멨다.

여전히 흑두방의 조직원들이 강현수를 막으려고 했지만 한국 최정상급의 헌터인 현수를 막기에는 힘들었다.

"이번 일을 크게 후회하게 될 겁니다. 이게 무슨 가루인지는 모르겠지만 결과가 나오는 대로 책임을 묻겠습니다."

현수는 흑두방의 조직원들을 뒤로하고 공사 현장을 벗어났다.

하지만 그는 다시 멈춰야 했다.

그의 앞에 흑두방의 보스인 왕진수가 기다리고 있었기 때문이다.

"이게 무슨 짓이지? 아무리 사업 파트너라고 해도 남의 공사 현장을 훼방 놓을 자격은 없지 않나."

부드럽지만 살기가 묻어나오는 목소리다.

계약서를 작성하면서 왕진수를 몇 번이나 만나봤었지만 그가 이렇게 살기를 풀풀 풍기는 자라는 것은 오늘 처음 알았다.

그래도 몬스터에 비하면 살기가 약하지.

악마의 탑 몬스터들이 얼마나 지독한 줄 알아? 사람이 내뿜는 살기 정도는 우습다고.

"비켜 주세요. 이 가루가 해가 되는 게 아니라는 것만 판별되면 제가 정식으로 사과하겠습니다. 하지만 만약 이 가루가 농사가 아닌 다른 용도로 쓰이는 가루라고 판별된다면……."

뒷말은 따로 하지 않아도 알아듣겠지.

전쟁이다. 회사 간의 전쟁.

흑두방이 아무리 서울에서 가장 강한 조직원을 가지고 있는 집단이라고 해도 헌터 회사를 상대로 전쟁을 벌일 정도로 강한 집단은 아니라고 생각하는 강현수였다.

하지만 그가 모르고 있는 사실이 하나 있었다.

흑두방은 한국에 뿌리를 내리고 있긴 했지만 그들에게 거름과 물을 주는 곳은 중국의 흑룡회였다. 흑룡회는 중국의 음지를 장악하고 있는 조직이었고, 웬만한 국가보다 더 강한 힘을 가지고 있었다.

그리고 왕진수는 흑룡회에게서 하사한 아이템을 착용하고 있었다.

그리고 그의 친위대 또한 상질의 아이템을 착용하고 있었다.

강현수는 자신의 아이템이 그들보다 훨씬 강하다고 오판했다.

물론 일대일로 붙었을 경우에는 강현수가 이기겠지만 지금은 그런 정당한 대결이 아니었다.

"죽여라."

왕진수의 명령이 떨어지자 그의 친위대가 강현수에게 무기를 빼 들고 달려들었다.

아이템의 차이로 그들의 공격을 막아내고 있긴 했지만 사람의 체력은 한계가 있었다.

여기서 살아남으려면 이들을 죽여야 한다.

몬스터라고 생각하자.

강현수는 흑두방의 조직원들의 얼굴에 몬스터의 탈을 씌었다.

이제야 손에 망설임이 사라지네.

사람을 상대하는 것이 아니라 몬스터를 상대한다고 생각한 이후 강현수의 검은 날카로워졌다. 급소만을 노리고 공격해 들어가는 그의 검에 흑두방의 조직원들은 치명상을 입고 쓰러지기 시작했다.

하지만 여전히 수적 열세를 극복하지는 못했다.

겨우 동수를 이루는 정도.

하지만 겨우 동수를 이룬 것도 왕진수의 참전으로 인해 깨져버렸다.

친위대보다 훨씬 높은 등급의 아이템을 착용하고 있는 왕진수라 친위대를 상대하는 동시에 그의 공격을 막아내기에는 벅찼다.

"으읏!"

강현수의 다리에 굵은 생채기가 생겼다.

쓰러질 정도의 상처는 아니었지만 흘러내리는 피만큼 그의 체력도 줄어들었다.

"이게 무슨 가루길래 이렇게 필사적으로 막는 것이냐!"

"곧 죽을 놈이 알 필요는 없지. 죽어서 저승사자에게나 물어보거라."

*　　　*　　　*

"드디어 끝났다!"

사무실 안을 비좁게 만들었던 20개의 분신은 모두 사라졌다.

서류 작업이 끝났으니 분신을 더 유지시킬 필요는 없다.

"현수는 금방 올 것처럼 말하더니 좀 늦네. 현수가 오면 또 무슨 일을 시킬 텐데, 그동안 잠이나 잘까?"

사람은 참 이상하다. 일을 할 때는 잠이 쏟아지는데 잠을 자려고 하면 잠이 오지 않는다.

"에이, 잠도 안 오고. 뭐 하지? 나도 농지나 찾아가 볼까?"

내가 미쳐 가나? 찾아서 일을 하려고 하다니.

이상하게 농지에 가보고 싶네.

이런 기분을 이계에서 느껴본 적이 있긴 하다.

언제 이런 기분을 느껴 봤지?

쭈뼛!

온몸의 솜털이 곤두섰다.

이런 기분을 언제 느꼈는지 기억이 났다.

이계에서 친동생처럼 생각했던 동료가 죽어갈 때 이런 기분이 든 적이 있었다.

고리를 강화시키고 수련을 하면 할수록 오감이 날카로워진다.

정확하지는 않지만 예지력이라고 할 만한 능력도 생겨났다.

그때는 이 기분이 예지력이라고 생각하지 못했었지만 지금은 이 기분이 사건을 암시하는 복선이라는 것을 알고 있다.

"현수가 위험해!"

야수의 모습으로 변해 현수가 간 농지로 날아갔다.

바람을 가르며 날아가고 있었지만 속도가 너무 느리다고 느껴졌다.

불과 5분도 걸리지 않아 도착했지만 늦었다.

"현수야!"

주변의 시선을 신경 쓰지도 않고, 야수의 모습에서 본체로 돌아왔다.

현수의 전신은 붉게 물들어 있었고, 아직 서 있긴 했지만 당장이라도 쓰러져도 이상하지 않을 정도의 상태였다.

현수를 둘러싸고 있는 흑두방의 조직원들을 고리의 기운을 이용해 거칠게 밀어내고는 현수의 앞으로 갔다.

"팀장님… 너무 늦었잖아요. 정말 죽는 줄 알았네. 서류에 사인은 다 하고 왔어요?"

"지금 그게 중요하냐?"

아직 농담을 할 정도니 죽지는 않겠지.

가슴에 무겁게 달려 있던 거대한 바위가 사라진 기분이다.

"앉아서 쉬고 있어. 내가 해결할게."

무슨 문제로 이런 일이 발생했는지는 모르겠지만 나는 현수를 믿는다.

분명 흑두방이 무슨 잘못을 저질렀을 것이다.

일단 이들을 모두 쓰러뜨린 다음, 사건을 추궁해도 늦지 않다.

현수에게 천사의 눈물 한 알을 먹여주고는 왕진수에게 걸어갔다.

그의 주변은 친위대로 보이는 조직원들이 지키고 있었다.

아이템을 착용하고 있긴 하네. 그런데 겨우 C급의 아이템으로 나를 막겠다고?

A급의 아이템을 가지고 있어도 저들이 나를 이길 수는 없다.

사람을 상대로 고리의 기운을 사용하는 건 오랜만이네.

굳이 고리의 기운을 사용하지 않아도 되었지만 분노가 고리의 기운을 일으켰다.

흑두방의 조직원들처럼 내 팔에도 검은 문신 하나가 생겨났다.

"왕진수! 은혜를 이딴 식으로 되갚는 거냐? 음지에서 활동하는 조직 중에서는 정상으로 보여 받아주었건만 역시 한 번 쓰레기는 영원한 쓰레기네."

"닥쳐라!"

왕진수의 친위대 중 한 명이 내 입을 막으려고 했다.

자격이 없는 사람이 입을 함부로 놀리는 대가는… 죽음이다.

흑두방의 것으로 보이는 나이프 하나가 땅에 떨어져 있다.

걸음을 멈추지 않고 나이프를 집어 들었고, 나에게 함부로 입을 나불거렸던 사람의 배에 선물을 주었다.

"너희 쪽 물건 같으니 잘 챙겨야지. 내가 특별히 절대 잃어버리지 않는 장소에 담아줬어."

내장을 뚫고 들어가 있는 나이프를 잃어버리지는 않겠지.

"한 명만 선물을 받으면 질투심이 생기기 마련이지. 너희들에게도 선물 하나씩 줄게."

나이프는 더 이상 없었기에 나머지 사람들에게 줄 선물을 만들어야 했다.

고리의 기운 정도면 선물로 충분하겠지.

고리의 기운이 손톱에 깃들었다.

나이프보다 더 강한 강도를 가지게 된 손톱을 이용해 똑같은 크기의 상처를 흑두방 사람들에게 나누어주었다.

"이제 혼자 남았네."

왕진수를 제외한 모든 사람이 바닥을 기어 다니며 피를 뱉어내고 있었다.

이제야 대화를 할 환경이 되었다.

이들이 무슨 이유로 현수를 공격했는지 알고 싶었다.

어울리지 않게 비릿한 미소를 지으며 왕진수에게 말하려는 순간 현수가 끼어들었다.

"이 하얀 가루 때문에 저를 공격했습니다. 가루가 무슨 효과를 가지고 있는지는 모르지만 분명 옳은 일에 쓰려고 한 것은 아닐 거예요. 거기에 대해 물어보세요."

기껏 분위길 잡았더니 초를 치네.

그런데 하얀 가루?

현수의 앞에는 하얀 가루가 든 포대가 있었다.

"이게 무슨 가루지? 하얀 가루라면 마약인가?"

"그렇다, 마약이다. 우리는 마약을 숨기려고 했다."

이거 이상한데. 이렇게 순순히 인정을 하다니.

물론 마약이 국제적으로 지탄받는 일이긴 하지만 지금에는 마약에 크게 신경을 쓰는 사람은 별로 없었다.

일단 마약을 팔 수 있는 환경이 아니다.

밥 한 끼 사먹을 수 있는 사람도 얼마 되지 않는 지금 마약에 돈을 쓸 정도의 여유가 있는 사람은 드물었다.

딱 보니 마약이 아니네. 조사를 할 필요가 있겠어.

"현수야, 연구소에 성분 조회를 부탁해 봐."

이전이었다면 원심 분리기 같은 기계를 이용해 금방 성분 조회를 했겠지만 지금은 그런 기계가 존재하지 않아 일일이 실험을 통해 성분을 알아내어야 했다.

실험을 통해 고통받을 돼지들에게 가볍게 묵념.

"이 가루의 성분이 어떻든 간에 너희는 우리 직원을 건드렸어. 그것만으로도 우리 관계는 끝이다. 이대로 너희를 돌려보낼 수는 없지. 알아서 따라올래, 아니면 내가 손을 쓸까?"

몇 시간 전만 해도 가장 큰 사업 파트너였던 흑두방이었지만 지금은 적이다.

적에게는 예의를 차릴 필요가 없다.

왕진수는 눈을 굴리며 도망칠 틈을 찾고 있었지만 그런 틈 따위는 없었기에 어쩔 수 없이 두 손을 겁박당한 채 회사로 끌려왔다.

다른 흑두방의 조직원들도 회사로 끌고 오고 싶었지만 손이 부족해 그들은 쓰러진 상태로 두고 돌아왔다.

장기가 흘러나온 상태에서 몇 명이나 살아남을지는 모르겠지만 말이다.

10명의 도둑이 빠져나간 창고에 왕진수가 새로운 입주민이 되었고, 연구소에서 결과가 나오기 전까지 그를 가두어두었다.

흑두방의 조직원들이 우리 회사로 공격해 올지도 몰랐기에 악마의 탑으로 사냥을 떠나려는 헌터들을 회사에 남겨두었다.

"흑두방의 움직임은 어때? 자신들의 보스가 우리에게 잡혀 있으니 공격해 들어올 것 같은데."

"흑두방에 사람을 보내 상황을 살펴보고 있긴 한데, 전혀 움직임이 없습니다. 아무리 조직의 세계가 냉정하다고는 하지만 그래도 평판이 나름 좋은 왕진수를 구하려고 하지 않다니 뭔가 이상합니다."

보스를 구하려고 하지 않는 조직.

속부터 썩어 있는 조직에서는 그런 경우가 종종 있었다.

보스의 자리를 호시탐탐 노리는 2인자가 있는 조직이라면 오히려 보스가 잡혀 있는 상황을 더욱 원할지도 모른다.

하지만 흑두방은 그런 조직이 아니었다.

음지 세계의 톱을 달리는 흑두방이었고, 그들은 집안 단속을 철저하게 하기로 유명했다.

그렇다면 이유는 하나겠지.

표면적으로 흑두방의 보스는 왕진수지만 숨겨진 보스가 있다면 이해가 되는 상황이다.

왕진수보다 높은 자리에 있는 사람이라면 아마 중국 흑룡회에서 직접 나온 사람 정도가 되겠네.

그리고 아마 하얀 가루도 흑룡회에서 보낸 물건 같은데.

진짜 무슨 효능이 있는 가루일까?

하얀 가루를 수로에 풀려는 계획인 것 같았는데.

땡!

머릿속에서 종이 쳤다.

분명 이번이 처음이 아닐 것이다. 다른 저수지에는 이미 하얀 가루를 풀었을지도 모른다.

"현수야! 당장 다른 저수지의 물을 사용하지 못하도록 막아야 돼. 다른 저수지에는 이미 하얀 가루가 뿌려져 있을 거야."

"이제 그런 생각을 하셨어요? 참 빨리도 했네요. 이미 저수지의 물을 사용하지 못하도록 조치를 취해 두었고, 연구소 사람들을 시켜 저수지 물 성분을 조사하고 있어요. 며칠 동안 농사에 지장이 있겠지만 그래도 이대로 농사를 계속할 수는 없잖아요."

역시 현수다.

이래서 내가 현수를 좋아한다니까.

"그런 사실을 같이 알면 얼마나 좋아. 꼭 혼자 처리해 놓고 보고를 하냐. 사람 무안하게."

"제가 팀장님 무안하게 하려고 일부러 그런 줄 아세요? 급한 상황이니 선 조치 후 보고를 하려고 한 거죠."

"그래, 너 잘났다."

연구원들은 하얀 가루의 정체를 알아내기 위해 많은 동물 실험도 했으며 성분을 알아내기 위해 여러 가지 연구도 동행했다.

그러는 동안 나는 왕진수를 심문했다.

"하얀 가루가 뭔지 말하는 게 좋을 거야. 결과를 알고 나면 내

뚜껑이 열릴지도 모르거든. 지금 말하면 다시 남남으로 살 수 있지만 우리가 먼저 결과를 알면 우리는 너희를 주적으로 설정할 거야."

"정말 마약이다. 다른 효능은 일체 없다. 그런데 우리를 건드릴 수 있다고 생각하는 건가? 우리는 흑룡회의 비호를 받고 있는 집단이다. 한국 헌터 협회에서 우리를 건드리지 못하는 이유를 모르나? 우리를 섣불리 건드렸다가는 중국과 전쟁을 벌이게 될지도 모른다. 흑룡회는 음지뿐만 아니라 양지도 장악하고 있다."

어쭈! 고작 그런 협박을 하는 거야?

한국 헌터 협회랑 우리를 동급으로 생각하면 안 되지.

그런 싸구려 협회랑 비교당하다니. 기분이 나쁘네.

왕진수에게서 하얀 가루의 정체를 알아내는 것은 힘들어 보였다.

그에게 대답을 듣지 않아도 문제는 없다.

다른 방법이 많으니.

연구소에서는 하얀 가루에 대해 작은 정보라도 얻으면 바로 나에게 보고했고, 지금까지 파악한 정보는 마약이 가지는 효능과 비슷했다.

기분을 좋게 만들고, 고통을 느끼지 않게 하며, 중독성이 강하다.

정말 마약인가? 하지만 굳이 마약을 수로 근처에 숨겨야 할 이유가 있나?

연구소의 기술력으로 아직 하얀 가루의 정체를 알기에는 부족했다.

더 많은 시간을 투자한다면 언젠가는 정체를 알게 되겠지만 시간이 부족했다.

농지에 지금 당장이라도 물을 투입해야 했다.

연구소에서 가루의 정체에 대한 연구를 하고 있는 동안 새로운 저수지 몇 개를 만들기는 했지만 부족했다.

결국 마지막 방법을 사용해야겠네. 인간에게 이런 짓을 다시 하고 싶지는 않았는데.

나는 왕진수가 있는 창고 앞으로 갔다. 창고 앞은 헌터 여러 명이 지키고 있었다.

"다들 자리 좀 비켜 줘."

"하지만……."

"괜찮아. 어디서 편히 쉬다가 두세 시간 있다가 돌아와 줘."

헌터들은 조금 머뭇거리다가 창고 주위를 떠났고, 그들이 멀리 이동하는 것을 확인한 후에야 창고 안으로 들어갔다.

남들에게 보여주기 싫은 장면을 지금부터 연출할 생각이다.

왕진수의 입을 막고 있는 재갈을 풀어주었다.

그는 예전보다 눈이 퀭했고, 체력도 많이 떨어져 있었다.

밥을 굶기거나 하지는 않았지만 제대로 몸을 움직이지 못했기에 당연했다.

"마지막으로 물을게. 하얀 가루의 정체가 뭐지?"

"정말 마약이다. 양귀비 성분이 들어 있는 마약이다."

마지막 기회를 차버리는 왕진수다.

사람은 주어진 기회를 놓치면 후회를 하게 된다. 그리고 왕진수는 지옥에서 후회를 하게 될 것이다.

컥!

왕진수의 입을 강제로 벌렸다.

그리고 품 안에서 유리병을 꺼내 그의 입안에 집어넣었다.

이계의 마법사들이 만든 진실의 묘약이다.

이름은 거창하지만 실상은 정신을 파괴하는 약이다.

이 약을 먹은 사람은 진실만 말하게 되지만 하루가 지나가기 전에 뇌가 녹아내려 버린다.

무의식 속에 숨어 있는 진실까지 알게 되지만 그 대가는 죽음이다.

약효가 도는지 왕진수의 눈은 초점을 잃어갔다.

"너희들이 저수지에 투입하려고 했던 하얀 가루의 정체가 뭐지?"

"으으으……."

아직 약효가 완전히 돌지 않았는지 왕진수는 대답을 거부하려고 했다.

하지만 그의 반항은 오래가지 못했다.

"양귀비의 꿈이라는 마약이다."

정말 마약이잖아. 지금까지 계속해서 사실을 말한 사람을 괜히 죽이게 됐네.

조금 미안한데.

하지만 미안한 감정은 왕진수의 다음 말에 사라져 버렸다.

"양귀비의 꿈은 그냥 복용하면 환각 증세를 보이지만 농작물에 흡수되면 다른 반응을 보인다. 양귀비의 꿈이 함유된 농작물을 먹게 되면 양귀비의 주인을 복용한 사람의 명령을 듣게 된다."

"미친 새끼들!"

입에서 욕이 튀어나왔다.

역시 일반적인 마약이 아니었다. 양귀비의 꿈이라는 마약은 복용자를 노예로 만드는 것이었다. 중국은 마약과 관련해 좋지 않은 과거가 있다. 그런데도 이런 짓을 저지르다니.

"양귀비의 꿈을 어떻게 만들지?"

"정확하게는 모르지만 양귀비의 성분과 악마의 탑에서 구한 몬스터의 성분을 조합해 만든다고 알고 있다."

내가 모르는 제조법이 있다니.

이계에서 수백 명의 마법사들과 함께 여러 가지 약을 만들었지만 양귀비의 꿈이라는 마약을 만들지는 못했었다. 아니, 만들 생각조차 하지 않았었다.

차라리 독에 중독시켜 죽이는 게 낫지. 노예로 만들려고 하다니.

"양귀비의 꿈을 이용해 너희들이 이루려는 것은 뭐지?"

"양귀비의 꿈이 함유된 농작물이 퍼지게 된 후 우리는 한국을 접수할 생각이었다. 한국은 원래 중국의 속국이다. 영광스럽게 생각해야 된다."

진실의 묘약을 먹은 이상 거짓말을 하지 못한다.

지금 왕진수의 입에서 나오는 말은 전부 진실이었기에 흑룡회의 생각을 읽을 수 있었다.

아직 우리를 속국으로 생각하고 있다는 거지.

그런 생각을 하는 것까지 막을 생각은 없지만 실제로 움직이면 안 되지.

아직 악마의 탑이 사라지지도 않았는데 서로 힘을 합쳐 악마의 탑을 부술 생각을 하지는 못할망정 우리나라를 잡아먹을 생각을 하다니.

"양귀비의 꿈을 투여한 저수지는 몇 개나 되지?"

"6번 저수지만 투여했다."

다행이다. 하나의 저수지에만 양귀비의 꿈이 투여되었으니 새로운 저수지를 만드는 고생을 하지는 않아도 된다.

"양귀비의 꿈을 중화시킬 방법을 아는가?"

"현재까지는 양귀비의 주인을 복용하는 것 말고는 다른 방법은 없다."

"양귀비의 주인을 가지고 있는가?"

왕진수는 품에서 하나의 환을 꺼냈다.

얼핏 보면 전통 소화제처럼 보이는 환이 양귀비의 주인이다.

왕진수가 양귀비의 주인을 가지고 있는 걸로 보아 그를 한국을 조종하는 사람으로 만들려고 했나 보군.

만약 현수가 이들의 행동을 알아차리지 못했다면 어떻게 되었을까?

양귀비의 꿈에 중독된 사람들이 노예가 되어 흑룡회의 명령을 듣고 있겠지.

그렇게 되면 우리나라는 중국의 속국이 되어 버린다.

국민의 지지를 받는 흑룡회를 헌터 협회에서 막아낼 방도는 없으니.

"흑룡회에서 누가 이런 지시를 내렸지?"

"내가 속해 있는 파벌은… 으아!"

벌써 뇌가 녹아내리는 건가. 아직 물어볼 게 많이 남았는데.

진실의 묘약을 견디지 못한 왕진수는 신음 소리를 내며 쓰러졌고, 더는 말을 하지 못했다.

흑룡회에서 이런 짓을 저질렀다는 거지.

먼저 걸어온 전쟁을 피할 수는 없지.

흑룡회가 얼마나 강한 조직인지는 모르겠지만 상대를 잘못 골랐어.

*　　　　*　　　　*

흑룡회 남부 지부 회의.

"한국에서 활동하고 있는 흑두방에 이상이 생겼습니다. 조직을 이끌고 있는 왕진수가 헌터 회사에 잡혔다고 합니다."

"그들이 양귀비의 꿈에 대해 알아차렸나?"

"왕진수를 붙잡고 있는 카인트 헌터 회사는 연구소를 가지고 있긴 하지만 양귀비의 꿈의 효능에 대해서는 아직 모르고 있을 겁니다. 워낙 제조법이 복잡한 양귀비의 꿈이기에 그들이 제대로 파악하기 위해서는 최소 2년 이상은 걸릴 거라는 게 우리 측 연구원들의 의견입니다."

"그렇군. 왕진수 그 사람 능력 있어 보였는데 영 아니었군. 새로운 조직원을 파견해라."

"알겠습니다, 지점장님. 그러면 이번 일을 어떻게 처리할까요? 헌터 회사와 흑두방이 전쟁을 벌일지도 모르는 상황입니다."

"전쟁? 고작 한국 헌터 회사와의 전쟁을 두려워하는 건가? 조직원 50명을 한국으로 보내라. 그리고 아이템도 두둑이 챙겨주고. 그 정도면 충분하겠지?"

"그렇습니다. 그러면 헌터 회사와 흑두방의 전쟁을 지원하도록 하겠습니다."

"최대한 빨리 정리해라. 높으신 분들께서 이번 일에 큰 기대를 하고 계시다는 것은 잘 알고 있겠지. 그분들의 귀에 좋지 않은 소리가 들리기 전에 빨리 처리하도록."

"남부 지부에 있는 최고급의 아이템을 그들에게 지원하도록 하겠습니다. 그리고 악마의 탑에서 수련을 마친 인원 또한 파견하도록 하겠습니다."

"그래, 그 정도면 충분하지. 그러면 다음 안건에 대해 말해 보거라."

"일본 장악 계획은 순조롭게 진행되고 있습니다. 이번 사건으로 가장 큰 타격을 입은 일본이기에 어렵지 않게 파고들 수 있었습니다. 하지만 일본 헌터 협회가 눈치를 챈 것 같습니다. 일단은 그들의 눈을 피해 움직이고는 있지만 일본을 장악하기 위해서는 그들과 전쟁을 벌여야 될 것 같습니다."

"그래? 일단 한국을 정리한 후 그 인원들을 일본으로 파견해라. 추가 인원은 그때 더 보내도록 하고."

중국을 장악하고 있는 흑룡회는 중국을 빠르게 장악했다. 썩은 중국 정부를 휘어잡는 데 오랜 시간이 걸리지 않았고, 이미 중국 수뇌부들을 흑룡회 소속 사람으로 채워두었다. 하지만 그들의 욕심은 거기서 멈추지 않았고, 한국과 일본을 장악하려고 하고 있었다.

양귀비의 꿈이 뿌려진 저수지와 농지를 폐쇄했다. 한 개의 농지만이 저수지에서 물을 받아 사용하고 있었기에 다행이었다.

흑두방을 예의 주시했지만 그들은 딱히 다른 움직임을 보이지는 않고 있었다.

왕진수가 죽었다는 사실을 모르고 있어서 조용한 걸까?

아니면 왕진수에게 처음부터 큰 관심이 없었던 걸까?

우리가 먼저 흑두방을 쳐야 할까, 아니면 이대로 곪은 채로 둬야 할까?

현수와 나는 흑두방의 문제로 며칠을 고민했다.

"팀장님, 흑두방의 전력을 모르는 상황에서 우리가 먼저 움직이는 것은 위험해요. 흑두방의 배후에 흑룡회가 있다면서요. 흑룡회는 중국을 장악할 정도의 힘이 있는 조직인데 우리가 건드려도 될까요?"

"하지만 이대로 가만히 있을 수는 없잖아. 여기는 한국이라고. 중국에서 힘을 쓰는 흑룡회라고는 하지만 설마 한국까지 본진을 이끌고 오기야 하겠어?"

한국 헌터 협회가 호구스러운 모습을 보이고 있기는 했지만 그래도 한국을 보호한다는 목적을 가지고 있긴 했다. 중국의 흑룡회가 온다면 헌터 협회가 움직여야만 했다.

그리고 중국의 흑룡회가 그런 행동을 보이면 다른 국가들이 가만히 있을 리 없었다.

그러니 양귀비의 꿈을 이용하는 귀찮은 짓을 벌인 것이다.

그렇다면 그들은 소수 정예를 흑두방에 투입할 것이다.

아무리 강한 능력을 가진 헌터를 흑두방에 투입한다고 해도 상황은 달라지지 않는다.

강해봐야 인간인데. 무서울 리가 없다.

"일단은 연구소에서 얻은 자료들과 흑두방이 무슨 짓을 저지를지를 추려 헌터 협회에 보고하자. 헌터 협회에서 알아서 하겠지."

"팀장님은 아직도 헌터 협회를 믿으세요? 헌터 협회가 자신들에게 이득이 되지 않을 일을 할 것 같아요?"

"그래도 한국을 대표하는 헌터 협회잖아. 무슨 수를 쓰긴 하겠지."

말은 이렇게 해도 헌터 협회를 믿지 않았다.

하지만 굳이 귀찮은 일을 만들고 싶지 않았기에 그냥 두었다.

지금 흑두방을 쳐 봐야 잔챙이들만 처리하는 일이었고, 흑룡회가 움직일 수 있는 명분을 주는 꼴만 된다.

처리를 할 거면 잔챙이 말고, 몸통 근처에 있는 놈들을 한 번에 쓸어버려야 다시는 그런 마음을 먹지 못하지. 잔챙이들로는 추어탕 한 그릇도 제대로 끓이지 못한다.

* * *

카인트 종합 학교가 개교한 지 오랜 시간이 지났다.

많은 학생들은 꿈을 가지고 입학했기에 학구열이 매우 뛰어났다.

일정 점수 이하가 되면 학교를 나가야 하는 교칙 때문에 공부를 안 할 수가 없기도 했다.

지금 시대에 숙식을 보장해 주는 곳은 없기에 꿈을 위해서라기보다는 살기 위해 책을 집어 들었다.

하지만 모든 학생들이 생존을 위해 공부를 하는 것은 아니었다. 나름 지역에서 힘 좀 쓰는 집안의 학생들은 부모님의 성화에 혹은 개인의 발전을 위해 학교에 입학했다.

여러 입학시험과 면접을 통해 학생들을 선발하기는 했지만 모든 학생들의 인성이 좋은 것은 아니었다. 머리가 좋은 것과 인성은 꼭 정비례하지 않았다.

자연스럽게 집안이 좋은 학생들과 그렇지 않은 학생들로 나뉘어졌다.

하지만 최인혜는 어디에도 속하지 않고 마이 웨이를 걸었다.

이전에야 그랬지만 오빠가 돌아온 이후 굶어본 적은 없었고, 아쉬울 것 없는 생활을 하고 있는 그녀였다. 하지만 힘겨운 시간을 견디며 자신의 무력함을 깨달았고, 가족들에게 도움이 되기 위해 연구원이 되기로 했다.

그녀의 대학 시절 전공과도 비슷했기에 그녀는 융합 연구과의 수업이 크게 어렵지 않게 느껴졌다.

미친 듯이 공부를 하는 것 같지도 않으면서 항상 좋은 성적을 내는 최인혜를 따르는 학생들도 있었고, 그녀를 눈엣가시처럼 여기는 사람들도 있었다.

"급식이나 먹고, 질 떨어지게."

모든 사람이 그렇듯 학생들은 식사 시간을 소중히 여겼다.

고급스럽지는 않지만 영양소가 고루 분배된 식단을 학교가 아니면 먹을 기회가 없는 학생들이 대부분이었기에 식사 시간을 항상 기다렸다.

하지만 잘사는 집안의 학생들은 굳이 도시락을 싸서 다녔다.

남들과는 다르다는 것을 보여주기 위해서였다.

많고 많은 자리 중에 일부러 최인혜의 옆에 앉아 도시락을 먹는 무리.

같은 융합 연구과 학생들이지만 최인혜와 사이가 좋지 않는 학생들이었다.

"이거 하나 줄까? 수제 소시지라고 하는데 이런 거 먹어본 적 있어? '하나만 주세요.'라고 하면 한 개 줄게."

최인혜는 어이가 없었다.

나를 어떻게 보길래 저런 말을 하는 거지? 저런 소시지는 이제 지겹다고.

배고픈 시절을 미안해하는 오빠 덕에 집에는 식재료가 한 방을 차지하고 있었다.

썩어 문드러지는 식재료가 나오기까지 하는 상황에 저런 소시지 하나에 비굴해질 이유는 전혀 없었다.

“너희들이나 많이 드세요.”

“아직 배가 덜 고픈가 보네.”

최인혜를 노골적으로 무시하는 학생의 아버지는 작지 않은 규모의 헌터 회사를 가지고 있었다.

헌터 회사를 가지고 있다. 헌터 회사를 보유하려면 데빌 도어를 구입할 능력이 되어야 했고, 헌터들의 월급을 줄 수 있을 정도의 자본력이 되어야만 했다.

서울에 몇 없는 헌터 회사를 아버지가 소유하고 있으니 이런 자신감이 나오는 것이다.

아버지가 헌터 회사 사장이니 자신도 그런 대접을 받아야 된다고 생각하는 그녀의 이름은 김연수다. 그녀의 얼굴은 나름 예쁜 편이었다. 부모님의 만류에도 불구하고 고등학교 시절 얼굴을 뜯어고친 것을 평생 가장 잘한 일이라고 생각하는 그녀는 다른 학생들을 노골적으로 무시했다.

그녀의 주변에는 나름 산다는 집안의 학생들이 모여들었고, 혹은 힘깨나 쓰는 헌터과 학생들이 콩고물을 바라고 달라붙었다.

지금도 김연수에게 잘 보이려고 하는 헌터과 학생 두 명이 최인혜가 먹고 있는 식판을 뒤집어엎었다.

"지금 밥이 목구멍으로 넘어가냐? 네 부모가 누군지는 모르겠는데 가정교육을 그따위로 받아서 어떻게 학교생활을 하려고 하냐."

"지금 누구한테 가정교육을 운운하는 건데. 고작 한 살 차이밖에 안 나면서 내가 어떻게 해줘야 하는데. 언니! 언니! 하면서 애교라도 부릴까? 난 학교에 공부를 하러 왔지, 애교 부리려고 온 게 아니거든. 애교를 듣고 싶으면 너희끼리 알아서 하시라고요. 제발 나한테 신경 좀 끄고."

최인혜는 엎어진 식판을 식당 아주머니에게 주고는 걸레를 받아 테이블을 치웠다.

그런 모습이 재밌는지 김연수와 그녀의 친구들은 비웃음을 날리며 도시락을 자랑하며 먹었다.

'점점 괴롭힘이 심해지는데, 오빠한테 말해야 하나.'

최인혜는 자신의 오빠가 헌터라는 것을 알고 있었지만 카인트 헌터 회사의 팀장이라는 사실까지는 모르고 있었다.

최진기가 자신의 정체를 가족들에게 자세히 설명해 주지 않았고, 가족들은 최진기가 그냥 그런 헌터 중 하나로만 알고 있었다.

"청소 잘하네. 왜 학교를 다니나 몰라. 청소업에 뛰어들지 그래? 생각 있으면 말해. 이번에 아빠 회사에서 청소부를 구하고 있던 거 같은데. 내가 소개시켜 줄게. 호호호."

애써 무시하며 테이블을 치운 최인혜는 걸레를 다시 가져다주고는 강의실로 이동했다.

최인혜가 친구가 없어 혼자 밥을 먹은 것은 아니었다.

단지 자신의 친구라고 할 수 있는 학생들은 전부 공부에 미쳤기에, 식사 시간을 최소화하고 공부만 했기에 같이 식사를 하지 않았다.

밥을 3분 만에 먹는 친구들과 같이 밥을 먹다가는 체할 것 같았기에 따로 먹은 것이다.

그런데 이제 같이 밥을 먹을까. 이런 일이 계속되면 체하기 전에 신경질 나서 죽을 것 같은데.

그래도 오빠한테는 말할 수 없지. 어떻게 구한 직장인데 나 때문에 곤란한 상황이라도 겪으면 어떻게 해. 헌터 사회가 좁다고 하니 오빠한테까지 피해가 갈지도 몰라.

그렇게 최인혜는 김연수의 괴롭힘을 참으며 학교생활을 했다.

*　　　　*　　　　*

"팀장님, 오늘은 헌터과 수업에 들어가셔야 합니다."

"벌써 그렇게 됐어? 귀찮은데 네가 대신 좀 들어가라."

"팀장님! 저는 일주일에 두 번씩 정규 수업을 한다고요. 그리고 서류 작성할 게 얼마나 많은지 아세요? 컴퓨터가 있었으면 금방 할 것도 일일이 수작업을 해야 되니까 시간이 몇 배는 더 걸린다고요. 팀장님이 저 대신 서류 작업을 해준다면 제가 대신 수업을 진행할게요."

"수업이 몇 시라고? 학생들을 내가 얼마나 잘 가르치는지 현수 너도 알고 있잖아."

"2시부터 4시까지예요. 수업도 제대로 안 들어갈 거면서 왜 학교를 만들자고 그랬는지. 잘 가르치기는 개뿔."

구시렁거리는 현수의 목소리가 들렸지만 딱히 대꾸는 하지 않았다.

아니, 못했다. 여기서 내가 한마디라도 대꾸한다면 현수는 수백 마디를 뱉어낼 게 분명하다.

참는 게 이기는 거라고 누가 그랬어.

입학식 이후 처음으로 학교에 방문했기에 길이 조금 헷갈리긴 했지만 어렵지 않게 강의실을 찾아갈 수 있었다.

헌터 수업은 체육관에서 하는 육체 수련과 강의실에서 진행하는 몬스터학으로 이루어져 있다.

육체 능력이 아무리 뛰어나도 몬스터에 대한 정보를 모르면 의외의 일격에 맞아 큰 부상을 입을 수도 있기에 몬스터 정보에 대한 수업은 매우 중요하다.

그랬기에 헌터 학원에서도 몬스터에 관한 수업을 진행했던 것이다.

하지만 헌터 학원과 수업의 질이 같을 수는 없지.

헌터 학원에서는 악마의 탑 2층까지의 몬스터에 대한 정보들로 수업을 했지만 우리는 악마의 탑 4층까지의 몬스터에 대한 정보로 강의를 했다.

강의에 사용되는 교재 대부분은 내가 직접 참여해 만들었고, 전 세계 어디를 가도 이런 교재를 구할 수 없다고 확신할 수 있다.

미국에서 이제 겨우 악마의 탑 4층에 진입하는 데 성공했다고 하는데 어떤 국가가 이런 교재를 만들겠어.

조금은 소란스러운 강의실의 문을 열고 들어갔다.

나를 처음 보는 학생들은 내가 누구인지 눈을 굴리며 살피고 있었다.

누구긴 누구겠어. 교수지. 강의실에 찾아올 사람이 학생 아니면 교수인 게 당연하지.

육체 수련에 머리가 굳었는지 교탁 위에 올라갔음에도 여전히 멀뚱히 나를 쳐다보고 있는 학생들을 위해 소개를 했다.

"안녕하세요. 저는 카인트 헌터 회사 팀장을 맡고 있는 최진기 헌터입니다. 여러분들을 만나게 돼서 반갑습니다."

교수라는 직함을 가지고 있기에 어울리지 않게 부드럽고 정중한 말투로 인사를 했고, 학생들은 이제야 우렁차게 인사를 했다.

"반갑습니다."

이렇게 젊은 사람이 헌터 회사 팀장이라고 해서 놀랐나?

동물원의 원숭이를 구경하는 것처럼 나를 뚫어져라 쳐다보는 학생들이다.

"오늘은 악마의 탑에서 생존하는 방법에 대한 수업을 진행하도록 하겠습니다. 아무리 뛰어난 헌터들이라고 해도 위험한 상황이 찾아오기 마련입니다. 그 상황을 어떻게 대처해야 되는지, 그리고 그 상황에서 어떻게 몬스터를 사냥하는지에 대해 수업하도록 하겠어요."

학생들은 학교에서 나눠준 필기구를 꺼냈다.

이렇게 집중을 하니 특별 수업을 해줘야겠네.

"질문을 하나 하겠어요. 내가 딜러인 상황에서 몬스터에 의해 위급한 상황에 처했다. 어떻게 행동해야 될까요?"

가장 앞줄에 앉은 학생이 손을 들고 대답했다.

"최대한 몸을 보호하며 동료들의 도움을 기다려야 합니다."

"땡! 다음 사람."

"그런 상황을 만들지 않으면 됩니다. 처음부터 진영을 잘 유지해 전투를 벌인다면 혼자 위급한 상황에 빠질 이유가 없습니다."

"좋은 대답이긴 하지만 언젠가는 위급한 상황에 빠질 수가 있어요. 진영을 유지하고 있는데 갑자기 땅속에서 몬스터들이 튀어나와 학생을 둘러싼다면 어떻게 되겠어요."

여러 대답들이 나왔지만 내가 생각하는 대답은 나오지 않았다.

"다들 좋은 대답이긴 하지만 정답은 아니에요. 정답은 '무조건 탱커의 뒤에 숨는다.'에요. 탱커는 몬스터를 막아야 할 임무를 가지고 있는 헌터입니다. 어떤 상황에서도 딜러를 보호해야 하는 임무도 가지고 있지요. 딜러라면 탱커를 희생시켜서라도 살아남아야 해요. 딜러는 동료가 희생되더라도 몬스터를 공격해야 되고요. 물론 일반적인 상황에서는 힘을 합쳐 몬스터와 전투를 벌여야겠지만 모든 사람이 살 수 없다고 판단되면 가장 우선적으로 탱커가 몬스터에게 희생되어야 합니다."

다들 이해를 하지 못하는 표정이었다. 동료를 소중히 여겨야 된다고 교육을 받아왔으니 나의 이런 말이 이해가 되지 않겠지.

내 말이 듣기 거북하겠지만 생존을 위해서는 필수적으로 알아두어야 할 사항이었고, 학생들에게 헌터의 현실을 알려주고 싶었다.

많은 돈을 벌고, 인정을 받기만 하는 것이 아니라 목숨을 걸고 몬스터와 전투를 벌인다는 사실을 알고 있어야만 악마의 탑에서 살아남을 가능성이 높아진다.

물론 이들이 처음부터 강한 몬스터와 싸우지는 않을 테고, 헌터가 되면 아이템도 지급받게 되니 위급한 상황을 맞이할 가능성은 매우 낮았지만 언젠가는 닥칠 위기를 극복하기 위해서는 이 사실을 알고 있어야 되었다.

경험을 바탕으로 한 강의는 계속되었고, 학생들의 뜨거운 학구열 덕분에 강의 시간은 순식간에 흘렀다.

융합 연구과 B반 중간고사 결과

1등 : 배성우

2등 : 김자민

3등 : 김연수

4등 : 최인혜

…….

시험 결과가 적힌 게시판에 융합 연구과 학생들이 몰려 자신의 성적을 확인했다.

아래 등수에 있는 학생들은 그래도 자신이 과락 점수에 해당하지 않는다는 것에 안도의 한숨을 쉬었고, 상위에 랭크되어 있는 학생들은 만족스러워했다.

최인혜는 나름 이번 점수에 만족하고 있었다.

서울에 있는 대학에 다니기는 했지만 그래도 자기가 공부에 재능이 있다고는 생각하지 않았던 그녀였기에 4등은 만족스러운 등수였다.

하지만 그녀가 만족을 하는 것과는 별개로 김연수는 최인혜를 또다시 등수로 무시했다.

"그렇게 열심히 공부를 하는 것 같더니 고작 4등이야? 집도 잘사는 것도 아니면서 공부라도 열심히 해야지. 이런 나도 3등을 했는데. 쯧쯧."

'뭐지, 이 미친년은……'

최인혜는 '개는 짖어라. 나는 갈 길 간다.'라는 마인드로 김연수를 무시하고 강의실로 이동했다.

근데 그렇게 공부를 열심히 하지는 않았는데 4등이라니, 신기하네.

오빠가 가지고 온 책자에 예상 문제가 다 있었단 말이야.

오빠는 그런 책자들을 어디서 구한 거지? 덕분에 시험을 잘 보긴 했지만.

최인혜가 의외로 잘 받은 성적에 만족하고 있을 때 김연수는 다른 생각을 하고 있었다.

공부도 제대로 하지 않았는데 4등? 뭔가 문제가 있어.

내가 얼마나 공부를 열심히 했는데, 저런 년이랑 비슷한 성적을 받다니. 분명 뭔가 문제가 있어.

"얘들아, 최인혜 가방을 좀 뒤져 봐야겠어. 커닝을 한 게 분명해. 가방 안에 증거가 있을 거야. 아니면 사물함 안이거나."

"시험은 저번 주에 쳤는데 아직 커닝 페이퍼를 가지고 있을까?"

"없으면 만들면 되잖아. 저런 덜떨어진 애랑 같이 학교 다니고 싶어?"

김연수의 행동이 옳지 않다는 것은 잘 알고 있는 친구들이었지만 그녀 덕에 맛있는 음식과 옷가지들을 받았기에 거절을 하지 못했다.

"내가 최인혜를 따로 불러낼 테니까, 그때 가방이랑 사물함을 뒤져."

김연수는 최인혜가 있는 강의실로 찾아갔다.

"최인혜, 너 나랑 얘기 좀 하자."

"내가 너랑 무슨 얘기를 해? 수업 시간도 얼마 남지 않았는데. 할 말이 있으면 여기서 해."

"나이도 어린 게 나한테 꼬박꼬박 말대꾸할래? 가정교육에 정말 문제가 있나 보네. 잠시면 되니까 나와 보라고."

최인혜는 이번에는 꼬투리를 잡아 자신을 무시하려고 한다고 생각했다.

그래, 무슨 말을 하는지 들어나 보자.

최인혜는 수업 시간이 얼마 남지 않아서 오랜 시간 말을 하지는 않을 거라고 생각했기에 김연수를 따라 강의실 밖으로 나갔다.

최인혜와 김연수가 나간 강의실에는 김연수 무리가 들어가 최인혜의 가방과 사물함을 뒤졌다.

"너희들, 지금 뭐하는 거야?"

그 모습을 보고 있던 다른 학생들이 그들을 말리려고 했지만 헌터과의 학생까지 포함되어 있었기에 적극적으로 말릴 수는 없었다.

"이것 봐. 못 보던 교재잖아."

"정말이네. 이런 교재를 최인혜가 어떻게 구했지?"

최진기가 최인혜를 위해 연구소에서 가지고 온 책을 사물함에서 찾아낸 것이었다.

"훔친 게 분명해. 교수님들이 비슷한 책을 들고 다니는 걸 본 적 있어. 시중에 판매하는 책은 아니니까 분명 훔친 걸 거야."

증거를 찾았다고 생각한 그들은 사물함을 뒤지는 것을 멈추었고, 김연수가 돌아오기를 기다렸다.

최인혜는 자신을 따로 불러낸 김연수가 욕이라도 한 바가지 할 줄 알았지만 별반 다른 말을 하지 않고 시간을 보냈기에 속으로는 다행이라고 생각하며 강의실로 돌아왔다.

"이게 무슨 짓들이야!"

최인혜는 자신의 가방과 사물함 안에 있던 책과 필기구가 어지럽게 바닥에 떨어져 있는 것을 보고 소리쳤다.

"도둑년이 목소리는 크네. 너 이 책 어디서 났어? 교수님들이 사용하는 책인데, 너 이거 훔쳤지?"

어느새 강의실로 돌아온 김연수는 자신의 친구들이 증거를 찾아낸 모습에 함박웃음을 지으며 말했다.

"어머, 정말이네. 아무리 학교에서 쫓겨나기 싫어도 그렇지, 이런 부정행위까지 하며 시험을 칠 필요는 없잖아. 도둑질을 할 열정으로 공부를 했으면 1등도 했겠다."

"그 책 내가 훔친 거 아니라고, 우리 오빠가 가져다준 책이라고. 빨리 돌려줘!"

"오빠가? 너 오빠가 뭐한다고 그랬더라? 아! 헌터 생활을 하고 있다고 그랬지. 그러면 오빠가 훔쳤나 보네. 하긴 보안이 뛰어난 교수실에서 도둑질을 하려면 헌터 정도의 능력이 있어야 가능하겠네. 남매가 쌍으로 도둑질을 했나 보네. 이런 학생과 같이 공부를 했다니 정말 소름끼친다."

김연수와 최인혜의 대화를 가만히 듣고만 있던 학생 한 명이 조용히 자리에서 일어났다.

"다들 조용히 좀 하지. 너희만 사용하는 강의실이 아니잖아. 그리고 마음대로 다른 학생의 가방과 사물함을 뒤지는 것은 교칙에 어긋나는 행동인 거 몰라? 그리고 최인혜 넌 이 책을 어디서 구했는지 교수님에게 설명을 해야 할 거야. 수업 시간이 얼마 남지 않았으니 어서 강의실 정리나 해."

김연수가 융합 연구과 B반에서 유일하게 건드리지 못하는 사람이 배성우였다.

배성우의 아버지 또한 헌터 회사를 운영하고 있었고, 규모가 김연수 아버지의 헌터 회사보다 더 컸기에 건드릴 수가 없었다.

그리고 배성우에게 호감을 가지고 있었기에 그의 말에 입을 살짝 가리고 가식을 떨며 말했다.

"호호호. 그래, 이번 일은 교수님께서 알아서 해결해 주시겠지. 다들 강의실을 정리하고 수업을 준비하자고."

김연수 무리 중 헌터과 학생들은 자신의 강의실로 이동했고, 융합 연구과 B반에 속해 있는 학생들이 최인혜의 사물함과 자리를 정리해 주었다.

분명 자신들의 행동도 교칙에 어긋났기에 뒷말이 나오지 않게 하기 위해서였다.

그런 모습을 최인혜는 아무 말도 하지 않고 지켜만 봤다.

정말 오빠가 이 책을 훔친 거면 어떻게 하지?

아냐, 오빠가 그럴 리가 없어.

오빠를 믿었지만 불안감을 지울 수는 없었다.

그렇게 다른 감정을 가진 채 수업은 시작되었고, 융합 연구과 교수이면서 연구소장 직을 맡고 있는 김민중 교수가 강의실로 들어왔다.

"다들 점심은 맛있게 먹었나? 이번 중간고사에서 낙제를 받은 학생이 없다는 것에 나는 큰 감동을 받았다네. 이대로만 하면 다들 좋은 연구원이 될 수 있을 거야."

김민중 교수는 인자한 목소리로 수업을 시작하려고 했다.

그런데 무언가 이상했다. 보통 때와 분위기가 달랐다.

학생들은 긴장된 표정으로 자리에 앉아 있었고, 울상인 학생도 보였다.

잠시 상황을 파악하고 있던 김민중 교수를 바라보던 김연수가 손을 들고 말했다.

"교수님, 우리 과에 도둑이 한 명 있어요. 이 책은 교수님들만 가지고 계시던 책이 아닌가요?"

최인혜는 매우 공손하지만 도도하게 최인혜가 가지고 있던 책을 김민중 교수에게 가져다주었다.

"아니, 이건 연구소에서만 배포된 책자인데. 이 책이 어떻게 여기에 있는 건가?"

"최인혜 학생이 가지고 있었어요."

김연수의 말에 최인혜라는 학생을 찾는 교수의 눈에 울상을 하고 있는 학생이 들어왔다.

"일단 어떻게 된 일인지는 수업이 끝나고 알아보도록 하죠. 소중한 수업 시간을 낭비할 수는 없으니까요."

수업이 시작되었지만 수업에 집중하는 학생은 많지 않았고, 사건이 커지기를 기대하는 학생들도 상당수가 있었다.

최인혜가 퇴학 조치라도 받으면 등수가 하나씩 올라가니 그런 마음을 먹는 학생이 많을 수밖에 없었다.

*　　　*　　　*

퍽!

누군가가 사무실 문을 차고 들어왔다.

저런 행동을 할 사람은 한 명뿐이지.

"팀장님! 어제 수업 시간에 뭘 가르치신 거예요!"

역시 현수였다. 노크를 하는 법을 아무리 가르쳐 줘도 절대 안 하네.

"내가 뭘? 필요한 수업을 했는데. 악마의 탑에서 살아남는 비기를 알려 줬는데 그게 뭐 어때서?"

"지금 제가 헌터과 수업을 하고 왔는데. 정말 동료를 버려야만 악마의 탑의 몬스터들을 사냥할 수 있는지 물어오는 학생들을 진정시키느라 얼마나 고생한 줄 아세요? 물론 팀장님이 무슨 의미로 그런 수업을 했는지는 알지만 아직은 어린 학생들이라고요."

"어리기는 개뿔. 너보다 나이 많은 학생이 절반이 넘는다."

"저는 악마의 탑을 경험한 선배잖아요. 지금은 아무런 고민 없이 수업에만 집중해도 모자란 학생들이라고요. 그런 말은 2~3학년이 돼서 해줘도 늦지 않다고요."

헌터과는 4년제로 생각하며 수업을 진행하고 있었지만 성적이 우수한 학생들은 조기 졸업시켜 헌터로 데뷔시킬 계획이었다.

그러니 헌터의 어두운 이면은 2~3학년 때 알려주면 된다고 말하는 거겠지.

"미리 알면 좋지. 너도 알겠지만 헌터는 마음가짐이 정말 중요한 직업이라고. 너 처음 악마의 탑에서 몬스터를 상대할 때 생각나지 않아? 허점을 고스란히 드러내 놓고 있는 몬스터를 찌르지 못해 손을 벌벌 떨던 네 모습이 나는 눈에 선한데."

"아니, 지금 그 얘기를 왜 하시는 겁니까."

과거의 일을 꺼낸 내 말에 조금 당황한 현수였다.

당황한 현수의 모습을 보는 건 쉽지 않은 일이지.

말을 돌리려는 현수를 붙잡고 과거의 일을 들춰내려고 했다.

하지만 문을 두드리는 소리에 계속할 수 없었다.

똑똑!

"들어오세요."

사무실을 찾아온 사람은 김민중 소장이었다.

소장이 사무실을 직접 찾아온 적은 손에 꼽을 정도였다.

"소장님이 여기를 다 찾아오시고, 무슨 일이라도 생겼습니까? 연구소에 문제라도 있나요?"

"연구소에는 아무런 문제가 없네만, 단지 학교에서 작은 문제가 있어 찾아왔네."

"학생들이 사고라도 쳤습니까?"

툭!

소장은 내 책상에 책 한 권을 올려놓았다.

"이 책은 연구소 자료집이지 않습니까? 이 책을 왜?"

"자료집은 오직 연구원들만 볼 수 있고, 소유할 수 있는 책인데 이 책을 학생 한 명이 가지고 있었다네."

"수석 연구원의 친인척이지 않겠습니까? 자료집은 수석 연구원들만 가지고 나올 수 있으니까요."

"나도 그렇게 생각해서 친인척 중 연구소를 다니는 사람이 있는지 학생에게 물어봤지만 없었다네. 수석 연구원을 제외하면 이 책을 가지고 나올 수 있는 사람이 자네뿐이지 않나. 그래서 혹시 자네가 아는 학생인가 해서 찾아왔다네."

"그 학생의 이름이 뭔데요?"

"융합 연구과 최인혜 학생이네."

어디서 들어본 이름인데, 누구지? 아! 내 동생이잖아.

"제 여동생입니다. 기억이 나네요. 제가 이 책을 집에 가져간 적이 있습니다. 동생이 융합 연구과에 입학하고 싶어 해서 혹시 도움이 될까 봐 가져다주었습니다."

"최인혜 학생이 자네 여동생이었나? 미리 언질이라도 주지 그랬나. 나는 그런 줄도 모르고, 허허."

"그래도 시험 문제를 알려준다거나 청탁을 하지는 않았습니다."

의심스러운 눈초리로 나를 바라보는 현수.

나를 뭐로 보고!

"진짜라니까!"

"팀장님이라면 충분히 청탁을 하고도 남을 것 같은데요."

"허허. 그러지는 않았을 걸세. 최인혜 학생이라면 이번 중간고사에서 4등을 할 정도로 우수한 학생이네. 실력이 출중한 아이이니, 충분히 융합 연구과에 합격할 재질이 있는 학생이네."

"거봐! 내가 청탁을 해서 학교에 입학시킨 게 아니라니까. 현수

너는 평소에 나를 어떻게 생각하고 있었길래 그러냐!"

"제가 뭐라고 했어요? 저는 그냥 살짝 쳐다봤는데. 괜히 찔려서 발끈하셨잖아요."

"허허. 어쨌든 잘 알겠네. 이번 일은 내가 알아서 잘 처리하겠네. 최인혜 학생이 우리 팀장 여동생이었다니. 전혀 닮지 않아서 더욱 몰랐다네."

"여동생은 어머니를 닮았거든요."

현수는 이죽거리면서 말했다.

"다행이네요."

"뭐, 인마!"

"다행이잖아요. 팀장님과 닮은 여동생이 있다고 상상만 해도. 으으으!"

"그런데 제 여동생은 수업을 잘 듣고 있어요? 집에서는 도통 학교 얘기를 안 해서요."

"수업에 매우 열정적으로 참여하고 있다네. 걱정하지 말게나."

소장은 인자한 미소를 지어 보였고, 나는 별생각 없이 따라 웃었다.

하지만 나와는 달리 생각이 날카로운 현수가 소장에게 질문 하나를 했다.

"그런데 이 책을 최인혜 학생이 가지고 있다는 것을 어떻게 알게 되었습니까? 소장님이 직접 가방 검사를 한 건 아닐 테고."

"수업을 들어갔는데 강의실 분위기가 평소와 다르더군. 그리고 학생 한 명이 이 책을 나에게 건네주더군. 지금 생각해 보니 조금 이상하긴 하네."

"그 학생 이름이 뭔지 알 수 있겠습니까?"

"김연수 학생이라고 하네. 아버지가 헌터 회사를 운영하고 있다고 자랑스럽게 말해서 똑똑히 기억하고 있었다네."

"감사합니다."

현수는 수첩에 김연수라는 이름을 받아 적었다.

소장이 나간 후에도 수첩을 두드리고 있는 현수를 보며 말했다.

"왜 그래, 무슨 일이라도 있어?"

"팀장님은 동생한테 관심이 있기는 해요? 딱 보면 모르시겠어요. 분명 팀장님이 준 책을 사물함이나 가방에 뒀을 텐데. 다른 학생이 이 책을 소장님에게 줬다는 게 무슨 의미겠어요?"

"뭐, 지나가다 봤을 수도 있고, 우연하게 봤을 수도 있지."

"그럴 가능성이 높겠어요, 아니면 의도적으로 팀장님 여동생 사물함이나 가방을 뒤져서 책을 찾는 게 빠르겠어요?"

"그럼 뭐야? 내 동생이 지금 왕따라도 당하고 있다는 거야?"

"그럴 가능성이 없지는 않죠. 제가 특별히 팀장님을 생각해서 이번 일에 대해 알아볼게요. 팀장님이 나서면 일단 엎고 생각하실 거잖아요. 제가 알아서 잘 해결할게요."

진짜 인혜가 왕따라도 당하고 있는 걸까? 그럴 리가.

내가 카인트 헌터 회사 팀장이라는 말을 하지는 않았지만 헌터라고는 알고 있는데.

헌터의 동생을 왕따 시킬 정도로 간 큰 사람이 있다고?

믿기지는 않았지만 일단 이번 일을 현수에게 부탁했다.

김연수는 기분이 좋지 않았다.

오늘을 마지막으로 더는 얼굴을 보지 못할 거라고 생각했던 최인혜가 학교를 계속 다니기 때문이다.

"어머! 도둑년이랑 계속 같이 수업을 들어야 하는 거야? 학교 꼬라지 잘 돌아간다. 그렇지 않아?"

김연수는 친구들에게 동의를 구했고, 다들 그녀의 말에 강하게 수긍했다.

"그러게 말이야. 미꾸라지 한 마리가 똥물을 만들어 놓고 있네."

"미꾸라지는 잡아서 추어탕을 해먹어야 하는데."

융합 연구과 학과장님도 문제를 삼지 않는 일이었지만 학생들은 아니었다.

"내가 훔친 게 아니라고 그랬잖아. 학과장님도 우리 오빠가 책을 구했다고 인정했어."

"헌터가 어떻게 연구원들만 볼 수 있는 책을 가지고 올 수 있을까? 학과장님을 어떻게 구워 삶았는지는 모르겠지만 나는 그냥 넘어가지 않을 거야. 벌써 아빠한테 말해 놨으니까 기대해도 좋아."

김연수와 그녀의 친구들은 이제 노골적으로 최인혜를 괴롭히기 시작했다.

강의실에 있는 다른 학생들은 그들의 모습이 보기 불편하긴 했지만 괜히 불똥이 옮겨 붙으면 귀찮아지기에 가만히 있었다.

단지 배성우만 조용히 하라고 한마디를 했을 뿐이었다.

그런 강의실에 평소 보지 못했던 학생 한 명이 있었다.

작은 키에 왜소한 체격.

학생들은 잠시 그에게 관심을 주었지만 다른 반에서 정원 초과가 생겨 B반으로 옮겼다는 그의 말에 그럴 수도 있다고 생각했고, 크게 관심을 가지지 않았다.

'역시 이런 일이 있을 줄 알았지. 팀장님은 동생이 어떤 상황에 빠져 있는지도 모르고. 참 무심한 사람인 줄은 알았지만 그래도 가족은 끔찍이 생각하는 줄 알았는데.'

B반의 새로운 학생은 바로 강현수였다.

강현수는 바쁜 와중에도 자신이 직접 B반에 들어와 상황을 살폈고, 10분도 되지 않아 상황을 유추할 수 있었다.

어라, 재들은 헌터과 학생들인데. 여긴 무슨 일로 왔지?

강현수는 헌터과 교수였기에 헌터과 학생들이 그를 알아볼 수도 있어서 급히 고개를 숙였다.

"우리는 이만 가볼게. 수업 시간이 다 됐거든."

"그래, 점심시간 때 보자. 오늘은 내가 특별히 말해서 너희들이 충분히 먹을 수 있는 도시락을 가지고 왔거든. 기대해도 좋아."

김연수의 사물함 위에는 도시락 몇 개가 올려져 있었고, 그것을 직접 운반한 헌터과 학생들은 내용물을 알 수 없는 도시락을 보면서 군침을 삼켰다.

'내가 저런 놈들을 가르쳤다니. 헌터가 되려고 하는 놈들이 고작 먹을 거 하나에 눈이 돌아가서 학생들의 노예를 자처하고 있었네. 벌써부터 노예근성에 찌들어 있어서 잘도 헌터가 되겠다. 분명 위용욱의 영향을 받은 게 분명해!'

수업이 시작되기 전까지 김연수와 그녀의 친구들은 계속해서 최인혜에게 심한 말을 퍼부었고, 최인혜의 눈에는 눈물이 살짝 고여 있었다.

'좀 더 참고 보려고 했는데 안 되겠네. 나서야겠어.'

1교시 수업이 시작되었다. 1교시는 연구소장이자 융합 연구과의 학과장인 김민중 교수의 수업이었다.

김민중 교수는 강의실에 들어와 가볍게 인사를 했고, 새로운 학생인 강현수를 한눈에 알아봤다.

"자네가 여기는 왜?"

연구소장인 김민중 교수가 회사에서 주요 인사이긴 했지만 강현수의 눈치를 볼 수밖에 없었다. 돈을 직접 쥐고 흔들어서 그에게 잘못 찍혔다가는 불이익을 당할 수 있다는 것을 회사 전 직원들이 알고 있었기에 아무도 그를 함부로 대하지 못했다.

"연구소장님, 팀장님이 동생분에게 전달해 주라는 게 있어서 찾아왔습니다."

"최인혜 학생 말이군."

연구소장의 입에서 갑자기 자기 이름이 호명되자 어깨를 들썩거리며 놀라는 최인혜였다.

'오빠가 학교에 사람을 보냈다고? 괜히 더 찍히는 거 아닌가 몰

라. 그런데 학과장님도 저분을 알고 있는 것 같은데.'

강현수는 자기 몸통만 한 도시락 하나를 최인혜의 책상 위에 올렸다.

"팀장님이 도시락을 전달해 주라고 해서요. 맛있게 드세요."

신성한 수업 시간에 도시락을 전달해 준다?

다른 학생들은 지금의 상황이 이해가 가지 않았다.

김민중 교수마저 강현수와 최 팀장이 무슨 일을 벌이려고 하는지 알 수 없었다.

"연구소장님, 제가 잠시 강의실에 있어 봤는데 최인혜 학생이 여전히 도둑으로 오인되고 있는 것 같더라고요. 제가 한마디 해도 될까요?"

이번 달은 연구비를 새로 책정하는 달이었다.

연구비에 태클을 거는 유일한 사람이 강현수다. 특히 이번 달에는 그와 좋은 관계를 유지해야 했기에 김민중 교수는 자신이 소중히 여기는 강의 시간 일부를 강현수가 사용할 수 있게 해주었다.

"최인혜 학생이 가지고 있던 책은 최인혜 학생의 오빠인 최진기 헌터 팀장님이 연구소에서 가지고 온 것입니다. 연구소에서 책을 가지고 나올 수 있는 것은 수석 연구원 이상의 자격이 있는 사람만 가능하고, 최진기 팀장님은 그 자격을 가지고 있는 사람입니다. 그러니 최인혜 학생이 훔쳤다고 생각하는 사람이 있다면 오해를 풀어주세요."

강현수는 자신이 이렇게 말한다고 해서 분위기가 한 번에 역전되지 않는다는 것을 알고 있었지만 불필요한 오해를 사지 않기 위해 이런 방법을 사용했다.

하지만 김연수인가 뭐시긴가 하는 여자가 계속해서 팀장님의 동생을 괴롭히겠지.

따로 경고를 해줄까?

일단 시간을 두고 지켜봐야겠어. 팀장님의 동생이라고까지 말했으니 알아서 자제하겠지.

하지만 김연수는 그런 현수의 생각과는 다르게 행동했다.

강의 시간이 끝나고 혼자서는 도저히 들 자신이 없는 도시락을 어떻게 식당까지 가지고 갈지 고민하고 있는 최인혜의 앞을 김연수가 가로막았다.

"오빠가 카인트 헌터 회사 팀장인가 보네. 그렇다고 해서 뭐가 달라질 것 같아? 우리 아버지는 헌터 10명을 데리고 있는 헌터 회사 대표라고! 유세 떠는 모습을 한 번만 더 보이면 아빠한테 말해서 너희 오빠 직장 잃게 만들어 줄 테니까 알아서 하라고."

최인혜는 지금의 상황이 하나도 이해가 가지 않았다.

우리 오빠가 카인트 헌터 회사 소속이었어? 그것도 팀장이었다고?

그런데 내가 언제 유세를 떨었다고 그래. 진짜 뭐가 어떻게 된 건지 하나도 모르겠네.

김연수는 자신의 패거리를 데리고 강의실을 빠져나갔고, 최인혜는 허탈한 미소를 지으며 다른 학생들에게 말했다.

"혹시 같이 도시락 먹을 사람 있어? 나 혼자는 도저히 못 먹을 양인데."

아무도 대답을 하지 않았다. 최인혜와 붙어 다녔다가는 김연수 패거리에 찍힌다는 것을 알았기에 머뭇거리고 있는 학생들이다.

"내가 같이 가줄게. 이렇게 큰 도시락은 나도 처음 보네."

배성우였다.

그와는 간단한 인사만 하는 사이였기에 그가 도시락을 같이 먹자고 할 줄은 몰랐다.

"어… 그래."

융합 연구과 학생치고는 좋은 체력을 가지고 있는 배성우였지만 최인혜의 도시락은 그의 생각보다 훨씬 무거웠고, 이마에 땀이 송골송골 맺히고 나서야 식당에 도착할 수 있었다.

엄청난 크기의 도시락에 식당에 있던 학생들의 이목이 집중되었다.

먹는 게 부의 상징인 시대였고, 저런 크기의 도시락을 난생처음 보는 학생들이 대부분이었다.

"이거 우리 둘이서 못 먹겠는데. 너희 오빠라는 분 손도 참 크시네."

도시락을 준비한 사람은 강현수였지만 그의 옆에서 위용욱이 참견을 했기에 도시락이 7단이 되어버렸다.

"근데 도시락 반찬이 좀 그러네. 1단도 고기, 2단도 고기, 3단도 고기. 너 정말 고기 좋아하나 보네. 무슨 밥도 없이 고기만 있어."

오빠의 센스를 탓하며 최인혜는 모든 도시락을 열었다.

"그래도 마지막 칸에는 밥이 들어 있어……."

도시락의 엄청난 내용물에 젓가락을 들지 못하고 있는 그들이었다.

그런 그들에게 헌터과 학생 몇 명이 다가왔다.

김연수 패거리에 속해 있는 헌터과 학생들이었다.

"이거 고기 사먹을 돈 없는 사람은 서러워서 살겠나. 어마무시하구만."

상황을 보아하니 김연수가 시킨 것 같았다.

멀리서 여기를 바라보고 있는 김연수는 비릿한 미소를 짓고 있었다.

금방이라도 책상을 뒤엎어 버릴 것 같은 헌터과 학생들이었다.

"그만하지."

배성우는 귀찮은 투로 말했다.

헌터과 학생들은 배성우가 유명한 회사의 아들이라는 것을 알고는 있었지만 그래도 김연수의 명령이 있었기에 이대로 돌아갈 수는 없었기에 몇 마디 말을 더 하려고 했다.

"너희들 이리로 와 봐."

"교수님!"

교수 식당은 따로 위치하고 있었기에 식당에서 교수를 만나는 일은 드물었다.

하지만 학생 식당에 모습을 드러낸 강현수였다.

"그래, 너희들 와 보라고."

헌터과 학생 중에서는 강현수보다 나이가 더 많은 학생도 있었기에 평소 강현수는 학생들에게 존대를 했었다. 하지만 그는 처음으로 학생들에게 반말을 했다.

"너희들 헌터가 되려고 학교를 다니는 거 아니었어? 벌써부터 노예근성에 물들어 가지고 잘도 헌터가 되겠다. 그리고 너희들 감당할 수 있겠어. 최인혜 학생의 오빠가 누구인 줄 알고 이런 짓을 하는 거냐?"

"헌터라는 건 알고 있습니다."

최진기 팀장님 동생이라는 사실은 아직 모르고 있었네.

"그래, 헌터지. 너희들의 선배라고. 근데 이런 짓을 하는 거야? 그리고 그냥 헌터가 아니라 최진기 팀장님 동생이라고. 너희들 최진기 팀장님 성격 알고도 이런 짓을 벌이는 거지?"

최진기 팀장은 조금 다른 의미로 헌터과 학생들에게 유명했다.

동료를 버리라고 가르치는 악랄한 교수.

몬스터를 상대할 때 무기가 없으면 이빨로라도 물어뜯으라고 가르치는 미친 교수.

그런 최진기는 헌터과 학생들에게 두려움의 대상이기도 했다.

"최진기 교수님의 동생분이었습니까? 정말 몰랐습니다!"

"그래. 알았다면 이런 짓을 하지는 못했겠지. 지금 너희들이 엎어버리려고 했던 도시락은 최진기 팀장님이 직접 만든 도시락인데 이 사실을 팀장님이 알면 너희들을 어떻게 할까? 너희 혹시

든든한 백 있어? 아버지가 헌터 협회장이거나 대통령이라도 되니?"

"아닙니다."

"그래, 아닐 거라고 예상했다. 그리고 헌터가 될 놈들이 벌써부터 스폰서 맛에 취해 가지고. 너희들은 오늘 밥 먹지 마라. 내가 다른 교수님들한테 말해 놓을 테니 일주일 동안 강의 듣지 말고 육체 수련을 해. 감독관으로는 위용욱 헌터가 적당하겠네."

"교수님, 그것만은……."

육체 단련 수업 시간에 종종 모습을 보이는 위용욱은 무식함의 대명사였다.

수백 kg이나 나가는 역기를 들면서 이 정도는 가볍지? 하는 위용욱이었다.

그에게 일주일 동안 시달린다면?

다음 주가 되면 뼈만 남은 자신들의 모습을 보겠지.

"그럼 선택해. 위용욱 헌터한테 일주일 동안 육체 단련 수업을 받을지, 최진기 팀장님한테 이번 일을 전달할지."

고민은 길지 않았다.

"육체 단련을 하겠습니다."

"그럼 당장 체육관으로 뛰어가!"

강현수의 등장에 적막에 휩싸였던 식당은 그와 헌터과 학생들이 사라지자 적막이 깨졌다.

"너희 오빠가 헌터과 교수님이었어? 그런데 왜 김연수한테 그렇게 당하고 산 거야?"

배성우의 질문에 최인혜는 어이없다는 표정을 지었다.

나도 우리 오빠가 헌터과 교수인지는 오늘 처음 알았다고. 그냥 헌터 회사에 속해 있는 헌터인지 알았다고.

*　　　*　　　*

정말 인혜가 왕따를 당하고 있는 건가?

만약 그렇다면…….

오랜만에 피를 보게 되겠네.

사무실에 앉아 현수를 기다렸다. 당장이라도 인혜가 있는 강의실로 가고 싶었지만 자신이 처리하겠다고 말리는 현수를 믿고 기다렸다.

"팀장님, 저 왔습니다."

"현수 왔어! 그래, 알아는 봤냐?"

"네. 잘 처리했어요. 작은 오해가 있었던 것 같긴 한데 제가 잘 해결하고 왔어요. 그런데 혹시 IV 헌터 회사 대표랑 알고 계세요?"

"IV 헌터 회사? 들어본 적은 있는 것 같은데. 왜?"

"그 회사 대표 딸이 우리 학교를 다니고 있더라고요. 걔랑 팀장님 동생분이랑 작은 충돌이 있어 보이던데. 일단 제가 잘 마무리를 짓긴 했는데 혹시 몰라서요."

"아! IV 헌터 회사라면 우리랑 슬라임 사체 거래 계약을 맺은 회사잖아."

"맞아요. 이번에 우리랑 공급 계약을 맺은 회사죠."

"그 회사 대표 딸이랑 우리 인혜가 문제가 있단 말이지. 어떻게 할까? 공급 계약을 파기할까? 그러면 돼?"

"뭐가 그렇게 극단적이에요. 아직은 학생끼리의 문제잖아요. 지금 우리가 이렇게 관여한 것만 해도 조금 지나치다고 생각하고 있다고요. 나중에 IV 헌터 회사 대표가 직접 움직이면 그때 계약 파기를 하든가 하죠. 괜히 회사 차원에서 움직이면 학생들이 우리를 어떻게 생각하겠어요. 입학시험부터 인맥, 학벌, 집안을 철저히 비공개로 하고 선발했잖아요. 그런데 팀장님 동생이라고 해서 우리가 나서버리면 어떻게 돼요."

"그건 그거고 이건 이거지. 지금은 이대로 두긴 하는데, 만약 인혜한테 작은 문제라도 생기면 다 엎어버릴 거야. 그렇게 알고 있으라고."

강현수는 헌터과 학생들까지 가담해 최인혜를 괴롭힌 사실을 팀장에게 말하지 않은 자신의 선택이 옳았다고 절실히 느꼈다.

역시 팀장님은 정도를 모른다니까. 만약 내가 아니라 팀장님이 직접 움직였으면… 학생 몇 명은 불구가 돼서 기어 다녔겠네.

사건이 일어난 지 일주일이 지났지만 아무런 일도 생기지 않았고, 오히려 자신을 따르는 학생들이 줄어들자 억울한 김연수였다.

"나를 무시하고 제대로 학교생활을 할 수 있을 것 같아? 우리 아빠가 누군지 알고 나를 이렇게 대접하는 거야. 헌터 팀장? 고작 헌터 회사 팀장이면서 헌터 회사 대표인 우리 집을 무시한다 이거지."

23살인 김연수는 몸은 성숙했지만 마음은 성숙하지 못했다.

그럴 수밖에 없는 것이 그녀의 부모는 늦둥이인 김연수가 원하는 것이라면 다 해주었고, 그녀는 자신이 특별한 존재라고 인식하고 있었다.

이렇게 가만히 있을 수는 없지. 학교 문제까지 아빠한테 말하고 싶진 않았지만 이렇게 된 이상 다른 방법이 없어.

김연수는 수업이 끝나기를 기다렸다 집이 아닌 IV 헌터 회사로 달려갔다.

IV 헌터 회사 정문을 지키는 경비원은 회사의 공주인 김연수의 등장에 마른침을 삼켰다.

오늘은 절대 트집 잡힐 거리를 주면 안 된다.

헌터 회사답게 경비원 또한 일반인 이상의 몸과 힘을 가지고 있었지만 김연수는 그런 경비원마저 두려움에 떨게 하는 악명을 가지고 있는 아가씨였다.

"아가씨, 오셨습니까?"

최대한 정중하게 한 인사였지만 김연수는 대꾸는커녕 손가락 하나 까딱거리지 않으며 건물 안으로 들어갔다.

그런 김연수의 모습에 경비원은 무시를 받았다기보다 다행이라고 생각했다.

표정을 봐서는 오늘 누구 하나 관 치워야 겠네.

경비원은 누가 아가씨의 성질을 건드렸는지는 모르겠지만 그의 명복을 빌었다.

벌컥!

"아빠! 으아아앙!"

마치 7살 꼬마 아이나 할 법한 행동을 하는 김연수였다.

IV 헌터 회사 대표실에는 그녀의 아버지뿐만 아니라 헌터 팀장과 재경부 부장도 같이 자리하고 있었다.

하지만 그녀의 눈에는 오직 자신의 아버지인 김상태만 들어왔다.

"아이고, 우리 딸. 학교에서 무슨 일이라도 있었어? 왜 그래?"

"으아아앙!"

울음을 그칠 줄 모르는 김연수.

김상태는 한참이나 어르고 달래서야 그녀를 진정시킬 수 있었다.

"그러니까 학교에 너를 괴롭히는 아이가 있다는 말이지? 그게 누군데? 감히 내 딸을 건드리다니. 뭐 하는 집안이야? 헌터 협회 회장 아들이라도 되는가 보지!"

김상태는 자신이 직접 키운 헌터 회사에 대한 자부심이 있었다.

그뿐만 아니라 모든 헌터 회사의 대표들은 대한민국의 5% 안에 들어가는 사람들이었다.

헌터 회사를 운영할 수 있는 자본을 가진 사람이 줄어든 만큼 헌터 회사를 운영하고 있다는 것은 누구도 무시할 수 없는 지표였다.

"걔네 집은 별거 없는데, 걔 오빠가 헌터라고 하던데."

“헌터? 겨우 헌터 오빠를 믿고 우리 딸을 괴롭혔다고? 이거 안 되겠네. 내일 당장 내가 직접 헌터들하고 학교를 방문할 테니 아무 걱정 말고 있어.”

든든한 아빠의 말에 김연수는 그제야 미소를 되찾았다.

Chapter 4

롱구스

아이템, 연구소, 농사 분야까지 회사가 크게 성장하기는 했지만 내가 원하는 규모는 아직 되지 않았다. 한국에서 손꼽히는 회사 규모를 가지고 있으면서 얼마나 더 큰 회사를 가지고 싶냐고 묻는다면…….

대륙을 좌지우지할 수 있는 회사 정도의 규모가 되어야 한다.

아니, 그 정도로는 부족할지도 모른다.

악마의 탑에서 몬스터들과 마족 그리고, 악마까지 현실 세계로 나올 때를 대비해야 한다.

아직 시간은 충분하다고 생각되긴 했지만 준비를 미리 한다고 해서 나쁠 것은 없었다.

그리고 이제 새로운 사업을 시작하려고 했다.

사업을 시작하기 위해서는 우리 회사의 보물인 현수의 허가가 필요하지.

"현수야, 이번에 내가 새로운 사업을 하려고 하는데……."

"돈 되는 사업인가요?"

말을 끊는 현수가 괘씸하긴 했지만 별다른 내색을 하지 않고 말을 이었다.

"일단 들어보고 판단해 봐. 이전과 비교해서 지금 가장 부족한 게 뭐라고 생각해? 당연히 통신이잖아. 인터넷은 물론이고 전화기, 무전기까지 사용할 수 없으니 얼마나 불편해."

"그렇죠. 휴대폰이 있었을 때면 화면만 터치하면 바로 용건을 말할 수 있었는데 지금은 직접 만나거나 서신을 이용해 의견을 물어봐야 하니 불편하긴 하죠. 근데 갑자기 그런 말을 하는 이유가 뭐예요? 혹시 휴대폰 비슷한 아이템을 제작할 수 있어요?"

"휴대폰보다야 조금 떨어지는 성능이긴 하겠지만 일반 전화기와는 비슷한 효과를 낼 수 있는 아이템을 제작할 수 있는 방법은 있거든. 그래서 우리 회사의 새로운 사업으로 통신 사업을 하면 어떨까 생각하고 있거든."

"그게 정말 가능해요? 전 세계 모든 국가들이 전자 기기를 사용할 수 있는 방법을 연구하고 있는데 아무도 성공하지 못했다고요. 미국도 하지 못한 걸 우리가 할 수 있다고요?"

"그렇지. 나도 우리 대표님이 어떤 능력을 가지고 있는지 정확히는 모르겠는데. 대표님이 알려준 방법을 사용하면 전화기와 비슷한 아이템을 만들 수 있어."

"대박입니다! 무조건 해야죠!"

엄청난 현수의 반응.

현수의 반응만 봐도 통신 사업이 황금알을 낳는 거위라는 사실을 알 수 있었다.

"그런데 어떤 방법으로 가능해요? 아무리 생각해도 어려울 것 같은데요. 우리가 연구소가 있다고는 하지만 미국에 비해 연구력이 뛰어난 건 아니잖아요. 물론 천사의 눈물 같은 명약을 다른 국가에서 개발하고 있지 못하지만 통신 사업은 조금 다른 문제잖아요."

기술력하면 미국이다. 특히 몬스터에 의해 산업 기반이 부서진 이후, 그리고 악마의 탑이 세워지고 전 세계가 EMP로 전자기기를 사용하지 못하게 된 이후 모든 국가들은 과거로 회귀했다. 하지만 미국만은 새로운 방법을 만들기 위해 노력을 계속해서 해왔고, 많은 기술들을 독자적으로 만들어내었다.

하지만 미국을 비롯한 서방권 국가에서도 통신 시설을 만들지는 못했다.

통신은 모든 일에 핵심이 된다. 사람과 사람 간의 만남에서도 연락은 중요했고, 전쟁에서는 두말할 것 없이 중요했다.

이런 상황에서 통신을 사용할 수 있는 기술을 만든다면 무조건 대박이었다.

"물론 악마의 탑에서 나오는 EMP를 벗어날 수 있는 기술이 있는 건 아니고, 악마의 탑에 서식하는 몬스터를 통해 제작할 수 있는 아이템이야."

내가 현실로 돌아오기 전 이계에서 선풍적으로 인기를 끌었던 콘택터가 통신 아이템이다.

콘택터는 악마의 탑 4층에 서식하는 몬스터인 홉블린의 더듬이를 이용해 만들 수 있다.

홉블린은 강하지는 않지만 무리를 이루며 생활했기에 상대하기 까다로운 몬스터 중 하나였다. 인간과 비슷하거나 오히려 더 나은 전략으로 침입자들을 상대했고, 그들이 일사불란하게 움직일 수 있었던 이유는 더듬이 덕분이었다.

홉블린의 더듬이는 고유 번호가 있다. 처음에는 아무도 몰랐지만 마법사들의 연구에 의해 홉블린의 더듬이 안쪽에 일정한 문양이 있다는 것을 알아내었고, 그 문양을 이계의 언어로 해석하는 데 성공했다.

홉블린의 문양은 숫자였다. 두 자리의 숫자를 가지고 있는 홉블린도 있었고, 가장 큰 숫자를 가지고 있는 홉블린은 천억에 가까운 숫자를 가지고 있었다.

악마의 탑은 새로운 몬스터를 계속해서 만들어내었기에 악마의 탑이 사라지지 않는 이상 홉블린의 더듬이를 무한정 구할 수 있다.

하지만 홉블린의 더듬이만 있다고 해서 통신이 가능한 것은 아니다.

홉블린에게서 더듬이를 떼어내면 일주일 동안은 사용이 가능하지만 일주일이 지나면 홉블린의 더듬이는 썩어 없어져 버린다.

이계의 마법사들은 홉블린의 더듬이를 영구적으로 사용할 수 있는 방법을 연구했지만 영구적으로 사용할 수 있는 방법은 찾지 못했다. 대신 일주일의 짧은 기한을 2년으로 늘리는 데는 성공했다.

보통 휴대폰을 한 번 사면 2년 약정을 들고 2년이 지나면 새로운 휴대폰으로 교체하는 것과 비슷하다고 생각했었다.

품 안에서 홉블린의 더듬이 두 개를 꺼내 현수에게 보여주었다.

"이게 통신 아이템이라는 말씀이세요? 아무리 봐도 통신 기기처럼 안 보이는데요."

홉블린의 더듬이는 일반적인 더듬이와 달리 달팽이관 모양을 하고 있었다.

관의 상단부에 나 있는 구멍으로 말을 할 수 있었고, 다른 방향으로 하단부에 있는 구멍으로 상대방의 말을 전달받을 수 있다.

현수에게 사용법을 설명해 주었고, 현수는 바로 실험에 들어갔다.

―여보세요.

―그래, 잘 들려.

―오! 진짜 전화기네요. 휴대폰보다 더럽게 생기기는 했지만 진짜 통신이 가능하네요.

―그렇다니까. 내가 언제 거짓말한 적 있어?

―지금 그걸 저한테 말해달라고 부탁하시는 거예요? 말해드려요? 오늘 시간이 많으신가 봐요. 하루 종일 해도 다 말 못 할 거

같은데.

내가 그렇게 거짓말을 많이 했었나? 바쁘다고 하고 사무실에서 잔 적은 몇 번 있어도 다른 거짓말은 그렇게 안 한 거 같은데.

어쨌든 홉블린의 더듬이가 제대로 작동한다는 것을 확인했다.

"그런데 어떻게 통신이 가능한 거죠? 몬스터의 몸에서 떨어져 나왔으면 그 능력을 상실해야 되는 것 아니에요?"

나도 처음에는 그게 신기했다.

몬스터의 능력은 당연히 몬스터가 죽으면 사라져야 했다.

하지만 홉블린의 더듬이는 홉블린에 기생해서 살아가는 다른 몬스터의 일종이라는 사실을 알고 나서야 이해를 할 수 있었다.

"지금 이 아이템이 몬스터라는 말씀이세요?"

"몬스터이면서 아이템이지. 살아 있는 몬스터를 악마의 탑에서 데리고 나올 수 없다는 건 너도 잘 알고 있잖아. 홉블린의 더듬이는 홉블린에게서 떨어져 나오면 그 순간부터 아이템으로 변해. 그리고 새로운 숙주를 찾기 전까지는 오로지 아이템으로서의 능력만 가지게 되지."

"새로운 숙주를 찾지 못하면 더듬이는 죽어 버리겠네요."

"그렇지. 일주일! 일주일이 지나면 더듬이의 능력은 사라져 버리지."

"그러면 상품으로서의 가치가 별로 없겠는데요. 일주일만 사용할 수 있는 통신 아이템을 누가 사겠어요. 물건을 배송하는 데 몇 주가 소모되는데 어떻게 팔겠어요."

"에이~ 그런 문제를 보완할 방법도 없이 내가 통신 사업을 하자고 말을 꺼냈겠냐. 너는 자꾸 나를 무시하는 경향이 있어."

"수명을 늘릴 방법이 있어요? 얼마나 늘릴 수 있는데요."

"최고 2년. 험하게 사용하면 1년 정도밖에 사용 못 할 수도 있는데 보통은 2년 근처까지 사용할 수 있을 거야."

"정말이에요? 그러면 대박이죠! 그런데 팀장님은 그런 사실을 어떻게 알고 있으세요? 수명이 2년이라면 2년 동안 사용한 경우를 봤다는 말인데."

날카로운 놈.

이럴 때를 대비해 회사에 유령 대표를 만들어 두었지.

"나도 몰라. 대표님이 그렇게 말하더라고. 대표님이 하신 말이니까. 맞겠지."

현수는 여전히 의심의 눈초리를 풀지는 않았지만 대표님이 그랬다는 말에 어쩔 수 없이 수긍을 했다.

"홉블린이 4층에 서식하고 있다는 말이죠. 하지만 4층에 들어갈 수 있는 능력을 가진 헌터가 없잖아요. 팀장님하고 같이 악마의 탑에 들어간다면 우리야 4층을 공략할 수 있긴 하지만 다른 헌터 팀은 불가능하잖아요."

현재 카인트 헌터 회사에 있는 헌터 팀은 총 30팀 정도였다.

120명이 넘는 헌터들. 하지만 그들 대부분은 악마의 탑 1층을 공략할 정도의 실력이었고, 현수와 위용욱이 포함된 헌터 팀만이 유일하게 3층을 공략할 수 있는 능력을 가지고 있었다.

하지만 악마의 탑 공략은 결국 아이템빨이 아니겠는가.

"대표님이 너희들에게 새로운 아이템을 지급하라는 지시를 내렸어. 이번에 지급받는 아이템이면 4층을 충분히 공략할 수 있을 거야. 3층에 비해 강한 몬스터가 있긴 하지만 그 차이가 크지 않거든. 내가 없어도 너희들만으로 충분히 공략이 가능해."

"그렇다면 다행이긴 하지만 한 팀만으로는 충분한 물량을 확보할 수 없어요."

"그렇지. 하지만 굳이 악마의 탑에 들어가지 않아도 더듬이의 물량을 확보할 수 있다면 어떻겠어?"

"그런 방법이 있으면 진작 말씀을 하셨어야죠. 어떤 방법인데요?"

"더듬이는 아이템이면서 몬스터라고 했잖아. 생식이 가능하다는 말이지."

"더듬이끼리 교배를 한단 말씀이세요?"

"그렇지. 조금 까다로운 방법이긴 하지만 충분히 생식 활동이 가능한 녀석들이거든. 일정량만 보유하면 더듬이의 수를 기하급수적으로 늘릴 수 있어. 물론 매우 특별한 방법이 필요하긴 하지만 말이야."

"무슨 방법인데요?"

더듬이의 생식 방법에 대해 설명을 하려고 할 때 누군가가 급히 사무실 문을 두드렸다.

똑똑!

"들어와요."

"팀장님 지금 IV 헌터 회사의 김상태 대표가 소속 헌터들을 데리고 학교로 찾아왔습니다. 일단 헌터들을 학교로 들어오지 못하게 막긴 했지만 팀장님이 나가보셔야 할 것 같습니다."

"IV 헌터 회사?"

"김연수의 아버지가 하는 헌터 회사네요. 제가 알아서 잘 처리하겠습니다."

현수는 다급히 문밖으로 나가려고 했다.

김연수라면 인혜와 문제가 있다던 학생이었던가?

현수의 말처럼 작은 문제가 아니었나 보네.

"같이 가자."

"팀장님이 나가지 않으셔도 제 선에서 해결이 가능해요."

"현수야, 내 동생 문제 때문에 오신 것 같은데. 내가 나가는 게 예의에 어긋나지 않지."

동공이 빠르게 좌우로 흔들리는 현수의 눈을 확인했고, 분명 내가 모르는 다른 사건이 있다는 것을 예상할 수 있었다.

소란스러운 학교 교문 앞에 당도하자 성이 잔뜩 나 있는 황소 같은 사람들이 고성을 지르고 있었다.

우리 헌터 연구소랑 계약 관계에 있으면서 저런 행동을 하다니, 무슨 배짱이지?

슬라임의 사체로 벌어들이는 돈 정도는 없어도 된다고 생각하는 건가.

"학교 앞에서 무슨 소란이십니까?"

내가 움직이려고 할 때 현수가 먼저 내 앞을 가로막고 말했다.

우리 회사의 모든 계약은 현수가 직접 나서서 했기에 현수의 얼굴을 알고 있는 김상태 대표가 고성 지르는 것을 멈추고 현수 앞으로 걸어갔다.

"우리 딸이 학교에서 괴롭힘을 당하고 있다고 하는데 어떻게 된 일인가?"

"그런 일은 없었습니다. 무슨 말을 어디서 듣고 오셨는지는 모르겠지만 그런 일은 없었습니다. 그리고 학교 안에서 생긴 문제는 학교 내에서 해결을 해야지 이렇게 헌터들을 끌고 오시면 어떻게 합니까?"

"학교에서 제대로 문제를 해결해 주지 않으니, 내가 이렇게 온 게 아닌가. 어서 비키게나. 우리 딸을 괴롭힌 학생을 내가 직접 손봐줘야겠네."

답답해서 못 참겠다. 도대체 일이 어떻게 되어가고 있는 건지 도통 모르겠네.

인혜가 괴롭힘을 당한 게 아니라 김상태 대표의 딸이 괴롭힘을 당했다는 거야?

우리 인혜는 오빠인 나한테나 강하게 나가지 다른 사람을 괴롭힐 성격이 아닌데.

한 다리 건너 말을 들으면 말이 와전되게 마련이다.

저기서는 당사자의 아버지가 나왔으니, 여기는 당사자의 오빠가 직접 나서는 게 맞지.

"안녕하십니까. 처음 뵙겠습니다. 저는 카인트 헌터 회사의 헌터 팀장을 맡고 있는 최진기라고 합니다. 우리 학교에 자제분이

다니고 있다는 사실은 이번에 알게 되었는데 무슨 문제가 생긴 겁니까?

김상태 대표는 같은 말을 반복해서 나에게 했다.

“감히 우리 딸을 무시해? 헌터를 오빠로 두고 있다고 해서 간이 배 밖으로 튀어나온 게 분명한 년이야! 나를 말리지 말게. 그년을 오늘 관짝에 집어넣고 말 걸세.”

부글부글!

이성이 녹아내리기 시작했다. 지금 우리 인혜를 죽이겠다고 선전포고를 하고 있는 거지? 미친놈이. 나이도 먹을 만큼 먹은 것처럼 보이는데 사람이 할 말이 있고 안 할 말이 있지.

“그년의 오빠가 누군지는 모르겠지만 우리 헌터들을 시켜 같은 날 제삿밥을 먹게 해주지.”

“그럼 해보세요. 그년의 오빠가 지금 눈앞에 있으니 관짝에 집어넣든, 제삿밥을 저승에서 먹게 하든 한번 해보시라고요.”

“지금 무슨 말을 하는 건가? 자네가 아니라 그년과 오빠를 말하는 걸세.”

“그니까, 우라질! 내가 그 학생의 오빠라고. 나이를 처먹어서 말귀를 못 알아듣나? 내가 보청기 하나 해줘? 아! 보청기도 이제는 더 이상 작동하지 않지? 그러면 죽어야지. 귀도 들리지 않는데 살아서 뭐하겠어!?”

“팀장님!”

다급히 내 손을 붙잡는 현수였지만 이미 내 이성의 끈은 끊어진 지 오래다.

"자네가 최인혜라는 학생의 오빠라는 말인가?"

"그렇다고. 같은 말을 몇 번이나 하게 할 생각인데? 그래, 오늘 전쟁 한번 벌여 보면 되겠네. 교내에 있는 헌터들과 회사에 있는 모든 헌터들을 집합시켜!"

"팀장님! 일을 더 키우시면 어떻게 하십니까? 작은 오해가 있는 것 같은데 오해를 푸는 게 먼저지 않겠습니까."

문 앞을 지키고 있는 경비원들은 내 말을 들어야 할지, 현수의 말을 들어야 할지 몰라 고민하고 있었다.

"당장 헌터들을 집합시키라고! 빨리 움직여!"

경비원들은 그제야 학교 안으로, 회사 방향으로 뛰어갔다.

"걸어오는 전쟁을 피할 이유는 없지. 그래, 당신 딸내미가 무슨 말을 했는지는 모르겠는데. 그래, 우리 인혜가 당신 딸을 괴롭혔다고 치자. 근데 그게 죽을 정도로 잘못한 일이야? 자신보다 약한 사람의 목숨은 깃털처럼 가벼운 거야?"

"아니, 그게 아닐세."

김상태 대표는 혼란스러웠다.

자신의 딸은 그녀의 오빠가 단지 일반 헌터라고만 말을 했지, 카인트 헌터 회사의 헌터 팀장이라고는 말하지 않았었다.

어떻게 해야 되지? 이대로 물러설까? 아니지, 내가 누군데!

헌터 회사의 대표라고. 고작 헌터 팀장한테 졸 수는 없지.

"그래, 지금 우리랑 한번 해보자는 건가? 좋네. 다들 연장을 꺼내!"

현수는 한 술 더 뜨는 김상태 대표의 행동에 고개가 절로 가로저어졌다.

동종 업계에서 일하면서 카인트 헌터 회사의 헌터들의 능력도 모르고 있어?

IV 헌터 회사가 작은 규모는 아니지만 우리 회사와 비교하면 하늘과 땅 차이인데 무슨 자신감으로 저런 행동을 하는 거지?

팀장님이 모든 헌터들을 지휘할 수 있는 권한을 가지고 있는 걸 모르니 저런 행동을 하는 거지.

사실 김상태 대표는 카인트 헌터 회사와 자신의 회사의 힘의 차이를 알고 있긴 했다.

하지만 자신은 회사의 대표였고, 상대는 헌터 회사의 팀장에 불과했다.

자신이 꿀릴 게 없다고 생각하고 있었던 것이다.

헌터 팀장을 내치는 것보다 자신을 끌어안는 것이 회사를 운영하는 대표라면 당연한 선택이라고 생각했다.

하지만 그는 몰랐다. 카인트 헌터 회사의 대표가 곧 팀장이라는 사실을 말이다.

"좋은 말로 할 때 사과를 하면 오늘은 이만 물러나 주지."

사과를 하라고? 이거 참! 누가 누구한테 해야 될 말인데.

"사과는 개뿔! 헌터들이 연장을 들었으면 슬라임이라도 베어야지. 무슨 말이 이렇게 길어? 오라고!"

김상태 대표가 끌고 온 헌터의 수는 20명이다.

20명의 헌터. 현수 혼자 상대하기에는 버거운 숫자였지만 나한테는?

식전 준비운동도 되지 않는다. 문양과 고리의 기운을 사용하지 않고 단지 육체적 능력만으로도 찜 쪄 먹을 수 있다.

인혜를 년이라고 했겠지. 오늘 살아서 돌아갈 생각은 안 하는 게 좋을 거다.

"자네는 내가 마지막으로 준 기회를 놓쳤다네. 건널 수 없는 강을 건너고 만 걸세. 후회는 저승에서나 하게나. 다들 공격해라."

수업이 한창 진행되고 있는 시간이었기에 교문 앞은 우리 말고는 아무도 없었다.

살풀이를 하기 딱 좋은 시간이네.

20명의 헌터들은 무기를 꺼내 들었고, 착용하고 있는 아이템을 작동시켰다.

D급 아이템이라고 해도 하나에 수백만 원이 넘었고, 한 사람에 최소 1억 정도의 돈을 사용한 것처럼 보였다.

그래도 헌터들에게 아이템은 아낌없이 투자했나 본데. 오늘 피눈물 좀 흘리게 만들어주지.

IV 헌터 중 가장 덩치가 큰 헌터 한 명이 곰처럼 나에게 달려들어 왔다.

시선을 저 헌터에게 뺏기면 우르르 달려들 생각이겠지.

곰 같은 사내는 저들 중 가장 많은 아이템을 착용하고 있었다.

이런 일을 자주 해봤는지 저들은 유기적으로 움직였다.

하지만 상대가 나빴다.

곰 같은 사내가 나에게 다가오는 순간 나는 손을 빠르게 움직였다.

펑! 퍽! 빠직!

그가 내 몸을 잡으려고 하는 그 짧은 순간 나는 그의 온몸을 만져 주었다.

"간지럽군. 하나도 안 아픈데. 이런 사람이 헌터 팀장이라니. 명함이 아깝다."

"귀를 울리는 파격음이 들려왔는데 고통이 느껴지지 않는다면 아이템을 먼저 확인하는 게 먼저가 아닐까?"

곰 같은 사내는 그제야 몸을 매만지며 아이템을 확인했다.

"으아아아! 무슨 짓을 한 거야!"

"무슨 짓을 하긴. 몸이 무거워 보여서, 잡다한 장신구들을 부순 거지."

짧은 순간에 1억이 넘는 돈이 날아갔다.

내 돈은 아니었기에 아깝다는 생각은 전혀 들지 않았다.

상실감에 빠져 있는 헌터와 대화를 나누고 있는 틈을 기다려 주지 않는 다른 헌터들이 나에게 달려들기 시작했다.

빠직! 펑!

이번에도 전과 마찬가지로 아이템만 집중적으로 파괴했다.

아이템이 없는 헌터는 몸 좋은 일반인에 불과하다. 특히 아이템을 많이 사용한 헌터일수록 아이템을 잃었을 때의 상실감은 크다.

"다들 뭐 하는 거야! 빨리 공격해라."

지금의 상황을 전혀 모르고 있는 김상태 대표는 멍하니 있는 헌터들을 독촉했지만 이미 상실감에 심하게 빠져 있는 헌터들은 무기력하게 서 있기만 했다.

"턴 종료한 거야? 그러면 이번엔 내 차례네."

아이템이 없는 헌터들을 상대하는 것은 식은 죽 먹기다. 아이템이 있다고 해도 상대가 되지 않는 저들이지만 지금은 개미를 밟아 죽이는 것보다 더 쉬운 상대들이었다.

연인을 잃은 것 같은 표정을 하고 있는 곰 같은 사내의 다리를 걸어 넘어뜨려 나와 키를 맞추었다.

"회사를 잘못 선택했네. 다음에는 이런 명령을 받으면 거부하라고. 머리가 있으면 상대를 보고 덤볐어야지."

빠직!

그의 턱이 흔들렸고, 뼈가 부서지는 소리가 들렸다.

내 주먹에 그의 침과 피가 범벅이 되어 묻었다.

다른 헌터들은 그 장면을 보고 정신을 차렸지만 아이템을 잃은 그들이었기에 나에게 덤벼들기보다 뒤로 물러섰다.

나는 그들이 물러서는 속도보다 훨씬 빠르게 다가가 그들도 곰 같은 사내와 같은 모습으로 만들어주었다.

20명의 헌터들이 턱이 돌아간 채로 쓰러지는 데까지는 5분이 걸리지 않았다.

이제 마무리를 할 차례군.

"김상태 대표님, 아까 했던 말 다시 해보시죠. 사과를 하면 용서를 해주겠다고 했었던가요? 아! 그 전에 저랑 제 동생을 '관짝에 집어넣고 말겠다.'고도 하셨죠. 그 말을 그대로 당신에게 돌려 드리죠. 당신이랑 자제분을 같은 날 제삿밥을 먹게 해드리죠."

"잠깐만 멈춰보게나. 그게 아닐세."

당황스러운 감정을 전혀 숨기지 못한 김상태 대표는 변명도 제대로 하지 못한 상태로 팔만 휘저었다.

"팀장님! 그만하세요."

벌써 그만하라니. 아직 시작도 안 했는데.

현수는 나와 김상태 대표의 앞을 가로막았다.

"제가 다 설명을 드릴 테니 그만하세요. 학생들 간의 작은 충돌에 회사 간의 전쟁이 벌어졌다는 사실을 다른 회사들과 학부모들이 알면 어떻게 생각하겠어요. 동생분을 생각해서라도 이쯤에서 그만두셔야 해요. 다른 학생들이 무서워서 동생분에게 말이라도 걸겠어요?"

동생을 생각하라는 현수의 말에 김상태에게 향하는 발걸음을 멈춰 세웠다.

인혜한테 피해가 가게 해서 좋을 건 없지. 그래도 이대로 그만두기에는 좀 아쉬운데.

어떤 방식으로 아쉬움을 풀지 생각하고 있을 때 내가 부른 헌터들이 허겁지겁 정문을 향해 달려왔다.

가장 선두에서 달려오고 있는 사람은 역시 위용욱이었다.

"어떤 새끼가 우리 팀장님한테 시비를 건 거야! 누구야! 다 씹어 먹어버리겠어!"

야수가 울부짖는 모습을 하고 있는 위용욱은 쓰러져 있는 헌터들을 강제로 일으켜 세워 흔들었다.

이번 일을 위용욱한테 맡길걸.

위용욱이라면 현수 말도 듣지 않고 저들을 아작 내버렸을 건데.

"용욱아, 그만해. 이미 상황은 끝났어."

현수의 만류에도 불구하고 위용욱은 좀처럼 진정하지 못했고, 현수가 용욱이의 입안에 사탕을 왕창 집어넣고 나서야 위용욱은 진정했다.

우물우물!

"벌써 상황이 끝났어요? 애들 훈련도 때려치우고 달려왔는데."

위용욱의 뒤에는 헌터과 학생으로 보이는 사람도 몇 명 있었다.

현수는 그 학생들의 손을 잡고 앞으로 데리고 나왔다.

"이 학생들이 김상태 대표님의 따님과 친한 학생들이니 무슨 일이 있었는지 들으시면 되겠네요. 너희들 김연수와 최인혜에 대한 얘기를 꾸밈없이 말해 봐."

피가 흥건한 상황에 겁을 집어먹은 학생들은 쉽게 입을 열지 못했지만 위용욱이 가볍게 인상을 한번 찡그려 주자 홍수에 댐이 열린 것처럼 말을 쏟아내었다.

두서없이 말하기는 했지만 대충의 상황이 그려졌다.

그러니까 연수라는 학생이 인혜를 무시하고 괴롭힌 것도 부족해서, 도둑으로 만들었다는 거잖아. 그리고 헌터과 학생들까지 끌어들이고.

사그라들었던 분노가 다시 들끓었다.

주먹에 힘이 들어갔고, 당장에라도 김상태의 얼굴에 주먹 자국을 만들어주고 싶었다.

하지만 그런 내 심정을 알고 있는 현수가 내 팔을 붙잡았다.

"팀장님, 끝난 일이에요. 학생 간의 문제를 우리가 너무 간섭하면 상황만 악화돼요. 이쯤에서 그만두세요."

"지금 저 말을 듣고도 나보고 참으라고? 가만히 있으면 가마니로 보이는 세상이라고. 건드린 만큼의 대가는 치르게 해줘야 하잖아."

"그 문제는 제가 해결할게요. 팀장님도 충분히 만족할 수 있게끔 말이에요."

현수는 나를 위용욱에게 부탁을 하고는 김상태 대표에게 걸어갔다.

"이번 문제는 학생 간의 문제로 끝낼 수도 있었는데, 대표님 덕분에 이렇게 되어버렸습니다. 사건의 전말 또한 대표님의 따님이 주도했습니다. 따님은 괴롭힘을 당한 적 없고 오히려 다른 학생들을 괴롭혔습니다. 이번 일을 어떻게 책임지실 생각입니까?"

"그럴 리가 없다네. 우리 연수는 거짓말을 할 줄 모르는 아이일세."

"대표님만 그렇게 생각하고 있습니다. 지금이라도 따님의 성격을 되돌아보는 게 좋겠군요. 하여튼 이번 문제를 어떻게 해결하실 생각입니까? 정말 우리와 전면전을 벌일 생각입니까? 전쟁을 원하신다면 받아드리겠습니다."

"아닐세. 전쟁은 바라지 않는다네. 내가 어떻게 하면 되겠는가?"

"일단 사과를 하셔야겠죠. 팀장님은 물론이고, 최인혜 학생에게까지 말입니다. 최인혜 학생은 대표님의 따님 덕분에 힘들게 학교생활을 했습니다. 팀장님이라는 배경이 있지만 한 번도 티를 내지 않고 학교생활을 했습니다. 그런데 대표님의 따님은 대표님의 직위를 이용해 학생들을 괴롭혀 왔습니다. 사과를 하실 이유는 충분한 것 같습니다."

"내 사과하겠네. 최진기 팀장, 이번 일은 매우 미안하게 생각하고 있다네. 제대로 알아보지도 못하고 하나밖에 없는 딸에 눈이 멀었다네. 제발 용서를 해주게나."

씁쓸하다. 약한 사람을 괴롭히고 싶지는 않다. 차라리 나와 동생을 욕하던 이전의 모습이 나에게는 더 나았다. 강한 모습을 보이면 부수면 그만이지만 이렇게 나약한 모습을 보이면 마음이 약해진다.

젠장!

"그만 일어나세요. 집으로 가셔서 가정교육에 신경 좀 써주세요. 이번 일은 이대로 끝내지만 다음은 제가 어떻게 변할지 저도 모릅니다."

"알겠네. 고마우이."

학생들의 문제로 시작된 이번 일은 김상태 대표가 사과를 하는 것으로 일단락되었다.

문제의 주범인 김연수에게는 아무런 조치를 취하지 않았지만 더는 그녀의 모습을 강의실에서 찾아볼 수 없었다.

이번 일에 나는 현수에게 조금 실망했다.

물론 좋은 방향으로 마무리 지으려고 하는 그의 마음은 이해했지만 그래도 내 가족과 관련된 일인데 혼자 처리하려고 한 현수가 괘씸했다.

하지만 현수의 노력을 알고 있었기에 크게 문제 삼지는 않았다.

그런 나의 행동이 나비효과가 돼서 돌아올 거라고는 전혀 예상도 하지 못한 채 말이다.

"팀장님! 통신 아이템 실험에 성공했습니다."

현수는 연구소장과 함께 급히 사무실을 찾아와 소리쳤다.

통신 아이템은 살아 있는 생물의 생기를 빨아들여 수명을 유지한다. 하지만 생기로만 작동을 하는 것이 아니다. 마기로도 유지가 가능하다.

몬스터를 악마의 탑에서 데리고 나오지 못하는 이상 마기를 구하는 방법은 현재로서는 알려져 있지 않다. 아직 악마의 탑 4층을 공략하는 헌터 팀이 많지 않았기 때문이다.

미국의 헌터 팀이 4층을 공략한 사례가 있긴 하지만 피해가 극심했고, 당연히 악마의 탑 4층을 활발히 공략하기 위해서는 많은 시간이 걸릴 것으로 판단된다.

아직 4층에 대한 정보도 적고 아이템의 등급도 낮았기 때문이다.

악마의 탑 4층에 대한 정보를 알고 있으면서 등급이 높은 아이템을 구할 수 있는 회사는 카인트 헌터 회사가 유일했다.

내가 직접 아이템을 제작하고, 정보를 제공해 주었기 때문에 가능했다.

현수와 위용욱이 포함된 헌터 1팀의 무장 상태를 이전보다 업그레이드시켜 주었고, 내가 같이 악마의 탑 4층을 몇 번 공략해 주었다.

악마의 탑 4층을 몇 번 공략하니 이제는 내 도움이 없이도 안정적으로 악마의 탑 4층을 공략할 수 있는 1팀이었고, 그들은 홉블린의 더듬이를 구해 왔다.

그렇지만 마기의 정수는 5층 이상의 몬스터에게서 드물게 나오는 재료 아이템이었기에 내가 직접 구해 와야만 했다.

마기의 정수는 이름대로 마계의 기운을 품고 있는 구슬이다.

이계의 경험에 따르면 마기의 정수 한 개면 홉블린의 더듬이 100개 정도의 수명을 연장시켜 줄 수 있다. 고작 2년의 수명 연장이었지만 통신용으로 사용되는 아이템이기에 2년이면 충분했다.

하지만 마기의 정수만 있다고 해서 홉블린의 수명을 늘려줄 수 있는 것이 아니다.

홉블린의 더듬이는 숙주에 뿌리를 박아 생기를 흡수해 수명을 늘리는 방식으로 살아간다. 마기의 정수에 많은 양의 마기가 있다고는 하지만 홉블린의 더듬이는 마기의 정수에서 마기를 빨아들이는 방법을 모른다.

이계에서도 이 문제를 해결하기 위해 수백 명의 마법사들과 고민을 했고, 방법을 찾았다.

바로 내 몸에 새겨진 문양을 홉블린의 더듬이에 새겨주는 것이다.

문양을 이용해 아이템을 제작할 수 있다는 것에 힌트를 얻어 실험을 진행시켰었고, 내 가슴에 새겨진 보호의 문양을 이용하면 안정적으로 홉블린의 더듬이에 마기를 흡수시킬 수 있었다.

문양을 새기고 마기의 정수의 마기를 흡수시켜 주면 홉블린의 더듬이는 숙주의 도움 없이 2년 동안 수명을 연장할 수 있게 되는 것이다. 그리고 2년이 지나기 전에 마기를 충전시켜 주면 다시 2년을 더 사용할 수 있게 되니 어떻게 보면 유통기한이 없는 아이템이라고 볼 수도 있었다.

1팀이 구해 온 홉블린의 더듬이에 내가 직접 보호의 문양을 새겨주었다. 하지만 마기의 정수에서 흘러나오는 마기를 홉블린의 더듬이에 흡수시키는 방법은 꽤나 까다롭다.

내가 직접 하면 쉽게 성공할 수 있지만 앞으로 통신 사업을 하기 위해서는 적게는 수천 개 많게는 수만 개의 홉블린의 더듬이를 제작해야 하는데 내가 일일이 만들 수는 없다.

이계의 마법사들과 연구한 방법을 연구소장에게 알려주었고, 그 정보를 바탕으로 연구소에서 실험을 진행했었다.

그리고 오늘 그 실험에 성공했다. 내가 정보를 준 지 불과 보름이 지나지 않아서 말이다.

아무리 정보를 알고 있다고 해도 이렇게 짧은 시간에 성공할 거라고는 예상하지 못했다.

역시 전문가는 다르긴 다르네. 현수한테 연구원들의 월급을 인상시켜 주라고 해야겠어.

"고생하셨습니다. 지금 가지고 온 통신 아이템이 실험에 성공한 통신 아이템입니까?"

"그렇다네. 정확한 수명을 측정하지는 못하지만 마기의 정수의 기운을 흡수시키는 데는 성공했다네."

연구소장에게 받은 더듬이를 확인했다.

확실히 실험은 성공이었다. 2년의 수명은 아니지만 1년은 넘는 수명을 가지고 있는 더듬이였다. 아이템을 확인할 수 있는 능력을 가지고 있었기에 확인이 가능했다.

"고생이 많으셨습니다. 마기의 정수를 흡수시키는 방법이 쉽지 않았을 텐데. 이렇게 빨리 성공할 줄은 몰랐습니다."

"그러게 말일세. 솔직히 처음 자네가 마기의 정수를 더듬이에게 흡수시키는 방법에 대해 설명했을 때는 터무니없는 말이라고 생각했는데 이렇게 성공을 했다네."

마기의 정수를 더듬이에 흡수시키는 방법은 복잡하다면 복잡하고 쉽다면 쉬웠다.

마기의 정수를 부수면 마기의 정수 안에 들어 있는 마기는 밖으로 튀어나오게 되는데 그때 더듬이에 흡수시키면 되는 것이다.

하지만 공기 중으로 빠르게 사라지는 마기를 더듬이에 흡수시키는 방법은 효율이 크게 높지 않았다. 그래서 밀폐된 공간에서 작업이 진행되어야 했고, 타이밍에 맞게 문양을 활성화시켜 줘야 했다.

여러 번의 시행착오 끝에 연구원들은 더듬이에 마기를 흡수시킬 용기를 만들어내었고, 타이밍에 맞게 문양을 활성화시킬 방법까지 찾아낸 것이다.

한참이나 연구원들이 어떤 방식으로 실험을 진행했고, 성공하기 위해서 얼마나 많은 노력을 기울였는지에 대해 한참을 설명하는 연구소장의 말을 나는 웃으며 들었다.

설명을 마친 연구소장이 뿌듯한 표정으로 떠난 사무실에는 나와 현수만이 남았다. 이제는 본격적인 통신 사업에 대한 구상을 해야 했다.

"통신기기를 가장 필요로 하는 곳이 어딜까? 일단은 통신기기에 대한 마케팅이 필요하지 않을까? 그리고 가격은 얼마로 형성하는 게 좋을까?"

마기의 정수를 더듬이에 흡수시키는 데 성공한 이상 통신기기의 출시는 지금 당장 할 수 있었다.

"마케팅도 중요하고, 가격을 책정하는 것도 중요하긴 한데. 이대로 출시할 생각은 아니겠죠?"

"뭐 더 필요한 게 있어? 그냥 이대로 출시하면 되지 않아?"

이계에서도 이렇게 판매를 했었고, 열풍적인 인기를 끌며 팔려 나갔었다.

기능적으로 더 추가할 게 있는 건가?

"팀장님, 아무리 통신기기의 능력이 뛰어나다고는 하지만 디자인이 보기 안 좋잖아요. 예전 생각을 해보세요. 미국 A사의 휴대폰을 왜 전 세계 사람들이 가지고 싶어 했는지 말이에요."

"그때야 휴대폰을 만드는 회사가 많았잖아. 지금은 우리가 독점으로 생산을 할 수 있는데 굳이 디자인에 신경을 쓸 필요가 있을까?"

"지금이야 우리가 독점적으로 생산을 할 수 있지만 그게 영원할 거라고 생각하시는 건 아니겠죠? 일단 통신기기가 출시되기 시작하면 다른 국가들이 모든 인력을 동원해 기술력을 훔치려고 들 건데 그렇게 되면 조만간 다른 회사에서도 통신기기를 만들지도 모른다고요."

"마기의 정수는 5층 이상의 몬스터에게서만 구할 수 있다니까? 미국도 이제 4층을 공략하고 있는 단계인데. 마기의 정수를 구하려면 1~2년은 더 필요할 거야."

"미국의 헌터들은 이제 4층을 공략하기 시작했어요. 그렇다는 말은 홉블린의 더듬이를 구할 수 있다는 것이고, 굳이 마기의 정수를 사용하지 않고 홉블린의 더듬이의 수명을 늘리는 방법을 찾아낼지도 모른다고요. 그러니까 다른 회사들이 뒤늦게 생산하는 통신기기에게 따라잡히지 않으려면 디자인에도 신경을 써야 된다고요."

"그래? 디자인은 어떻게 할 건데?"

"지금은 더듬이에 문양만 새겨놓은 흉측한 모양이잖아요. 좀 더 고급스럽고 아름다운 외관을 만들고 휴대하기도 편한 인체 공학적인 설계가 필요해요. 연구원들 중에는 산업 디자인을 전공한 연구원들도 상당수 있으니까, 디자인이 완성되기 전까지는 비밀 마케팅을 하는 게 좋을 것 같아요."

"그러면 가격은 어떻게 하는 게 좋을까?"

"마기의 정수를 5층에서만 구할 수 있다고 하셨죠? 그렇다면 C급 아이템의 가격보다 더 비싸게 책정되어야 하지 않을까요?"

"통신기기 한 대에 수천만 원을 받자는 말이야?"

"수천만 원을 내고도 통신기기를 사용하고 싶어 하는 사람은 많으니까 그런 걱정은 하지 마시고요. 다음 달이면 중동 머챈트들이 한국을 방문하니까 그때에 맞춰 통신기기의 디자인, 정식 명칭, 그리고 유통을 마무리하는 게 좋을 것 같아요. 머챈트라면 제작한 모든 통신기기를 다 구입하려고 할지도 모른다고요."

"그래, 알았어. 그리고 고맙다."

"뭐가 고맙다는 거예요?"

"디자인, 정식 명칭, 유통을 네가 다 하겠다는 말이잖아. 그러니까 당연히 고맙지. 그럼 부탁한다."

현수가 내 뒤통수를 보고 상스러운 말을 내뱉기는 했지만 전혀 기분이 나쁘지 않았다.

*　　　*　　　*

홉블린의 더듬이를 이용해 만든 통신기기의 정식 명칭은 롱구스였다.

잘은 모르지만 라틴어로 롱구스가 먼 거리라는 의미라고 현수가 말해주긴 했다.

롱구스는 블랙과 화이트를 섞은 색상으로 심플하면서 고급스러운 디자인으로 만들어졌고, 이전의 보기 흉한 모습은 전혀 찾아볼 수가 없었다.

그리고 현수는 롱구스를 발매하기 2주 전부터 은밀하게 통신기기의 출시를 알렸고, 많은 사람들이 관심을 가졌다. 특히 헌터 협회의 반응이 매우 뜨거웠다.

통신기기는 군대에서 가장 필요로 한다. 헌터 협회는 헌터뿐만 아니라 국군의 상위 부대이기도 했기에 당연히 관심을 가질 수밖에 없었다.

하지만 아직 정확한 정보를 알고 있지는 못했기에 헌터 협회에서 직접적으로 연락을 해오지는 않았다.

뭐 연락을 먼저 했다고 해서 달라지는 건 없겠지만 말이다.

그리고 오늘 소문으로만 돌던 롱구스가 정식 발매되었다.

상품을 팔기 위해서는 설명회가 필수였고, 헌터들이 사용하던 체육관을 제품 설명회장으로 꾸몄다.

한국에서 이름 있는 회사의 대표들, 헌터 협회 관련자, 그리고 머챈트를 비롯한 여러 국가의 상인들도 찾아왔다.

체육관 안에 깔려 있는 테이블 위에는 다양한 음식들이 있었지만 음식에 관심을 주는 사람은 없었고, 설명회가 빨리 시작하기만을 기다리고 있었다.

"현수야, 파이팅!"

이번에도 역시 제품 설명회는 현수가 맡았다.

이제는 현수도 자신이 나서야 된다는 것을 익숙하게 받아들이고 있었기에 딱히 등을 밀 필요도 없었다.

"안녕하십니까. 저는 카인트 헌터 회사의 기획 관리 이사를 맡고 있는 강현수입니다."

현수는 이번 설명회를 위해 새로운 직함이 생겼다.

기획 관리 이사. 아직은 밑에 직원 한 명 없는 유령 부서지만 조만간 새로운 인재들을 받아들여 현수에게 가중된 일을 해소시켜 줄 생각을 가지고 있었다.

물론 언제가 될지는 모르겠지만 말이다. 지금까지 현수 혼자서 잘해왔는데 굳이 사람을 더 뽑을 필요가 있을까?

현수가 알면 식겁할 생각을 하는 동안 현수는 롱구스에 대한 설명을 시작했다.

"이번에 우리 회사가 출시한 제품은 장거리 연락이 가능한 통신기기인 롱구스입니다. 시연을 원하시는 분들을 위해 시제품을 준비했습니다."

회사 직원들은 30대의 롱구스를 각 테이블에 올려놓았다.

사람들은 아름다운 장식품처럼 보이는 롱구스를 이리저리 만져 봤다.

"사용법은 간단합니다. 롱구스의 하단에 적혀 있는 숫자가 보이실 겁니다. 그 숫자가 롱구스의 고유 번호입니다. 제 롱구스의 번호는 4897이네요. 압둘 바시르 님이 가지고 계신 롱구스의 번호가 어떻게 되십니까?"

중동 부자들에게 아이템 구입을 위임받은 머챈트 중에서 아시아 지역을 담당하고 있는 압둘 바시르가 이번에도 우리 회사를 찾아왔다.

"11458입니다."

현수는 롱구스의 정면에 있는 버튼을 눌렀다.

지이잉!

압둘 바시르는 자신의 손 위에 있는 롱구스의 진동을 느끼며 어떻게 해야 되는지 눈으로 현수에게 물었다.

"연락을 받으려면 최상단에 있는 녹색 버튼을 누르시면 됩니다."

이전에 사용했던 휴대폰의 모습과 상당히 흡사한 롱구스였기에 압둘 바시르는 큰 어려움 없이 롱구스를 사용했다.

—제 말이 들리십니까?

—잘 들립니다.

뛰어난 통화 음질에 흡족해하는 압둘 바시르였다.

압둘 바시르를 비롯해 참석한 모든 사람들이 롱구스를 시연했다.

버튼만 누르면 원하는 상대에게 전화를 걸 수 있다.

간단한 방식이지만 이 방식을 만들기 위해서 이계의 마법사들의 뇌가 터지기 직전까지 갔었다. 홉블린의 언어를 해석해 숫자의 개념으로 바꿔 인식시키는 작업은 더듬이의 생명을 연장하는 작업보다 더 오랜 시간이 걸렸다.

우리 연구소는 그런 작업을 내가 알려주어서 생명 연장에 대한 연구만 하면 되었기에 이렇게 빠른 시간 내에 롱구스를 완성할 수 있었다.

롱구스의 제작 설명회는 광풍 그 이상이었다.

머챈트는 당연하고 모든 회사의 대표들이 롱구스를 구입하기 위해 문의했다.

롱구스 한 대의 가격은 2억 원이지만 오늘 주문에 한해서 특가로 1억 8천만 원에 판매했다.

압둘 바시르는 전량을 다 구입하고 싶어 했지만 중국에서 많은 돈을 소비하고 한국으로 들어왔기에 전량을 다 구입할 수 있는 금액은 가지고 있지 않았다.

하지만 절반에 가까운 양을 구입해서 돌아가긴 했다.

2억에 가까운 금액이지만 롱구스는 그런 가치가 있었다. 특히 회사의 대표들처럼 연락을 자주 하는 상황에 있는 사람들은 모두 구입하기를 원했다. 미리 만들어놓은 200대를 전량 판매했고, 주문만 천 대 넘게 받았다.

오늘 하루에 벌어들인 수익만 360억 원이었고, 추가 수익은 예상조차 하기 쉽지 않을 정도였다.

큰 수익을 올리게 된 것에 가장 환호성을 크게 지른 사람은 역시 현수였다.

"팀장님, 이번 통신 사업으로 인해 한국에서 우리가 가장 큰 순익을 올리는 기업이 되었습니다. 헌터 협회의 수익을 넘어섰습니다."

"당연한 결과잖아. 롱구스를 제작 판매하기 위해서는 인력을 추가로 뽑아야 할 것 같은데 계획은 세워놨어?"

"팀장님이야말로 당연한 말씀을 하시네요. 이미 직원 모집 공고를 전국에 뿌렸고, 공장 부지도 구입을 마쳤어요. 그런데 제 생각보다 반응이 뜨거워서 공장 부지를 더 구입해야 할지도 모르겠네요. 제품 설명회에 참석하지 않은 사람들이 계속해서 구입 문의를 해오고 있어요."

대박은 대박이었다. 우리 회사가 하고 있는 모든 사업을 합쳐도 통신 사업으로 벌어들이는 수익을 넘지 못할 정도였다. 하지만 좋은 일에는 이빨을 들이미는 하이에나들이 꼭 나타난다.

제품 설명회가 하루 지난 오후, 헌터 협회장과 김미영 팀장이 회사를 찾아왔다.

협회장이 직접 움직였으니 분명 터무니없는 요구를 할 게 분명한데. 벌써부터 골이 아파오네. 오늘은 무슨 떼를 쓸지. 에휴!

"어서 오세요. 오랜만에 뵙습니다."

헌터 협회에서 온 사람들을 나와 현수가 맞이했다.

"지금의 시대에 통신이 가능할 거라고는 전혀 예상하지 못했다네. 롱구스를 만든다고 수고가 많았네."

갑자기 왜 이렇게 살갑게 대하는 거지. 사람 불안하게.

"감사합니다. 다 우리 연구원들의 노력에 의해 가능했습니다. 롱구스를 만들기 위해 엄청난 자본이 들어갔습니다. 만약 롱구스를 지금 제작하지 못했으면 우리 회사가 휘청거릴 뻔했습니다."

있지도 않는 말을 했다. 롱구스를 제작하는 데 많은 자본과 노력이 들어갔다는 사실을 어필해야 헌터 협회장이 다른 말을 못 하겠지.

현수는 내 말에 살을 더 붙였다.

"롱구스를 제작하기 위해 우리 회사의 모든 자본을 투자했습니다. 그리고 연구원들은 제대로 잠도 자지 못했습니다."

"정말 고생이 많았겠네. 하지만 롱구스는 위험한 제품이네. 롱구스의 군사적 가치에 대해 생각을 해본 적이 있는가? 롱구스는 군대에 가장 절실히 필요한 제품이라네. 그래서 롱구스를 외국에 판매하는 것을 멈춰 줬으면 하네. 그리고 롱구스의 제작법과 생산 시설을 헌터 협회에서 구입하도록 하겠네. 지금까지 들어간 돈과 앞으로의 가치에 해당하는 비용을 지불하겠네."

이건 뭐 부탁도 아니고 일방적인 통보였다.

협회장이 직접 회사를 찾아온 만큼 얌전히 행동하려고 했지만 협회장의 말이 내 뚜껑을 열어버렸다.

"우리가 왜 그래야 되는데요? 거래도 아니고 일방적인 통보라니요. 우리가 롱구스 제작법을 협회에 제공하지 않으면 어떻게 하실 생각인데요?"

삐딱하게 말을 내뱉었다.

협회장은 표정 하나 바꾸지 않고 내 말을 받았다.

"롱구스는 군사 무기로 취급받을 정도로 뛰어난 통신 장비일세. 만약 카인트 헌터 회사에서 롱구스 제작에 관한 일체를 협회에 제공하지 않는다면 우리는 무력을 사용할 수밖에 없다네. 우리도 그런 상황이 오는 것을 원하지 않는다네. 원하는 대가를 정부에서 지불하겠네. 돈은 물론이고, 원하는 모든 것을 들어주겠네."

말로는 무슨 계약을 못 해주겠는가. 롱구스를 넘겨주면 모르쇠로 일관할 게 분명하다.

그리고 굳이 협회와 정부에 롱구스를 넘겨줘야 할 이유도 없다.

협회가 가지고 있는 군대는 악마가 강림하면 일주일도 견디지 못하고 부서질 허수아비였다.

단지 롱구스의 가치를 알아보고 돈 장사를 하려는 계획이 분명했다.

"절대 안 됩니다. 무력을 사용하려면 하도록 하세요. 하지만 빨리 움직이셔야 할 겁니다. 중동과 중국에서 우리 제품을 간절히 원하고 있는데 협회 때문에 롱구스 생산에 차질이 생긴다는 것을 알면 어떻게 되겠습니까. 한국 헌터 협회가 그들을 감당할 자신이 있나요?"

말은 이렇게 했지만 중동이나 중국의 도움을 받을 생각은 없다.

우리 회사의 전력만으로도 충분히 헌터 협회의 무력을 상대할 수 있다.

헌터 협회의 헌터들이 구경도 하지 못한 상급의 아이템들을 이미 수북이 만들어둔 상태였기에 전쟁이 두렵지 않다.

그리고 사실 나 혼자만으로도 충분히 헌터 협회와 싸워 이길 자신도 있었다.

헌터 협회와 정부의 주요 인사를 찾아가 암살하는 건 나에게 식은 죽 먹기보다 쉬운 일이다.

만약 헌터 협회에서 전쟁을 선포하면 그날 밤 협회와 정부의 주요 인사들은 같은 날 제삿밥을 먹게 해줄 것이다.

쓸모도 없는 헌터 협회를 밀어버리는 것도 나쁘지 않지.

"시간을 주겠네. 한 달 동안 생각을 하고 답해주길 바라네. 눈앞의 이득만 생각하지 말고 국가를 생각하게나."

국가를 생각하라고? 애국심으로 밀어붙이는 이런 뻔한 스토리를 좋아하지 않는다.

사실 지금 정부가 국가의 발전을 위해 무엇을 하고 있는지 모르겠다.

데빌 도어와 아이템 판매로 벌어들이는 수익을 국가를 위해 사용하고 있는 것이 아니라 권력을 가진 자들의 배를 불려주고만 있는데 애국심이 생기면 비정상이지.

"한 달이 지나도 우리의 대답은 바뀌지 않을 겁니다. 괜히 시간 낭비하지 마시고 포기하세요."

협회장과 김미영 팀장이 사무실을 나갔다. 현수와 나는 헌터 협회와의 전쟁을 대비해야 한다는 데 의견을 합쳤고, 헌터의 수를 확충해야 된다고 판단했다.

약간은 긴장되어 보이는 현수였다.

"걱정하지 마. 만약 헌터 협회와 전쟁이 벌어지면 우리 대표님이 알아서 해결해 주실 거야. 전쟁은 크게 걱정하지 마."

"대표님이요? 무슨 수로?"

"너무 깊게 알려고 하지 마. 전쟁이 벌어지면 자연적으로 알게 될 거니까."

현수에게 음흉한 미소를 지어 보였다. 현수는 그런 나의 미소에 너털웃음을 지으며 할 일을 하러 나갔다.

*　　　*　　　*

강현수는 룽구스의 주문 예약 상황을 파악하며 시간을 보내고 있었다.

연구소의 인력들이 도움을 주고 있긴 했지만 대부분의 일들은 그가 처리해야 했다.

"내 밑에 올 사람은 언제 보내주는 거야? 조만간 보내준다고 하더니 벌써 며칠이나 지났어. 혼자 하려니 돌아가시겠네."

잠잘 시간도 쪼개가며 일을 하는 그였지만 하루 중 딱 한 시간은 자신을 위해 사용했다.

강현수가 향하고 있는 곳은 빈민가의 아이들이 모여 살고 있는 작은 집이었다.

여기를 찾은 것은 그렇게 오래되지 않았다. 우연히 배고픔에 지쳐 있는 아이들을 발견했고, 그 이후 매일같이 이들에게 먹을 것을 제공해 주었다.

"오늘은 특별히 고기도 많이 가지고 왔으니 아이들이 좋아하겠네."

아이들은 고기를 좋아한다. 어른도 마찬가지겠지만 아이들은 어릴 때 잠시 맛보았던 고기의 맛을 잊지 못했고 고기를 뜯는 꿈을 꿀 정도로 고기를 좋아한다.

"얘들아, 나 왔어."

평소와 달랐다. 평소라면 문을 여는 순간 아이들이 환호성을 외치며 달려왔다. 하지만 지금은 정적만이 흐르고 있었다.

"벌써 자나?"

그 순간! 옆구리를 향해 무언가가 날아오는 느낌을 받았다.

악마의 탑의 몬스터를 상대하면서 얻은 위기 감지 능력이 크게 상승했기에 피해낼 수 있었다.

누구지? 왜 훔칠 것 하나 없는 여기에 찾아온 것이지?

나이프를 든 상대의 공격을 피하면서 생각했다.

이유를 생각하면 할수록 한 가지 생각밖에 들지 않았다.

나 때문인가? 나 말고는 다른 이유가 생각나지 않는다.

퍽!

현수는 자신의 가슴을 향해 나이프를 들이미는 상대를 강하게 밀쳐 내며 소리쳤다.

"누구냐! 왜 이런 짓을 하는 거지?"

쓰러진 사람을 누군가가 일으켜 세웠다.

익숙한 얼굴이다.

"김상태 대표?"

"그래, 나다. 내가 수모를 받고도 가만히 있을 거라고 생각했나? 나 김상태라고! 맨손으로 여기까지 기어 올라온 김상태란 말이다!"

김상태의 눈에는 분노와 광기가 뒤섞여 있었다.

지금의 그의 상태보다 아이들의 상태가 더 중요했다.

"아이들은 어떻게 했지?"

"돈 말고는 아무것도 신경 쓰지 않는 강현수 씨가 아이들을 다 걱정하고, 내일은 해가 서쪽에서 뜨겠군."

"아이들을 어떻게 했냐고!"

강현수는 착용하고 있는 아이템을 전부 활성화시켰다. 말이 통하지 않는 상대는 무력으로 제압해야 한다.

집 안에 침입한 헌터의 수는 10명 남짓.

충분히 상대가 가능하다.

하지만 강현수는 무기를 들어 올리지 못했다.

"아이들을 데리고 나와라."

손과 발이 묶인 아이들의 입에는 재갈까지 물려 있었다.

"아이들을 놓아줘라!"

"내가 왜 그래야 하지? 아직 물고기를 낚지도 못했는데 미끼를 풀어줄 수는 없지. 무기를 버려라. 무기를 버리지 않으면 1분에 한 명씩 부모를 만나러 가게 해주겠다."

김상태는 직접 한 아이의 목에 칼을 들이밀었다.

강현수는 돈에 미친 사람이라고 알려졌지만 누구보다 마음이 여린 사람이었다.

그랬기에 학교에서 문제를 일으킨 김연수를 감싸려고 했다.

하지만 그런 그의 노력을 전혀 몰라주는 김상태였고, 지금은 현수를 죽이려고 하고 있었다.

지금 무기를 놓으면 죽는다는 것을 알고 있지만 무기를 계속 들고 서 있을 수가 없었다.

눈앞에서 한 명의 아이라도 죽는다면 평생을 후회할지도 모른다.

툭!

강현수는 손에 들린 무기를 바닥에 내려놓았다.

"다른 아이템들도 내려놓아야지."

강현수는 착용하고 있는 대부분의 아이템을 바닥에 내려놓았다.

그래도 김상태는 안심이 되지 않는지 수갑을 그에게 던졌다.

"수갑만 착용하면 아이들을 풀어주지."

강현수는 김상태의 말을 믿지 못하면서도 스스로 수갑을 찼다.

지금은 아이들을 살리고 싶은 마음밖에 없는 그였다.

수갑을 찬 강현수를 보며 김상태는 음흉하게 웃었다.

"크하하하! 이렇게 쉽게 잡을 수 있을 줄은 몰랐군."

"나를 어떻게 할 생각이지?"

"어떻게 하긴, 치욕을 갚아줘야지. 오늘은 너를 처리하고 조만간 팀장이라는 사람도 너와 같은 모습을 하게 해주지. 팀장의 가족들이 살고 있는 곳은 이미 파악을 해두었거든."

김상태의 음흉한 웃음소리가 집 안을 울렸다.

하지만 그는 모르고 있는 사실이 하나 있었다.

강현수는 순순히 김상태의 말을 듣고 있어 보였지만 보험을 하나 들어놓았다.

그것도 세상에서 가장 듬직한 보험을 말이다.

'팀장님, 빨리 롱구스를 받아주세요.'

강현수는 아이템을 해제하면서 롱구스로 최진기에게 전화를 걸었다.

수갑을 차고 있었기에 말을 할 수는 없었지만 지금의 상황은 알려줄 수 있었다.

"이만 죽어라."

김상태는 날카로운 나이프로 강현수의 배를 찔렀다.

푹!

한 번에 만족하지 못하고 힘이 닿는 대로 찌르기 시작했다.

강현수의 몸이 피로 뒤덮여서야 검을 내려놓는 김상태였다.

"대표님, 아이들을 어떻게 할까요?"

"보는 눈이 적을수록 좋지. 아이들도 다 죽여 버려라."

이미 사람이 되기를 포기한 김상태였다. 아이들의 목숨은 지금의 그에게는 파리나 다름이 없었다.

*　　　*　　　*

지이이잉!

롱구스가 몸을 떨어댄다.

내 고유 번호를 알고 있는 사람은 현수뿐인데.

무슨 일이지? 생전 전화를 하는 일이 없던 놈이 전화를 다 하고.

룽구스의 버튼을 눌러 전화를 받았지만 현수의 목소리는 들리지 않고 이상한 말소리만 들렸다.

—어떻게 하긴 치욕을 갚아줘야지. 오늘은 너를 처리하고 조만간 팀장이라는 사람도 너와 같은 모습을 하게 해주지. 팀장의 가족들이 살고 있는 곳은 이미 파악을 해두었거든.

이건 또 무슨 장난이지? 그런데 목소리가 어디서 들어본 것 같은데.

누구지? 아! 김상태 그 가정교육 제대로 하지 못하는 놈의 목소리잖아.

그런데 왜 그의 목소리가 현수의 룽구스에서 들려오는 거지?

—이만 죽어라!

—으아아아!

김상태의 말과 현수의 비명 소리가 들려왔다.

손과 발이 떨려왔다. 오한이 찾아왔다. 추위라고는 느끼지 못하는 몸이 되어버렸지만 이상하게 추웠다.

젠장! 현수의 목숨이 위험하다.

당장 현수를 찾아야 한다!

현수가 요즘 들어 매일같이 어디론가로 가는 것은 알고 있었지만 거기가 어디인지는 정확하게 알지 못한다.

"밖에 누구 있어?"

내 목소리를 듣고 헌터 한 명이 사무실로 달려왔다.

“지금 당장 모든 헌터에게 위기 상황을 전파하고 현수를 찾아라. 현수는 1시간 거리에서 위험한 상황에 처해 있다. 당장 모든 헌터에게 현수를 찾으라고 전해라.”

나는 그 말을 하고는 바로 창문으로 뛰어내렸다.

그리고 야수의 모습을 하고는 본능에 따라 날았다.

현수야, 조금만 기다려라!

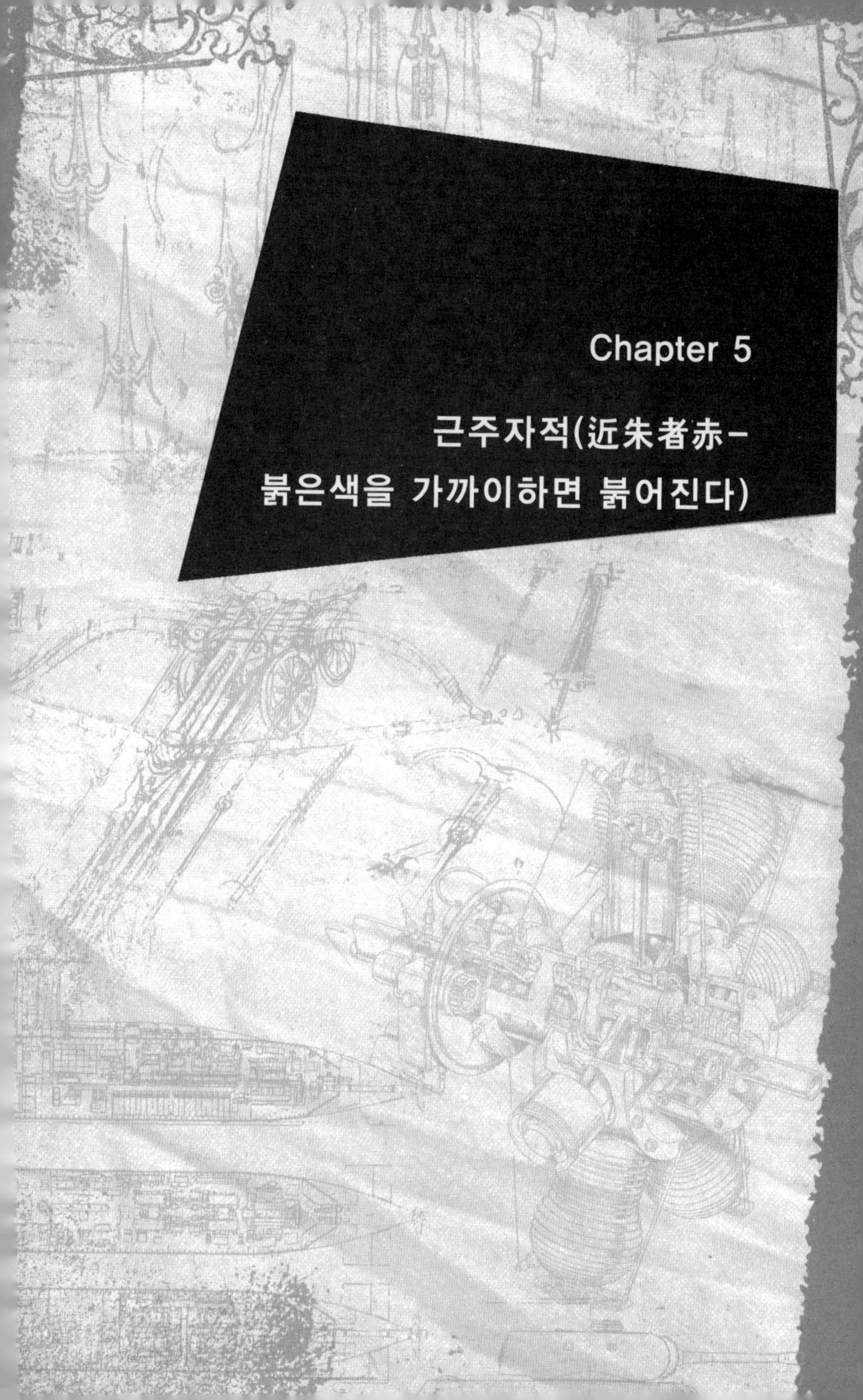

Chapter 5

근주자적(近朱者赤-붉은색을 가까이하면 붉어진다)

현수를 찾기 위해 몸속의 모든 기운을 개방했다.

이계에서 한국으로 넘어오면서 한 번도 개방하지 않았던 검은 고리의 기운까지 개방했다.

기운들은 공기를 타고 흘러나가 현수의 행방을 뒤쫓았다.

현수가 사용하고 있는 아이템 중에는 내가 만든 아이템도 있었고, 내가 만든 아이템에는 내 기운이 묻어 있었기에 내 능력의 한계 안에만 있다면 현수의 위치를 찾을 수 있다.

그리고 회사에서 그렇게 멀지 않은 곳에서 현수의 기운을 찾았다.

저긴 빈민가가 있는 곳인데, 현수가 왜 저기에 있지?

지금은 생각도 낭비다. 현수가 있는 곳으로 움직여야 한다.

다시는 소중한 사람을 잃지 않겠다고 한 다짐을 지키기 위해서라도 현수를 살려야 한다.

야수의 모습으로 현수가 있는 곳으로 빠르게 이동했고, 현수의 기운이 가깝게 느껴졌다.

퍽!

문을 차고 현수가 있는 집 안으로 들어갔다.

"현수야! 젠장 이게 다 뭐야!"

피를 흘리며 쓰러진 현수는 아직 숨이 붙어 있긴 했지만 곧 죽어도 이상하지 않을 정도의 깊은 상처를 입었다.

장기가 빠져나와 있었고, 눈에는 생기가 없어 보였다.

하지만 그것만이 아니었다. 현수 옆에는 10명의 아이들이 같은 모습을 하고 쓰러져 있었다.

현수에 비해 약한 몸을 가지고 있는 아이들이었기에 깊은 상처에 숨이 끊겨 있었다.

악마의 탑을 경험해 봤고, 많은 악마들과 싸워봤지만 이런 끔찍한 장면은 처음이었다.

사람이 사람을 이렇게 만들 수 있다니. 악마를 악함의 상징으로 생각하지만 사람은 악마보다 더 잔인하고 끔찍하다는 사실을 다시 한 번 느꼈다.

"팀… 팀장님."

"그래, 내가 왔어. 말하지 마. 내가 살려줄 테니까. 잠깐만 기다려봐."

현수의 상처를 틀어막고 상처 부위에 천사의 눈물을 뿌렸다.

하지만 상처는 천사의 눈물로도 치료하지 못할 정도로 치명적이었다.

천사의 눈물의 능력으로 조만간 상처는 치료될 것이다. 하지만 그때까지 현수가 견디지 못한다. 나는 살아 있는 현수를 원하는 것이지 깨끗한 모습을 한 시체를 원하는 것이 아니다.

"팀장님… 아이들은 괜… 괜찮나요?"

앞이 보이지 않는 현수는 계속해서 아이들의 안부를 물었다. 차마 현수에게 아이들이 끔찍한 모습을 하고 죽어 있다는 말을 하지 못했다.

"다 건강하니까 걱정하지 마. 일단 너부터 살고 보자."

"팀장님… 팀장님의 가족분들도 위험, 위험합니다. 김상태 대표가……."

현수를 누가 이랬는지 알게 되었다. 그리고 김상태 대표가 우리 가족까지 위협을 한다는 말까지 들었다.

하지만 지금은 현수부터 살리고 봐야 했다.

천사의 눈물의 효능이 발휘될 때까지 현수의 목숨을 붙잡고 있어야 한다.

생명력을 유지하는 아이템을 가지고 있었다. 하지만 그 아이템은 네르를 살리기 위해 사용했었기에 지금은 없었고, 현수를 살릴 수 있는 방법은 하나뿐이었다.

하지만 이 방법은… 차라리 죽는 게 나을 수도 있는 방법이다.

"현수야, 너를 살리기 위해서는 네 몸에 마기를 심어야 한다.

즉 악마가 된다는 말이지. 괜찮겠어?"

"괜찮아요. 악마가 돼서… 김상태 대표를 제 손으로 처단… 하고 싶어요."

생기조차 느껴지지 않는 현수였지만 분노만은 여전히 뜨겁게 불타고 있었다.

나는 현수를 살리기로 했다.

손톱을 세워 현수의 몸에 내 몸에 있는 문양을 빠르게 새겨 넣었다.

수천 번은 더 새겨본 문양이었기에 1분도 걸리지 않아 현수의 가슴에 문양을 새겨 넣었다.

그러고는 내 고리의 기운을 문양에 쑤셔 넣었다.

기운은 문양을 따라 현수의 몸에 자리를 잡았고, 이제는 자신의 주인이 된 현수를 살리기 위해 움직였다.

그러는 동안 천사의 눈물이 능력을 발휘했고, 조금씩 현수의 상처가 아물기 시작했다.

문양과 고리의 기운이 없었다면 지금까지 현수는 살아 있지 못했을 것이다.

몸이 아물기 시작하자 기운들은 현수의 가슴에 고리를 만들기 시작했다.

이제는 돌이킬 수 없게 되었다. 현수도 나와 같은 비밀을 가지게 되었다.

지랄 같은 마계의 비밀을 말이다.

천사의 눈물로 인해 현수의 몸에 난 상처가 아물어갈 때쯤 추용택이 도착했다.

"팀장님, 이게 어떻게 된 일입니까."

군대에서 참혹한 광경을 많이 본 추용택이었지만 아이들이 처참하게 죽어 있는 모습을 보며 냉정을 유지할 수는 없었다. 살기가 가득한 그에게 분노를 표출한 대상을 말해 주었다.

"IV 헌터 회사 김상태 대표가 한 짓이라는군요. 현수는 겨우 살릴 수 있었지만 내가 도착했을 때 아이들은 이미 숨이 끊어져 있었어요."

"젠장! 아무리 우리가 미워도 그렇지, 인간이면 이런 짓을 하면 안 되는 거라고!"

분노에 찬 목소리를 뱉은 추용택은 당장이라도 IV 헌터 회사에 달려가려고 했다.

내 사냥감을 남에게 양보할 순 없지.

"현수를 부탁해요. 뒤처리는 제가 하죠. 그리고 헌터들을 우리 집으로 보내 주세요. 김상태 대표가 우리 가족들까지 건드리려고 한다는군요."

"제가 직접 팀장님의 집으로 가겠습니다. 만약 그곳에 IV 헌터들이 모습을 보인다면 세상에서 가장 잔인하게 죽여 버리겠습니다."

"그러도록 하세요."

하지만 우리 집에는 아직 IV 헌터 회사의 사람들이 도착하지 않았을 것이다.

아이들을 이용해 현수를 쉽게 상대했다고는 하지만 시간상 우리 집까지 도착하기에는 시간적으로 무리가 있었다. 그들은 아마 회사로 돌아가 내일을 기다리고 있겠지.

하지만 오늘이 그들에게 허락된 마지막 시간이다.

우리 회사 헌터들이 현수를 데리고 회사로 들어가는 것을 확인한 나는 한적한 곳에서 야수의 모습으로 변해 IV 헌터 회사를 찾아갔다.

걸어서는 1시간이 넘게 걸리는 거리였지만 날개가 있는 야수의 모습으로 날아가면 10분도 걸리지 않는 거리다.

IV 헌터 회사의 옥상에 도착했다. 회사에는 많은 헌터들이 있었지만 김상태 대표의 기운은 감지되지 않았다.

설마 바로 우리 집으로 이동한 건가?

다행히 5분 정도가 지나자 김상태 대표와 헌터 몇 명이 회사 안으로 들어오는 것을 발견할 수 있었다.

내가 너무 빨리 왔나 보군.

걸어서 이동했기에 늦게 출발한 나보다 더 늦게 도착한 그들이었다.

어떤 방식으로 죽이면 아이들의 한이 풀릴까?

고민이 되었다.

아니지, 아이들의 한을 풀어주는 건 내가 아니라 현수의 몫이지.

내가 할 일은 저들이 도망가지 못하게 하는 것이다.

회사의 정문을 통해 들어오는 김상태 대표의 옆으로 빠르게 날아가 모습을 드러냈다.

아직 피에 취해 있는지 주변을 신경 쓰지 못하고 있는 그들에게 인사를 했다.

"안녕하세요, 김상태 대표님, 방금 주신 선물 잘 확인하고 왔습니다. 선물을 받고 답례를 하지 않으면 예의에 어긋나겠죠?"

"아니, 네가 어떻게 여기에?"

김상태 대표는 내 모습을 보고 소스라치게 놀라며 뒷걸음쳤다.

"이거 답례를 준비한 사람의 성의를 몰라주고 문전박대를 하시는 겁니까? 그러면 제가 섭섭하지요."

"그래, 잘되었다. 어차피 다음은 너였다."

김상태 대표는 자신의 옆에 있는 헌터를 시켜 회사에 대기 중인 헌터 전부를 불러내었다.

악당이 준비하는 걸 기다려 주는 게 예의겠지.

나는 IV헌터 회사의 헌터들이 전부 나오기를 여유롭게 기다렸다.

"최진기 팀장, 네가 얼마나 강한지는 모르겠지만 우리 전부를 이길 수 있다고 생각하는 건 아니겠지? 너 때문에 우리 아이가 어떻게 되었는지 아나? 너를 죽이기 전까지는 자신을 찾아오지 말라고 하더군. 사랑스러운 우리 딸을 위해서 죽어줘야겠어."

"미친 연놈들. 그래, 나를 죽이고 싶으면 나를 직접 찾아오면 되지, 왜 죄 없는 아이들을 죽이고 지랄이야."

분노를 억제하려고 노력했지만 김상태의 말은 나를 미치게 만들었다.

이들의 죽음은 현수의 몫이었지만 자꾸만 욕심이 났다.

참자. 진기에게 주는 선물이잖아. 선물을 가로채면 안 되지.

그래도 선물을 살짝 풀어 보는 정도는 괜찮겠지?

죽이지만 않으면 된다. 저들을 가둬두기 위해서는 어쩔 수 없이 무력을 사용해야 되고 그러는 과정에서 사지 중 하나쯤은 부서져도 괜찮겠지.

그 정도면 현수도 이해를 해줄 거야.

"더 나올 사람이 있어? 이렇게 기다려줬는데 커피 한 잔도 안 주고 말이야."

냉정을 유지하기 위해 농담을 던졌다. 하지만 김상태 대표는 내 농담을 받아들일 정신 상태가 아니었다.

"지금 무슨 상황인지 이해가 되지 않나 보군. 역시 한국 사람은 맞아야 정신을 차리지. 쳐라!"

김상태의 지시에 따라 IV 헌터 회사 헌터들은 아이템을 활성화시키고 무기를 집어 들었다.

학교 정문에서 나에게 당한 헌터들의 모습도 보였다. 그들은 나를 상대해 본 경험이 있었기에 앞으로 나서지 않았지만 다른 헌터들은 아직 나를 모르기에 비열한 미소를 지으며 나에게 다가왔다.

그들이 내 면전에 다다르기 전까지 나는 주머니에 꼽아 넣은 손을 빼지 않고 기다렸다.

"죽어라!"

가장 선두에 선 헌터가 일본도와 비슷하게 생긴 무기를 높게 들어 올렸다.

내 머리를 한 번에 자를 생각인가? 꿈도 야무지군.

그의 도가 움직이는 방향에 내 팔을 찔러 넣었다.

팔을 버릴 생각이라고 생각할 수도 있지만 나는 그럴 마음이 전혀 없다.

내 팔에서는 문양이 빛나고 있다. 저런 싸구려 공격에 피해를 입을 리가 없다.

도가 팔에 다다랐다. 하지만 부러진 쪽은 팔이 아니라 도였다.

"이게 무슨!"

"당황스럽지? 하지만 어쩌겠어. 그게 너와 나의 차이인데. 무기가 부서졌으니 너도 부서져야지."

부러진 도를 여전히 잡고 있는 헌터의 팔을 잡아 꺾었다.

지지직! 뚝!

근육이 찢어지는 소리 이후 뼈가 부러지는 소리까지.

매우 경쾌했다. 더 하고 싶다. 하지만 더 심한 공격을 했다가는 쇼크로 죽을지도 모른다.

하지만 아직 남아 있는 헌터들은 많다. 다행이었다.

"자, 다음은 누구지? 어서 오라고."

동료가 팔이 부러진 채로 쓰러져 있지만 아직 전투 의지가 남아 있는 헌터들이 떼거지로 나를 공격해 왔다.

이렇게 즐거운 시간을 짧게 끝내고 싶진 않았지만 저들이 더 즐기고 싶어 하지 않으니 거기에 맞춰줘야겠지.

공격해 오는 헌터의 팔을 잡아 뜯고 반대편에서 들어오는 헌터의 다리를 비틀고는 체중을 실어 밟았다.

"죽어라!"

그러는 동안에도 다른 헌터들이 나를 공격해 오고 있었지만 그들의 공격은 나에게 피해를 입힐 수가 없다.

그들의 공격을 몸으로 맞으면서 차근차근 헌터들의 사지를 비틀었다.

퍽!

"이런, 미안해. 얼굴은 안 건드리려고 했는데."

나도 모르게 팔을 휘둘렀고, 헌터 한 명의 이빨이 모조리 부서지고 말았다.

이제는 고기를 씹을 수가 없겠네.

강제로 채식주의자가 된 헌터에게 유감의 뜻을 표하고는 다른 헌터의 갈비뼈를 손끝으로 잡아 부숴주었다.

신나게 몸을 움직이고 나니 서 있는 사람은 김상태 대표 말고는 남아 있지 않았다.

벌써 끝난 건가? 제대로 몸도 풀리지 않았는데.

쓰러져 있는 헌터들의 몸을 밟았다.

"으아악!"

아직 기절을 하지 않은 헌터들의 비명 소리를 들으며 김상태 대표에게 다가갔다.

"더 남았어? 내가 보기엔 당신 말고는 남아 있는 사람이 없는 것 같은데."

"넌 누구야! 누군데 내가 하는 일을 사사건건 방해하냔 말이야!"

"누가? 내가? 내가 언제 방해를 했지? 나는 기억이 나지 않는데. 정확히 말해 보라고, 내가 뭘 방해했는지."

"우리 연수를 괴롭히는 것도 부족해 우리 회사 헌터들까지 불구로 만들다니. 너는 왜 이런 짓을 하는 거냐! 내가 뭘 잘못했다고!"

이런 말을 들으니 꼭 내가 악역인 것 같은데, 모르는 사람이 보면 내가 진짜 괴롭히는 줄 알겠네.

"아무리 사람이 자기중심적인 사고를 하고 있다고는 하지만 너처럼 혼자만의 세상에 빠져 사는 사람도 드물 거야. 머리가 있으면 생각을 하라고, 내가 언제 방해를 했어. 전부 너와 너의 딸이 저지른 일이지. 너희가 특별하다고 생각해? 뭐가 특별하지? 돈이 많은 거? 아니면 강한 헌터들을 보유하고 있는 거? 그런 건 특별한 게 아니지. 너희는 그냥 평범한 사람이야."

공포와 피에 미쳐 버린 김상태 대표가 소리 질렀다.

"나는 김상태다! 내가 김상태란 말이다. 이런 수모를 받고 가만히 있을 것 같나? 너의 가족들이 있는 곳을 알고 있다. 다 죽여 버리겠다!"

"야이! 정신병자 새끼가!"

또 흥분을 하고 말았다. 현수의 몫을 남겨 주지 않고 혼자만 즐길 뻔했네.

참아야지.

"그러시든가. 그런데 이제 남아 있는 헌터도 없어 보이는데 네가 직접 하려고? 네가 그럴 능력이 있을까? 배에 잔뜩 낀 비계나 빼고 그런 말을 하는 게 어때?"

"닥쳐라!"

김상태 대표는 내가 헌터들을 어떻게 상대했는지 두 눈으로 똑똑히 지켜봤으면서도 무기를 들고 달려들었다.

나는 그의 공격을 가볍게 피하고는 그의 관자놀이를 흔들어 기절시켰다.

*　　　*　　　*

일 처리를 마치고 회사로 돌아왔다. 현수는 천사의 눈물과 내가 불어 넣어준 고리의 기운으로 이전보다 더 건강한 육체를 가지고 있었지만 눈은 죽어 있었다.

몸이 회복되면서 시야가 밝아졌기에 아이들이 죽어 있는 모습을 눈에 담았고, 아이들의 죽음이 전부 자신의 책임으로만 느껴졌기 때문이겠지.

하지만 현수는 이겨 낼 수 있다. 그리고 더 강해질 것이다.

조선시대의 매 중에서 가장 비싸게 거래되는 게 낙상매다.

낙상매는 먹이 다툼에서 둥지에 떨어져 상처 입은 매를 말한다.

새끼 매는 다시는 그런 고통을 느끼지 않기 위해 치열하게 살아가고, 뛰어난 사냥 실력을 가지게 된다.

트라우마를 밟고 일어서 강해지는 것이다.

현수는 지금 둥지에서 떨어진 새끼 매라고 할 수 있다.

여기서 한발 물러서면 패배자가 되는 것이지만 앞으로 나아가면 뛰어난 헌터가 될 계기를 얻게 되는 것이다.

그리고 현수가 낙상매가 되기 위한 준비를 해 놓았다.

"아직 죽지는 않았네. 어서 일어나. 멀쩡한 놈이 침대에 누워 있으면 몸 썩는다."

"팀장님… 왜 저를 살리셨어요."

아이들의 죽음과 장기가 빠져나올 정도의 고통을 느꼈던 현수였기에 트라우마가 극심했다.

이계에서 많은 전쟁을 치러보았고, 죽음에서 돌아온 기사들은 현수와 같은 반응을 보이거나 광기에 빠져 목숨을 도외시하고 적진으로 달려갔다.

전자나 후자나 좋지 않은 상황인 건 매한가지였지만 현수는 이계의 기사가 아니다.

고리의 기운을 받은 이상 그는 일반인이 절대 될 수 없다.

내가 준비한 특효약은 다른 사람에게는 끔찍한 악몽이 되겠지만 현수에게는 좋은 약이 될 것이다.

"잔말 말고 일어나."

현수의 팔을 강제로 잡아 끌었다. 몸에 힘이 하나도 들어가지 않은 현수를 들쳐 메고 연구소 증축 예정지로 이동했다.

황무지나 다름없는 그곳에서 인기척은 전혀 느껴지지 않았고, 폐 창고 하나만이 자리를 지키고 있었다.

"저를 왜 여기로 데려오신 거죠?"

여전히 눈에 초점이 없는 현수다.

말을 하고는 있지만 말소리만 들으면 불치병 판정을 받은 사람이나 쓸 말투를 하고 있었다.

하지만 창고 안으로 들어가는 순간 그의 눈에는 생기가 돌 수밖에 없다.

철컥!

자물쇠를 따고 창고 안으로 들어갔다.

창고 안으로 들어가는 순간 가장 먼저 반긴 건 비릿한 피 냄새다.

빛 한 점 들어오지 않는 창고였기에 피 냄새의 원인이 무엇인지는 알지 못했다.

품에서 빛을 내는 아이템을 꺼내 창고 중앙에 두었다.

갑자기 밝게 빛나는 것에 잠시 눈을 찌푸린 현수는 비명과 비슷한 신음 소리를 내었다.

"아! 당신은!"

사지는 결박되어 있는 수십 명의 사람들.

아직 피를 흘리고 있는 사람도 여럿이었고, 사지 중 한 부분이 비정상적인 방향으로 꺾인 사람이 대부분이었다.

"김상태! 개새끼야! 죽여 버리겠어. 죽어!"

현수의 눈에는 생기 대신 광기가 자리했다.

김상태는 현수의 목소리를 듣고 정신을 차렸는지 몸을 움찔거렸다.

비명을 지르고 싶겠지.

하지만 그의 입안을 가득 채우는 더러운 옷 조각에 비명조차 지르지 못하고 있는 그였다.

"너를 위해 준비했어. 분노를 풀어. 일단 분노를 풀고 얘기하자."

현수는 내 말을 듣지 않고 있었다. 단지 그는 분노에 눈이 멀어 한 마리의 야수가 되어 버렸다.

손에 닿는 모든 것으로 김상태의 얼굴을 후려치고 있었다.

마침 그의 발밑에는 공구함이 있었고, 그 안에서 팔목 크기의 스패너를 꺼내 들어 김상태를 두드리는 현수였다.

퍽!

현수는 광기에 휩싸여 스패너를 손에서 놓치고 말았다.

스패너를 찾으러 이동하는 그의 눈에 띈 사람은 김상태의 명령을 받고 아이들의 목에 검을 들이민 헌터였다.

그를 어떻게 있겠는가.

현수는 스패너에 대한 관심을 접어 두고 그 헌터에게 광기를 풀었다.

그러기를 한 시간.

현수는 이제 몸을 제대로 움직이지도 못할 정도로 지쳐 있었다.

1초도 쉬지 않고 움직였으니 초인이 아닌 이상 지치는 게 당연했다.

"이제 분노가 좀 풀렸어?"

거친 숨을 내쉬면서 자리에 퍼질러 앉아 있는 현수는 내 목소리에 반응해 입술을 벌렸다.

"이제 정신이 들었어요. 감사합니다."

냉정을 찾은 현수가 나에게 감사의 인사를 전했다.

하지만 나는 현수의 감사의 인사를 받아 줄 수가 없었다.

앞으로 내가 할 얘기를 듣는다면 현수는 나를 평생 원망하게 될지도 모른다.

그래도 속일 수는 없는 일이다.

"이 사람들을 어떻게 처리해 줄까?"

"어떻게 처리하는 게 좋을까요? 그냥 편안히 죽게 하고 싶지는 않아요."

아직 그의 눈에는 살기가 남아 있었다.

현수의 화를 풀어 주기 위해서는 화려한 쇼가 필요하겠네.

"화형이 사람이 느낄 수 있는 최고의 고통을 느끼게 해주지. 살아 있는 상태에서 몸 하나 꼼짝하지 못하고 몸이 불타오르는 것을 무력하게 지켜봐야 하는 것보다 더한 고통은 없을 거다."

처음 현수를 창고로 데리고 왔을 때처럼 그를 들쳐 메고 창고 밖으로 나왔다.

창고 안에는 작은 불씨를 두고 나왔다.

그 불씨의 지척에 기름보다 몇 배는 더 강하게 불씨를 키워주는 재료 아이템인 아크타르를 두고 왔다.

화르륵!

창고에서 어느 정도 떨어진 지점에 현수를 내려놓자 창고가 불길에 휩싸이기 시작했다.

비명 소리는 들리지 않았지만 귀가 아닌 몸으로 창고 안에서 내지르는 비명 소리를 들을 수 있었다.

한동안 우리는 화려하게 타오르는 창고를 지켜만 봤다.

누가 먼저 말을 꺼내기가 어색한 상황이었다.

내가 먼저 말을 꺼내야 하겠지. 아직 정신을 차린 지 얼마 되지 않은 현수에게 또 다른 충격을 주고 싶지는 않았지만 지금 해야 했다.

"현수야, 네가 어떻게 살았는지 기억나니?"

"팀장님이 오신 것까지는 기억이 나요. 하지만 그 이후 상황은 아무것도 기억이 나지 않아요. 추용택 씨가 제가 천사의 눈물 덕에 살아남았다는 얘기를 해주긴 했어요."

"그래, 천사의 눈물이 너를 회복시킨 건 맞지만 사실 네 상태는 천사의 눈물로도 회복될 수 없을 정도였어. 금방이라도 죽어도 이상하지 않은 상황이었지. 그래서 나는……."

머뭇거리는 내가 이상한지 현수는 계속 말하라는 손짓을 했다.

"말이 길어질 것 같은데. 일단 간략하게 말해 줄게. 가슴에 손을 얹어 봐."

현수는 가슴에 손을 얹고는 심장 소리를 들었다.

내가 왜 이런 지시를 내렸는지 이해를 하지 못하고 있어 보였다.

"눈을 감고 가슴에 있는 기운을 느껴 봐."

"무슨 기운을 말씀하시는 겁니까?"

도통 모르겠다는 표정을 하고 있던 현수는 내 굳은 표정을 보고는 눈을 감고 가슴의 기운에 집중했다.

느껴질 것이다. 고리의 기운은 이미 현수의 몸을 회복시키기 위해 몸 전체에 뿌리를 내렸었다.

가만히 가슴에 손을 얹고 있던 현수가 움찔거린다.

"이게 뭐죠? 가슴에 작은 붉은 고리가 있어요. 그리고 차가운 기운들이 그 주변을 맴돌고 있어요."

"천사의 눈물로 너를 살리기 위해 어쩔 수 없이 너의 몸에 기운을 불어넣었어. 지금은 붉은색을 하고 있지만 강해지면 질수록 고리의 색은 노랗게 변할 거야. 고리의 기운을 가슴으로 밀어내 봐. 이미 길은 만들어져 있으니 어렵지는 않을 거야."

현수는 다시 눈을 감고 고리에 집중을 했다. 그리고 몇 분 지나지 않아 그의 가슴은 붉게 변해갔고, 숨겨져 있던 문양이 모습을 드러냈다.

"이 문양은 어디서 본 적이 있는데. 아! 홉블린의 더듬이에 새긴 문양이네요."

"그래, 그 문양은 보호의 문양으로 생명력과 방어력을 높여주는 능력을 가지고 있어. 그리고 그 문양을 활성화시키기 위해서는 고리의 기운이 필요하지."

"하지만 홉블린의 더듬이에 문양을 활성화시키기 위해 마기의 정수를 사용했잖아요."

확실히 현수는 똑똑했다. 고리의 기운을 안정적으로 사용하고 나서 말하려고 했던 내용을 지금 말해야 했다.

"고리의 기운은 마기야. 그래서 문양을 발동할 수 있는 거지."

"마기? 그러면 지금 제 몸 안에 마기가 있다는 겁니까? 악마의 탑의 몬스터처럼 마기를 가지게 되었다는 말인가요?"

믿기지 않겠지. 그리고 내가 원망스러울 수밖에 없겠지.

사람이 마기를 가진다는 것은 더는 인간이 아니라는 말이었다.

고리의 기운을 제대로 제어하지 못하면 순식간에 광기에 휩싸여 악마가 되어 버린다.

방금 전 창고 안에서 김상태와 헌터들을 무자비하게 대했던 것도 전부 마기의 영향 때문이었다.

나한테 욕을 해도 할 말이 없다.

"대단한데요! 다른 능력은 어떤 게 있어요? 저도 팀장님처럼 몬스터를 한 손으로 도륙할 힘을 가지게 된 건가요? 이런 능력이 있었으면 진작 알려주시지!"

아직 마기가 미치는 영향에 대해서 제대로 알지 못하니 이런 반응을 보이는 거겠지.

"인간이 마기를 가지게 되면 치명적인 일이 생길 수도 있어. 살생을 즐기고, 피에 굶주리게 된다고. 의미 없는 전쟁을 원하게 되고, 손에 자비가 없게 되지. 그리고……."

아직 아무에게도 하지 않았던 고백을 할 시간이 되었다.

"악마의 탑이 개방되고 악마들이 쏟아져 나오게 되면 가장 먼저 표적이 돼. 악마는 상대방의 마기를 흡수하며 강해지는 능력을 가지고 있고, 악마들은 우리를 흡수해 더 강해지려고 할 거야."

"악마의 탑이 개방된다고요?"

"그래, 지금은 아니지만 몇 년 안에 악마의 탑에서 몬스터와 마족 그리고 악마들이 우리가 사는 세상으로 넘어와 지옥으로 만들어 버리게 될 거야. 내가 어떻게 알고 있는지는 당장 설명을 해줄 수 없지만 사실이야."

"그건 그거대로 대단하네요. 어차피 악마의 탑의 몬스터와 악마와 전쟁을 벌여야 하잖아요. 무력하게 그들을 상대하는 것보다 마기를 가지고 싸우는 게 더 좋죠. 그럼 우리도 악마의 마기를 흡수할 수 있어요?"

뭔가 내가 생각한 반응이 아닌데. 인간이 마기를 가지게 되었다고 이렇게 좋아할 수가 있나?

"악마는 네가 생각하는 그런 존재들이 아니라고. 4층의 몬스터는 손가락 하나로 소멸시켜 버리는 능력을 가지고 있는 게 악마란 말이야. 물론 우리도 악마의 마기를 흡수할 수는 있긴 하지만 악마를 상대로 승리하는 건 매우 어려운 일이야."

"오! 악마의 마기를 흡수할 수 있다는 말이네요. 그러면 더 강해지려면 어떻게 하면 되나요? 악마의 탑에 들어가서 몬스터들의 피를 마시면 되나요? 선지를 좋아하지는 않는데. 그래도 강해질 수만 있다면 눈 딱 감고 마셔 보죠."

현수가 이렇게 힘에 집착을 했던가?

아니면 이번 일로 느끼는 바가 있어 이렇게 변해 버린 건가?

도통 감이 잡히지 않았다.

어쨌든 내 생각보다 현수의 반응이 좋아 한시름 놓긴 했지만 그래도 불안하긴 했다.

나중에 딴말하는 건 아닌지 모르겠네.

*　　　　*　　　　*

회사로 돌아온 강현수는 곧장 자신의 방으로 들어갔다.

대부분의 헌터들이 2인실이나 3인실을 사용하고 있는 반면 그는 창립 멤버의 자격으로 독방을 배정받았고, 2인실보다 더 큰 공간을 혼자 사용했다.

하지만 여러 가지 서류들이 방을 비좁게 만들었고, 그가 움직일 수 있는 공간은 침대로 가는 통로뿐이었다.

좁은 통로를 지나 침대에 앉은 강현수는 눈을 감고 마기를 느꼈다.

이게 내 힘이란 말이지.

고리의 기운이 마기라는 것을 알게 되었지만 반발심은 들지 않았다.

단지 더 강해질 수 있다는 것에 만족하는 그였다.

"내가 팀장님만큼 강했다면 아이들을 구할 수 있었겠지. 더는 후회를 하고 싶진 않아."

스스로 다짐하는 강현수의 눈에는 굳은 의지가 가득했다.

마기가 되었든, 다른 종류의 힘이 되었든 상관하지 않는다.

오로지 강해지고 싶은 마음뿐이었다.

"앞으로 수련이 힘들 거라고 했지? 헌터 수련도 견뎠는데 얼마나 힘들겠어. 오늘은 일단 쉬라고 했으니 잠이나 자자."

침대 위에 누웠다. 푹신한 침대의 감촉과 포근한 베개의 느낌이 너무 좋았다.

눈만 감으면 1분 안에 잠들 자신이 있었다.

하지만 눈에 아른거리는 서류들이 보였다.

"하, 저거 하고 자야 하는데. 연구소 추가 자금 지원서도 처리해 줘야 하고, 농업 사업부에 거름도 지원해 줘야 하는데. 쉬라고 했으면 사람을 보내주든가. 하여튼 사람을 부려 먹는 데는 일가견이 있다니까!"

현수는 침대에서 일어나 서류 한 뭉치를 들고 책상으로 이동했고, 주판을 두드리며 서류를 작성했다.

그가 일을 하지 않는다고 해서 뭐라고 할 사람은 아무도 없었지만 그는 일을 했다.

사실 강현수는 그 누구보다 회사를 성장시키고 싶어 했다.

산더미처럼 쌓인 서류를 처리한 그는 결국 아침 해가 뜨고 나서야 침대에 누울 수 있었다.

악마의 탑은 네 명의 헌터들이 좋든 싫든 한 팀을 이뤄 들어가야만 한다. 악마의 탑으로 들어가는 데빌 도어에 네 명의 사람이 앉아야만 작동하기 때문이다.

하지만 지금 악마의 탑 4층에서는 두 사람이 몬스터와 싸우고 있다.

나머지 두 명이 죽은 것이 아니다.

내가 가지고 있는 아이템 중 하나인 악마의 탑 조율자로 인해 원하는 층으로 소수의 사람이 입장할 수 있기에 가능한 일이다.

현수가 죽을 고비를 넘기고, 피의 복수를 한 지 하루가 지났다.

나는 현수에게 충분한 휴식을 권장했지만 그는 밤새 정신적인 고통과 싸웠는지 눈이 퀭해 보였다. 그렇다고 해서 훈련을 뒤로 미룰 수는 없었고, 나는 현수를 데리고 악마의 탑 4층으로 왔다.

"고리를 강화하는 훈련을 한다고 하셨죠? 어떤 수련인가요?"

다크서클이 심하게 내려오긴 했지만 그래도 의욕만은 하늘을 뚫을 기세인 현수다.

지금은 설레겠지. 하지만 30분 안에 의욕이 확 사라질 거야.

나도 그랬고, 사람이라면 참기 힘든 수련이 기다리고 있으니까.

"고리의 기운이 마기라는 것은 이제 너도 잘 알고 있겠지. 인간이 마기를 견디기 위해서는 기초 체력이 중요해."

"제가 기초 체력이 부족한가요? 헌터가 되기 위해 수련을 해왔고, 헌터가 된 이후에도 수련을 쉰 적이 없는데요."

"일반적인 헌터라면, 너 정도면 상급의 체력을 가지고 있는 거겠지만 마기를 감당하기에는 부족하지."

처음 나도 스승님에게 고리의 기운을 전수하고 훈련을 시작할 때는 나름 체력에 자신이 있었기에 체력 훈련의 필요성을 느끼지 못했다.

하지만… 자신감은 신음과 고통에 파묻혀 사라졌지.

"일단 4층에 있는 몬스터부터 처리하고 시작하자. 내가 몬스터를 처리하는 동안 좀 쉬고 있어."

"정말요? 갑자기 저한테 너무 잘해주시는 거 아니에요? 이러면 불안한데."

현수를 보고 싱긋 웃어 주었다.

그의 예상은 정확했다. 저승사자의 안부 인사를 받을 사람한테 몬스터 사냥까지 시킬 수는 없지.

자리에 서서 몸을 풀고 있는 현수를 뒤로하고 4층의 몬스터를 정리했다.

4층의 몬스터 정도는 10분 안에 학살할 수 있다.

굳이 고리의 기운을 사용하지 않는다고 하더라도 말이다.

내가 몬스터를 사냥하는 모습을 바라보며 휘파람까지 부는 현수였다.

"저도 곧 그렇게 될 수 있겠죠?"

"그럼 훈련만 착실히 하면 한 달 안에 이런 몬스터가 트럭으로 덤벼들어도 이길 수 있지."

"그럼 빨리 수련을 시작하죠. 설레서 잠시도 가만히 있지를 못하겠어요."

몬스터 사냥은 순식간에 끝이 났고, 이제는 본격적인 수련에 들어갔다.

"수련을 위해 아이템을 특수 제작했어. 내가 직접 제작한 아이템이니까 부담 없이 착용해."

내가 현수에게 준 아이템은 4개의 고리였다.

팔에 차면 팔찌요, 발에 차면 발찌인 그런 고리를 현수에게 주었고, 현수는 아이템의 능력을 궁금해하며 고리를 착용했다.

"이게 무슨 아이템이에요? 팀자님이 직접 만든 아이템이라니까 기대되는데요."

헌터라면 어쩔 수 없이 아이템 욕심이 있다. 악마의 탑에서 몬스터를 사냥하기 위해서는 좋은 아이템이 필수였고, 헌터는 좋은 아이템을 가지기 위해 헌터 회사의 노예가 되기도 했다.

하지만 나는 악덕 사장이 아니니까 현수에게 그냥 아이템을 줬다.

C등급의 아이템이었지만 전혀 아깝지 않았다.

사실 이 아이템을 원하는 헌터는 아무도 없을 거라고 확신할 수 있다.

"팔찌의 능력은 하중 증가야. 원래의 무게에서 2ton까지 하중을 증가시킬 수 있는 엄청난 팔찌지."

"하중 증가요? 게다가 2ton이요? 헐! 그러니까 이 아이템이 모래주머니 같은 역할을 하는 거네요."

"역시 대학물 먹어서 그런지 이해력이 장난 아니네. 맞아, 모래주머니라고 생각하면 돼."

일반적인 모래주머니가 2톤까지 나갈 리는 없겠지만 어쨌든 원리는 비슷했다.

"그럼 이제 뭐부터 시작하면 되나요?"

아이템 착용을 마친 현수가 어서 훈련을 시작하자고 재촉했다.

그렇게 빨리 저승사자와 하이파이브를 하고 싶나?

원한다면 만나게 해줘야지.

"일단 뛰어. 모든 훈련의 기본은 달리기 아니겠어. 몸이 충분히 뜨거워질 때까지 달리면 돼. 그전에 잠깐만."

현수가 착용하고 있는 팔찌와 발찌를 작동시켰다. 처음이니까. 50kg 정도면 적당하겠지.

4개의 고리를 착용하고 있으니 총 200kg이네.

"팀장님, 처음부터 너무 무겁게 조종하신 거 아니에요? 이래서는 움직이기도 힘든데요."

"헌터가 돼서 그 정도도 못 견뎌? 내가 처음 수련을 시작할 때는 너보다 훨씬 무거운 바위를 안고 달렸거든."

물론 내가 진짜 그런 훈련을 하지는 않았다. 하지만 현수가 알리가 없으니 그냥 내뱉어도 문제 될 건 없지.

현수는 뒤뚱거리며 악마의 탑을 돌기 시작했고, 달린다고 볼 수는 없었지만 그래도 몸이 뜨거워지는 건 확실해 보였다.

첫 바퀴 때는 그래도 사람의 모습을 하고 있는 현수였다.

하지만 세 바퀴가 넘어가자 점점 땀에 절어갔고, 다섯 바퀴가 넘었을 때는 걸음을 처음 배우는 아기처럼 힘겹게 걸었다.

"아직 훈련은 시작도 안 했는데. 그래서야 오늘 안에 수련에 들어갈 수 있을지 모르겠다. 최소 20바퀴는 뛰어야 몸 좀 풀었다고 볼 수 있지."

"팀장님! 지금 충분히 몸이 뜨거워졌는데요. 바로 다음 수련에 들어가도 될 것 같아요."

"아니야, 아직 멀었어. 몸이 얼음처럼 차가워 보이는데."

엄청난 육수를 뽑아내고 있는 현수였지만 아직 차갑다.

그의 몸이 차가운 것이 아니라 그의 가슴에 자리 잡고 있는 고리의 기운이 뜨거워지지 않았다. 마기를 제어하기 위해서는 마기를 이겨내야 한다.

그러기 위해서는 강한 육체는 필수다.

악으로 깡으로 20바퀴를 돈 현수는 금요일 저녁에 한 잔 걸친 아버지들이 자주 보여주는 모습으로 내 앞에 쓰러졌다.

"이제 다음 단계로 넘어가자."

"팀장님, 궁금한 게 하나 있는데요. 용욱이나 추용택 씨도 고리의 기운을 가지고 싶어 할 것 같은데, 그들에게도 고리의 기운을 전수해 주는 게 어때요?"

혼자 당할 수는 없다는 표정을 하고 있는 현수다. 혼자 죽기는 싫다 이거지.

"고리의 기운이 마기라는 걸 알면서도 그런 말을 하는 거야? 그리고 그들은 고리의 기운을 가질 수 없어. 고리의 기운을 가지려면 특수한 체질을 가지고 태어나야 하는데 그런 체질을 가지고 있는 사람은 드물거든. 우리 회사에서 그런 체질을 가지고 있는 사람은 너뿐이야."

"진짜요? 거짓말하는 거 아니죠?"

"내가 그런 거짓말을 왜 하냐. 아무나 고리의 기운을 가질 수 있겠냐."

스승님이 고리의 기운의 전수자를 찾기 위해 수천 명의 기사와 병사들을 만났었다.

하지만 마기를 견딜 수 있는 체질을 가지고 있는 사람은 나뿐이었고, 상대적으로 약한 몸을 가지고 있는 내가 고리의 전수자가 되었었다.

쓰러져 있는 현수의 뒷덜미를 잡고 나무 그늘 밑으로 데리고 갔다.

물론 현수를 편안히 쉬게 해주기 위해서가 아니다.

"나무 위에서 바위가 떨어질 거야. 랜덤으로 떨어지게 설정해주었으니 알아서 잘 피해."

"그럼 팔찌랑 발찌를 풀어주세요. 그래야 피하죠."

"무슨 소리야. 팔찌와 발찌를 한동안 신체의 일부라고 생각해. 모든 수련은 고리를 착용하고 수행해야 돼. 강해지고 싶다며. 그럼 당연히 감수해야지."

현수는 어쩔 수 없다는 표정을 하고는 나무 그늘 밑에서 몸을 피할 준비를 하고 있었다.

나무 위에서 바위가 떨어지고, 그걸 피한다. 그것만으로는 수련이 되지 않는다.

이 수련을 하는 이유는 고리의 기운이 무의식적으로 발동되게 하기 위해서다.

당연히 더 극한 상황에서 훈련을 하는 것이 효율적이다.

나는 준비한 암막 커튼을 조각을 현수에게 건넸다.

"이게 뭐예요?"

"그 천으로 눈을 가려. 보이는 바위를 피하는 건 동네 개들도 하겠다."

개라고는 눈 씻고 찾아봐도 보이지 않는 시대였지만 어쨌든 현수의 눈을 가리고 수련을 시작했다.

퍽!

"으아아아! 팀장님! 도저히 못 피하겠는데요."

"기운에 집중하라고. 아직 고통을 덜 느껴봐서 그래. 고통을 뼈저리게 느끼면 고리가 절로 반응해 바위를 피해낼 거야."

퍽!

"으아아아!"

찰진 비명 소리가 악마의 탑을 계속해서 울렸고, 과다 출혈로 사망에 이르기 전까지 바위세례를 받은 현수였다.

하지만 우리에게는 천사의 눈물이라는 명약이 있다.

손끝 하나 움직이지 못하고 있는 현수에게 천사의 눈물을 강제로 복용시키고는 다시 훈련을 재개했다.

"개XX."

"뭐라고?"

"아무 말도 안 했어요. 개XX."

"지금 나한테 욕한 거야?"

"제가 언제요. 생사람 잡지 마세요. 씨X."

밤길 조심해야겠네. 하긴 나도 이 수련을 할 때 스승님을 속으로 수만 번 욕했었지.

그래도 입 밖으로 꺼내지는 않았다고!

*　　　*　　　*

수련을 마치고 돌아온 우리를 반기는 팀원들에게 현수는 죽어가는 눈으로 '지옥이야, 도망쳐!'를 외치며 쓰러졌다. 위용욱이 현수를 쌀 포대 이고 가듯이 들쳐 메고 방으로 옮겼다.

현수가 회사에 취직한 이후 처음으로 서류 작업을 하지 못한 날로 기록되는 날이었다.

아침 해가 뜰 때까지 죽은 듯이 잔 현수는 아침 햇살을 즐기며 침대에 누워 있는 나를 흔들어 깨웠다.

"일어나세요. 오늘 처리하실 서류를 들고 왔어요. 이건 연구소 안건들을 정리한 서류고요. 이건 농사 부지 선정 자료, 그리고 이건 학교 시설 관리에 대한 서류들이에요."

"이걸 왜? 전부 네가 처리하던 서류들이잖아."

"앞으로는 팀장님이 하세요. 제가 팀장님 대신 처리하던 서류들인데 이제는 주인을 찾아가야죠."

웃는 현수의 얼굴에서 살기가 보였다.

훈련이 아무리 힘들어도 그렇지, 이런 식으로 복수를 하다니.

강제로 나를 일으켜 손에 펜을 쥐어 주는 현수였고, 나는 어쩔 수 없이 아침부터 서류더미와 씨름을 해야 했다.

서류를 처리하는 나를 감시하듯이 지켜보고 있는 현수였고, 내가 조금이라도 쉬려고 하면 닦달을 해대었다.

그렇게 오전을 보냈고, 현수가 가지고 온 서류의 절반도 다 처리하지 못하고 우리는 점심을 먹으러 이동을 했다.

회사 식당의 음식은 전문 요리사들이 요리를 했기에 식당에서 사 먹는 요리와 견주어도 부족함이 전혀 없었다. 균형 잡힌 식단과 맛있는 요리.

나는 음식들을 음미하고 싶었다. 하지만 밥을 먹으면서도 일 얘기를 하는 현수 덕분에 밥이 입으로 들어가는지 코로 들어가는지 몰랐다.

"헌터 협회의 요구를 이대로 무시하실 생각이세요? 천사의 눈물이나 곡식과는 다른 문제예요. 전략 무기로서의 가치가 있는 아이템인 만큼 헌터 협회에서도 쉽게 포기하지 않을 거예요. 우리가 계속 무시를 하면 헌터 협회에서 강제로 빼앗으려 들지도 몰라요."

헌터 협회가 우리 아이템을 강제로 취하려고 한다?

웃기는 얘기다. 한국에서 가장 강한 조직이 헌터 협회였고, 정부의 전폭적인 지지와 협조를 받고 있지만 그들이 나를 상대하기에는 부족하다.

이계에서 백작위를 가지고 있는 영지의 기사단만큼의 힘도 없는 그들이 어떻게 나를 상대하겠는가. 물론 나도 대한민국의 국적을 가지고 있는 사람인 만큼 정부에서 하는 일을 도와주고 싶긴 하지만 그래도 이건 아니었다.

조금 싼 가격에 통신 아이템을 제공해 달라거나, 통신 아이템 절반 정도를 판매해 달라는 요구 정도는 들어줄 생각이 있었지만 통째로 달라는 요구를 들어줄 정도로 멍청하지는 않다.

가만히 생각하니까 열 받네. 국가가 해준 게 뭐가 있다고!

나한테 밥을 사줘봤어, 싸구려 아이템 하나라도 준 적이 있어.

주는 거 없이 가져가려고만 하고.

물론 통신 아이템이 가지고 싶어 하는 헌터 협회의 마음은 이해가 간다.

하지만 안 되는 건 안 되는 거다.

헌터 협회에서 가만히 있지는 않겠지.

현수가 안 좋은 일을 당한 후 나는 조금 생각을 바꾸었다.

한국의 헌터 전체가 덤벼도 이길 자신이 있었기에 그들을 무시했었다.

하지만 나 말고 다른 사람들은 그러지 않다.

가족들은 물론이고, 회사 직원들까지.

그들의 안전을 위해서는 만반의 준비가 필요하다는 것을 깨달았다.

조금 늦은 감이 없지 않았지만 이제부터라도 바뀌는 것이 중요하다.

헌터 협회의 일거수일투족을 확인해야겠어.

구하기 힘든 아이템이라서 아껴 쓰려고 했는데 헌터 협회에 사용해야겠어.

이계에서 가지고 온 것 중에는 집요한 그림자라는 아이템이 있다.

이 아이템을 사용하면 한 사람의 모든 행동을 확인할 수 있다.

CCTV 기능을 하는 아이템이라는 말이다.

이 아이템을 누구에게 사용해야 될까?

당연히 헌터 협회에서 가장 중요한 인물.

협회장에게 사용해야 했다.

한국 헌터 협회장실.

헌터 협회장을 맡고 있는 민국영은 대한민국에서 엘리트 코스를 밟아 온 사람 중 한 명이다.

그는 육사 출신의 엘리트로서 한 번도 진급에 누락된 적이 없었다.

그의 능력이 뛰어나기 때문이기도 했지만 집안의 힘이 도움이 되었기 때문에 가능했다.

아무리 능력이 있다고 해도 뒷배경이 없으면 성공하기 힘든 대한민국의 구조상 그는 뒷배경과 능력을 가지고 있는 정통 엘리트였다.

그는 헌터 협회장 자리에까지 오르기 위해 그동안 형성해 놓은 인맥들을 이용했고, 협박했다. 그는 권력을 가지고 있는 사람들의 약점을 잘 알고 있었고, 그 약점들을 적재적소에 활용해 대통령보다 더 높은 직위라고 할 수 있는 헌터 협회장의 자리에 오르게 되었다.

대통령은 임기가 있다. 하지만 헌터 협회장의 자리는 임기가 없다.

선출제도 아니었고, 임기가 정해져 있지도 않다.

권력 다툼에서 밀려나지만 않는다면 언제까지고 민국영이 손

아귀에 쥐고 있을 수 있다.

대통령이 한국의 정권의 정점이라고는 하지만 민국영은 한국의 실권을 가지고 있다고 볼 수 있다.

그런 그에게 모든 사람들이 굽실거렸다.

권력을 가지고 있거나, 많은 돈을 가지고 있는 사람도 예외가 아니었다.

하지만 딱 한 회사.

그것도 회사의 대표도 아닌 팀장이라는 사람이 자신의 말을 거스리고 있다.

카인트 헌터 회사라…….

갑자기 큰 회사이긴 하지만 딱히 정권에 아는 사람도 없어 보이고, 동종 업계에서도 인지도도 낮았는데 이렇게 성장을 할 수 있다니. 신기하군.

민국영 협회장은 책상 서랍 위에 정리되어 있는 카인트 헌터 회사에 대한 서류를 읽고 있다. 회사의 경영에 참가하고 있지 않는 미지의 대표를 제외한 모든 정보가 그 서류에 들어 있었다.

어떤 방식으로 회사를 키워 왔는지, 회사의 규모와 직원들의 상세 정보까지 전부 읽은 협회장이었다.

하지만 그는 아무리 생각해도 어떻게 카인트 헌터 회사가 이렇게 성장할 수 있었는지 이해를 하지 못했다.

연구소를 새워 천사의 눈물이라는 묘약을 만든 것은 기적 같은 일이라고 쳐도 농사에 고급 아이템 그리고 통신 아이템까지?

한 회사에 연속적으로 기적이 일어난다?

믿기지 않는 일이지.

믿기지 않는 일이기는 하지만 크게 신경 쓸 일은 아니기도 했다.

어차피 그들에게서 통신 아이템인 롱구스의 제작법 일체를 받아 내기만 하면 된다.

그들이 농사를 짓고 아이템을 팔아 수익을 얻는 것은 크게 상관할 일이 아니다.

이전의 통신 사업이 얼마나 황금알을 낳는 거위인지 눈으로 목격한 민국영이었기에 카인트 헌터 회사의 롱구스에 대해 관심을 가졌다.

황금알 낳는 거위를 일개 회사에서 독점 판매한다?

당연히 국가에서 해야 될 사업이다.

일개 회사가 감당하기에는 너무도 큰 사업이라고 생각하는 협회장이었다.

아직 카인트 헌터 회사가 거부 의사를 보이고는 있지만 결국에는 백기를 들고 헌터 협회로 찾아와 스스로 제조법 일체를 알아서 바치게 될 것이다.

"김미영 팀장 들어오라고 하세요."

헌터 협회장이 문밖을 향해 소리치자 대기하고 있던 직원 하나가 일어나 김미영 팀장을 부르러 달려갔고, 5분이 지나지 않아 김미영 팀장이 문을 열고 들어왔다.

김미영 팀장은 협회장실을 자주 방문하는 몇 안 되는 사람이었기에 너무도 익숙하게 자리에 앉았다.

협회장의 권력이 강하긴 하지만 그가 협회장의 자리를 유지하기 위해서는 많은 친구들의 도움이 필요했고, 그중 한 명이 김미영 팀장의 아버지였다.

서로 약점을 공유하고 서로의 권력을 위해 도와주는 관계.

자신의 아버지와 헌터 협회장이 그런 관계를 가지고 있다는 것을 알고 있었기에 당당하게 협회장과 얘기를 할 수 있는 김미영 팀장이었다.

김미영 팀장이 자리에 앉자 협회장은 살짝 눈을 들어 인사를 했다.

"아무리 급히 들어와도 그렇지, 문은 닫고 들어와야 되지 않을까?"

김미영 팀장은 고개를 돌려 출입문을 바라봤다.

분명히 닫았다고 생각했던 문이 열려 있었다.

김미영 팀장은 스스로 일어나 문을 닫지 않고 문밖에 대기하고 있는 직원을 시켜 문을 닫게 했다.

문이 닫히자 협회장은 김미영 팀장의 맞은편에 가서 앉았고, 본격적인 얘기를 꺼내 들었다.

"카인트 헌터 회사를 억압할 방법을 찾았나요?"

"저번에 실패한 경험이 있어서 철저하게 준비했어요. 일단 카인트 헌터 회사가 어기고 있는 법규 일체를 찾았어요."

김미영 팀장은 준비한 서류들을 꺼내 들었고, 그 서류들은 회사의 변호사들과 함께 찾은 카인트 헌터 회사의 약점들이었다.

법이 있지만 아무도 법에 관심이 없는 세상이다. 하지만 여전히 법은 존재했고, 오로지 있는 사람들이 없는 사람을 핍박하기 위해 사용되었다.

귀에 걸면 귀걸이, 코에 걸면 코걸이 같은 법을 지킬 수 있는 회사가 있을까?

털면 털수록 먼지가 풀풀 풍길 수밖에 없었고, 김미영 팀장이 가지고 온 서류만 해도 수십 장이 넘었다.

하지만 있으나 마나 한 법이다. 법을 강제하는 경찰이나 검찰 같은 조직도 없었고, 재판 또한 제대로 진행되지 않고 있다.

하지만 그들에게는 명분이 필요했다.

강도가 되고 싶지는 않았기에 이런 귀찮은 작업을 하고 있는 것이다.

"협회장님도 알고 계시겠지만, 이런 법규를 들이민다고 해서 카인트 헌터 회사가 우리의 요구를 들어주지는 않을 거예요."

"알고 있다네. 하지만 우리가 강제로 카인트 헌터 회사의 룽구스 제작법을 빼앗는다면 다른 회사들이 반발을 할 수 있으니 이런 작업을 하는 것이 아닌가. 일단 명분만 얻으면 그다음은 일사천리네. 카인트 헌터 회사가 전국에서 가장 큰 규모의 헌터 회사이긴 하지만 한국 헌터 협회에 소속되어 있는 헌터들은 수천 명에 달하네. 헌터 회사들에 소속되어 있는 헌터들도 헌터 협회의 지시에 따라 움직이게 만드는 방법이 우리에게 있지 않나."

"긴급 상황 집합령을 말씀하시는 건가요?"

긴급 상황 집합령은 헌터 협회에서 인증받은 헌터라면 따라야 했다.

전쟁과 같은 긴급 상황에서만 발동되기에 아직 한 번도 시행이 되지 않았지만 헌터 협회는 카인트 헌터 회사를 협박하기 위해 집합령을 시행할 생각을 하고 있었다.

"반항할 생각을 아예 하지도 못하게 만들려면 그 방법뿐이지. 물론 다른 회사들에게 욕을 먹긴 하겠지만 어차피 시간이 지나면 다 잊게 되어 있네."

"그러면 그렇게 진행을 하도록 할게요. 아, 그리고 아버지께서 통신 사업의 파트너가 되고 싶어 하시던데요."

"그건 걱정하지 말게나."

김미영 팀장은 헌터 협회장에게 만족할 만한 대답을 듣고는 문밖을 나가 더 많은 명분을 만들기 위해 변호사들이 일하고 있는 사무실로 이동했다.

*　　　*　　　*

더럽다.

윗대가리들이 썩은 것은 알고 있었지만 이 정도일 줄은 몰랐다.

은신 망토를 착용하고 내가 직접 헌터 협회장에게 도청 아이템을 부착했고, 며칠 동안 그의 행동과 말을 다 들었다.

들으면 들을수록 헌터 협회라는 조직이 인간이 만든 조직이 아니라 악마가 인간들을 분열시킬 목적으로 만든 조직이 아닌지 의심이 되었다.

윗대가리가 저러니 헌터들이 물들어가는 거겠지.

현재 헌터들은 카스트 제도의 상위 계층처럼 행동하고 있었다.

다른 직업을 가지고 있는 사람이라면 무시했고, 법을 신경도 쓰지 않고 행동했다.

그런 행동을 누구한테 배웠겠는가. 당연히 윗대가리들이지.

이번 사건은 최대한 조용히 끝내려고 생각했지만 조용한 방법으로는 저들의 생각을 돌릴 수 없다는 것을 뼈저리게 느꼈다.

헌터 협회장의 더러운 계획을 내 옆에서 들어 알고 있는 현수 또한 내 방법에 동의했다.

"헌터 협회장을 어떤 방법으로 암살하실 생각이세요? 우리가 했다는 것을 들키기라도 한다면 우리 회사는 그 순간 끝이에요. 아무리 팀장님이 강하셔도 전국의 모든 헌터들을 막을 수는 없잖아요."

"막을 수 있는데."

"농담하지 마시고요."

농담은 아니었지만 어쨌든 암살 방법에 대해 현수에게 설명했다.

"솔직히 너도 알겠지만 고리의 기운을 이용하면 일반인은 상상도 하지 못할 정도의 육체 능력을 얻게 되지. 그리고 나는 그 고리의 기운을 자유자재로 사용할 수 있는 유일한 사람이기도 하고. 그냥 은신 망토를 쓰고 협회장이 먹는 음식에 독약을 타기만 하면 돼. 내가 가지고 있는 독약 중 무색무취에 치사율이 높은 독이 있거든. 고작 협회장을 처리하는 데 복잡한 방법을 쓸 필요는 없잖아. 마음 같아서는 그냥 협회장의 목에 칼을 찔러 넣어 처리하고 싶지만 그 방법을 쓰면 역학 조사가 벌어질지도 모르니까 자연사로 꾸며야지."

"그렇게만 된다면 좋긴 한데. 정말 안 걸릴 자신 있으세요? 너무 쉽게 생각하시는 것 같은데……."

"걱정하지 마. 내일 아침이면 좋은 소식을 듣게 될 테니까."

"사람 죽는 게 좋은 소식은 아니잖아요. 어쨌든 미리 조화를 준비해 놓긴 할게요."

마기를 품어서일까? 아니면 일련의 사건들로 독한 마음을 가지게 된 걸까?

현수는 협회장을 죽인다는 계획에 대해서는 일체의 불만을 표시하지 않았고, 오히려 적극 동의했다.

단지 그 과정에서 우리가 암살을 주도했다는 사실을 들켜서는 안 된다는 것만 강조했을 뿐이다.

"그럼 팀장님만 믿고 준비를 해둘게요."

협회장이 죽고 난 뒤의 상황에 대한 대비는 현수가 맡기로 했다.

지금 현수 말고는 이번 사건에 대해서 같이 상의할 사람이 마땅치 않기도 했고, 현수만큼 뛰어난 인재도 없었기에 현수에게 의지를 하고 있었다.

이런다고 해서 수련의 강도를 줄여 주지는 않겠지만 말이다.

*　　　　*　　　　*

헌터 협회장은 아침은 집에서 해결하지만 점심과 저녁은 헌터 협회에서 먹곤 했다.

중요한 약속이 없다면 헌터 협회에서 일하는 요리사들의 정성이 가득 담긴 요리를 먹는 것을 즐기는 협회장이었다.

똑똑!

"협회장님, 식사가 도착했습니다."

"들어오게나."

요리사가 직접 들고 온 요리는 식당에서도 찾아볼 수 없을 정도의 진미들이었다.

향긋한 냄새에 문밖을 지키는 직원들의 입에는 군침이 끊임없이 생성되고 있었지만 협회장은 그들에게 전혀 관심이 없었다.

"오늘은 무슨 요리인가?"

"협회장님이 요즘 많이 바쁘시다고 들어 알고 있습니다. 그래서 특별히 장어와 송로버섯을 이용한 요리를 만들어 왔습니다."

"향기가 매우 좋군. 그래, 나가보게나."

협회장은 식사 약속이 많을 수밖에 없는 자리에 있는 사람이다.

하지만 그는 다른 사람과 같이 식사를 하는 것을 즐기지 않았다.

예의를 차리며 식사를 하는 법을 어려서부터 교육받았기에 그 누구보다 잘 알고 있었지만 밥은 편하게 먹는 게 제일이라고 생각하는 사람이기도 했다.

문이 굳게 닫히고 나서야 수저를 든 협회장은 음식의 냄새를 코끝에서 폐까지 들이마시고는 게걸스럽게 음식을 먹기 시작했다.

나중에는 수저를 놓아 버리고 손으로 음식을 집어 먹기도 했다.

이런 모습을 어떻게 다른 사람에게 보여 줄 수 있겠는가.

품의를 중요시하는 자리에 있는 만큼 한 치의 오점도 보여주고 싶지 않아 하는 협회장이었다.

"맛있게도 먹네."

한참이나 식사를 하고 있는 협회장의 귀에 누군가의 목소리가 들려왔다.

하지만 아무도 보이지 않았기에 환청이라고 생각하고 다시 식사에 집중하는 협회장이었다.

"그렇게 처먹으니 배에 타이어를 이고 있지."

환청이 아니다. 누군가 내 사무실에 있다.

협회장은 소리를 질러 밖에 대기하고 있는 직원들을 부르려고 했지만 그러지 못했다.

목소리가 나오지 않는 것이다.

그뿐 아니라 손에도 힘이 풀리기 시작했다.

집게와 엄지손가락을 이용해 들고 있는 장어 꼬리가 힘없이 바닥에 떨어졌다.

그리고 조금씩 눈이 감겨왔다.

고통이 느껴지지는 않았지만 점점 몸에서 힘이 빠지고 있었다.

그는 속삭이는 듯한 목소리로 겨우 말했다.

"누구냐?"

아무도 없던 자신의 앞자리에 누군가의 모습이 보인다.

점점 감겨 오는 눈을 억지로 뜨며 모습을 확인했다.

익숙한 사람이다. 하지만 여기에 있어서는 안 되는 사람이다.

"나를 보니 반갑지? 우리 회사 기술이 그렇게도 탐났어? 그런데 잘못 골랐어. 사람이 분수에 맞게 살아야지. 우리 기술을 헌터 협회에서 가질 수 있을 거라고 생각했어? 고작 헌터 협회 주제에."

카인트 헌터 회사의 최 팀장이다. 그가 왜 여기에 있는 거지? 그리고 왜 내 몸에서 힘이 빠지고 있는 거지.

협회장은 궁금증을 가득 안은 채 음식이 담긴 그릇에 얼굴을 파묻었다.

한국을 좌지우지하는 자의 죽음치고는 추한 모습이었다.

"그래도 배고픈 상태로 안 죽은 게 어디야. 먹고 죽은 귀신이 때깔도 좋다던데. 지옥에서 할머니들이 줄줄 따르겠네."

그 말을 마지막으로 최진기의 모습이 헌터 협회장의 사무실에서 완전히 사라졌다.

"고생하셨어요. 헌터 협회에 많은 사람들이 모여들고 있어요. 아직 협회장이 돌아가셨다고 공식 성명 발표를 하지는 않았지만, 들려오는 소문으로는 협회장이 음식에 얼굴을 묻고 돌아가셨다고 하네요. 맨날 혼자만 맛있는 음식을 먹다가 체해서 죽었다는 말까지 나오고 있어요. 독살을 당했다거나 암살을 당한 흔적은 발견하지 못했다고 그러네요."

"내가 뭐라고 그랬어. 깨끗하고 깔끔하게 처리한다고 그랬지."

"그런데 음식에 독을 뿌렸다면서요. 만약 다른 사람이 그 음식에 손이라도 대면 어떻게 하죠?"

"그런 걱정은 안 해도 돼. 협회장이 먹은 독은 10분만 유효하거든. 지금 다른 사람이 먹는다고 해도 몸에 이상은 전혀 없어. 절대 걸릴 일이 없는 완벽한 방법이지."

한 사람을 죽음으로 몰아간 우리였지만 얼굴에 죄책감이나 미안한 감정은 전혀 없었다.

그를 죽임으로써 협회와 회사 간의 전쟁을 막았으며, 희생자가 생기는 것을 미연에 방지했기 때문이기도 했고, 마기의 영향으로 독기가 서려서이기도 했다.

최대한 고리의 기운을 자제하려고 했지만 요 근래 고리의 기운을 자의 반 타의 반으로 자주 사용했기에 나도 조금 마기의 영향을 받았다.

현수의 경우에는 약간 독한 마음을 가지는 정도지만, 내가 가지고 있는 고리는 엄청난 마기를 함유하고 있었기에 더 크게 영향을 받았다.

하지만 나는 마기를 제어할 수 있는 정신력을 가지고 있었다.

악마의 유혹을 이겨내면서 얻은 정신력이었기에 이 정도의 마기의 기운은 쉽게 제어가 가능했다.

"일단 협회장이 사라졌으니 우리 회사에 대한 관심이 줄어들기는 하겠지만 협회장의 주변 인물들은 여전히 룽구스를 차지하기 위해 움직일 거예요. 장례식이 끝나기 전에는 움직이지 않겠지만 그 전에 우리가 먼저 손을 써야 해요."

현수는 고민이 너무 많다. 물론 미리 준비를 해야 한다는 현수의 말에는 동의했지만 우리가 굳이 나서서 고민할 필요는 없다고 생각했다.

단지 회사 직원들에 대한 안전과 가족들의 안전에 대한 대책만 세우면 된다.

만약 다시 헌터 협회에서 우리 회사에 마수를 뻗어 온다면…….

"협회에서 다시 우리를 건드린다면 협회장과 같은 모습으로 관에 들어가게 될 거야. 지금은 그런 걱정은 하지 말고 룽구스의 제작과 유통에 집중하자."

다른 사람에게는 도저히 하지 못할 말이었지만 같은 비밀을 공유하고 있는 현수에게는 할 수 있다. 그리고 현수는 그런 나의 말을 이해했다.

"알겠어요. 현재까지 제작한 룽구스는 전량 판매했어요. 인력을 보충해 룽구스 생산에 박차를 가하고 있긴 하지만 주문에 비해 생산 능력이 현저히 떨어져요. 특히 머챈트들이 룽구스를 대량으로 구입하고 싶어 해요. 중동 왕실에서 일하는 직원들 전원에게 룽구스를 공급하려고 한다고 하네요."

"전 직원에게 룽구스를 제공한다고? 중동 부자를 소문으로만

들었는데, 통이 장난 아니네. 한 대에 2억이나 하는 롱구스를 전 진원에게 공급한다니. 나는 상상도 하지 못하겠네."

"그러니까 중동 기름 부자죠. 미국보다 악마의 탑에 더 관심을 가지고 있는 국가가 중동 국가들이잖아요. 미국은 대대적으로 성과를 광고하고 있지만 중동 쪽 국가들은 비밀리에 악마의 탑을 공략한다고 하네요. 혹시 모르죠. 미국보다 중동 국가들이 악마의 탑을 더 빨리 공략하고 있을지."

"아무리 빨라도 악마의 탑 5층은 공략하지 못했을 거야. 지금 사람들의 능력으로는 4층이 한계지. 아무리 좋은 아이템을 가지고 있다고 해도 말이야. 현재 유통되고 있는 고급 아이템이라고 해봐야 C급 아이템이 전부인데. 악마의 탑 5층을 공략하려면 최소 2년은 걸릴 거야. 그동안 우리는 롱구스를 판매하면서 많은 돈을 벌면 돼."

"팀장님, 그런데 대표님의 생각을 잘 모르겠어요. 왜 이렇게 공격적으로 돈을 벌려고 하는지. 물론 돈이 많으면 좋긴 하지만 그 돈으로 무슨 사업을 하려고 하는지 잘 모르겠어요. 팀장님은 알고 계시죠. 유일하게 대표님하고 연락이 되는 사람이니까요. 생각해 보니 이상하네요. 팀장님하고 대표님하고 같이 있는 모습을 한 번도 본 적이 없네요. 혹시……."

걸렸나? 눈치챈 거 같은데.

사실 현수에게 내가 대표라고 말해줘도 되긴 하다.

그래, 이미 비밀을 공유하고 있는 사이인데 비밀 하나쯤 더 말해준다고 달라질 건 없지.

그리고 이제는 내가 대표란 사실을 숨길 이유도 없고.

처음에 늙은 영감의 모습으로 변해 대표라는 가상의 인물을 만들어 활동한 이유는 젊은 사람이 나서서 일을 하면 무시당하기 때문이었다. 그리고 내 존재를 숨기기 위해서이기도 했다. 하지만 이미 팀장으로 활동하고 있는 내 모습이 알려질 대로 알려지기도 했으니 딱히 숨길 필요는 없었다.

하지만 다른 사람들에게는 대표라는 가상의 인물의 신비감을 주고 싶었다.

그래도 현수한테는 말해 줘야지.

"현수야, 잠시만 눈 좀 감아볼래?"

"팀장님, 제가 팀장님을 좋아하기는 하지만 남자는 관심 없어요."

"무슨 개소리야."

"지금 저한테 뽀뽀하려고 눈 감아 보라고 한 거 아니에요? 저는 여자를 좋아해요."

"헛소리하지 말고, 눈이나 감아봐."

현수는 손으로 입술을 가리고 눈을 감았다.

나도 여자 좋아한다고! 아직 여자를 사귀어본 적은 없지만.

현수가 눈을 감고 있는 동안 나는 대표의 모습으로 얼굴과 체형을 바꾸었다.

"이제 눈 떠봐."

"헉! 대표님! 역시 팀장님이 대표님이셨군요."

잠시 놀란 듯해 보이는 현수였지만 조금은 예상하고 있었기에 그렇게 심하게 놀라지는 않았다.

"어떻게 하신 거예요? 그것도 고리의 기운을 이용해서 하신 거예요? 그러면 저도 할 수 있겠네요. 빨리 가르쳐 주세요. 그런데 늙은 사람의 모습으로만 변할 수 있는 건가요? 연예인처럼 잘생긴 얼굴은 안 돼요?"

속사포처럼 말을 퍼붓는 현수의 질문에 차근차근 답해주었다.

"고리의 기운을 사용한 게 맞고, 지금의 네가 가지고 있는 고리의 기운 가지고는 할 수 없는데 수련을 꾸준히 하면 언젠가는 할 수 있겠지. 그리고 늙은 사람의 모습 말고 다른 모습으로도 변할 수 있어. 연예인처럼 변하는 것도 가능하지. 이 정도면 궁금증은 해소됐냐?"

"고리의 기운이 대단하긴 하네요. 변신도 가능하다니."

"알면 이제 수련하러 가야지."

"아아……."

오늘 처음으로 현수의 얼굴에 그늘이 졌다.

협회장이 죽었다는 소문을 들었을 때보다 지금의 얼굴이 더욱 장례식장에 어울렸다.

"오늘은 쉬면 안 되나요? 롱구스 공장 증축 서류를 작성하기도 해야 되고, 농장 부지에 대한 서류도 다 처리하지 못했는데. 말하다 보니 좀 그러네요. 언제 추가 인력을 붙여 줄 거예요. 몇 달 전부터 사람 붙여 준다면서요. 저 혼자 아이템 판매, 농장 관리, 연구소 자금 지원, 롱구스 제작 유통까지. 제가 무슨 초인이에요. 지금 당장 사람 안 붙여 주면 자체 파업에 들어갈 거예요!"

훈련하러 가자는 말 한마디에 굉장히 민감하게 반응하네.

물론 현수에게 많은 일들이 집중되어 있다는 것은 알고 있었고, 새로운 인력을 선발하려고 마음은 먹었다.

단지 마음만 먹고 실행을 하지 않았다는 게 문제이긴 하지만.

"현수 네 밑에서 일할 사람인데, 내가 마음대로 선발하긴 그렇잖아. 이번에 대대적인 인력 충원이 있을 건데, 거기서 네 마음에 드는 사람을 뽑아."

"정말요? 몇 명이나 뽑아도 되는데요?"

"네 마음대로 해. 1명을 뽑든 10명을 뽑든 알아서 해. 언제는 내 허락 맡고 일했냐. 너 하고 싶은 대로 했으면서."

"그렇긴 하네요. 내가 언제 팀장님 허락 맡고 일했다고."

당당하게 말하는 현수의 모습에 기가 찼다.

내가 먼저 한 말이니 핀잔을 줄 수는 없었다. 대신 오늘 수련의 강도가 평소보다 조금 더 강해질 뿐이다.

도살장으로 끌려가는 돼지처럼 현수를 끌고 악마의 탑으로 들어갔다.

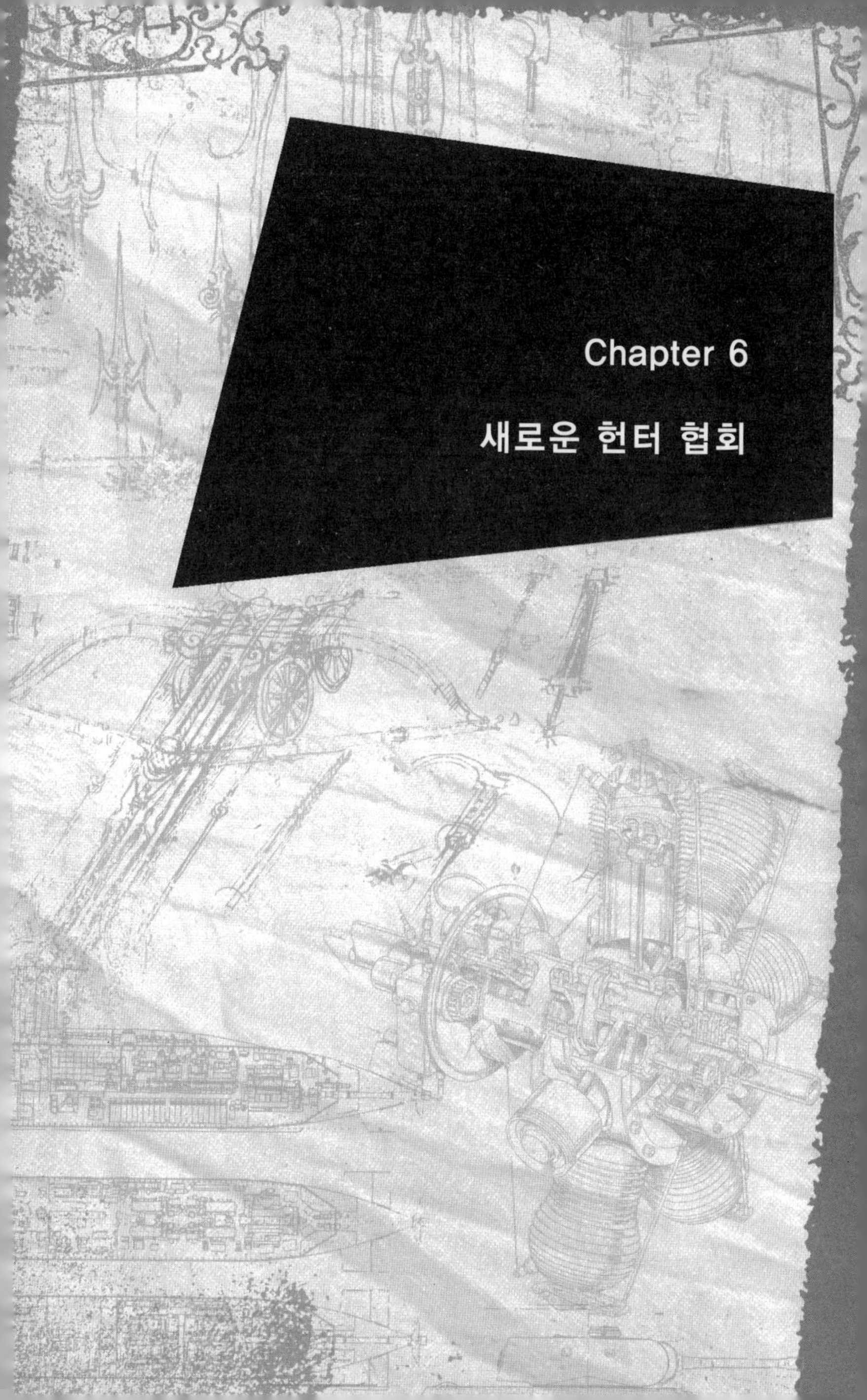

Chapter 6

새로운 헌터 협회

헌터 협회는 갑작스러운 협회장의 죽음으로 인해 패닉 상태에 빠져 있었다.

모든 권력이 협회장에게 집중되어 있던 상황이었기에 권력을 차지하려고 하는 사람들이 세력을 모으고 있었다.

가장 많은 지지를 받는 사람은 헌터 협회 부회장 직을 맡고 있는 도진수였다.

그는 협회장과는 다르게 50이 넘어가는 나이임에도 불구하고 배에 선명한 왕자를 가지고 있는 사람이었다. 직접 악마의 탑으로 들어가 몬스터를 사냥할 정도였고, 당연히 많은 헌터들의 지지를 받고 있었다.

그런 그가 협회장이 되지 못한 이유는 하나였다.

배경이 부족했다. 권력자들이나 자신을 후원해 줄 인맥이 부족한 그였기에 헌터 협회에서 가장 많은 지지를 받음에도 불구하고 부협회장의 자리에 만족하고 지내야 했다.

하지만 기회가 찾아왔다.

지금 협회장에 가장 근접한 사람은 자신이었다.

지금이 아니면 협회장이 될 기회가 다시 오지 않을지도 모른다.

그는 급하게 사람들을 찾아갔다.

평소 협회장과의 관계 때문에 부협회장을 반기지 않았던 권력자들과 부유층은 협회장이 사라졌다는 소식을 접한 이후 부협회장에 대한 대우를 180도 바꾸었다.

그들에게 부협회장은 지지 약속을 받았고, 이제는 협회장 선거 날만 기다렸다.

협회장은 표면적으로는 선거를 통해 선출되었다.

하지만 후보 등록을 마음대로 할 수 없었다. 권력의 중심에 있는 사람들의 지지를 받아야만 후보 등록이 가능했다.

협회장의 장례식이 아직 끝나지 않았지만 헌터 협회의 협회장 자리를 공석으로 둘 수 없었던 정부는 새로운 협회장 후보들을 찾았다.

정부의 눈에 가장 먼저 들어온 사람은 당연히 부협회장이었다.

하지만 정부에서는 그를 선택하지 않았다.

이전의 협회장은 자신들이 통제를 하지 못했다. 오히려 정부는 그에게 끌려 다녔다.

그래서 이번 협회장은 자신들이 쉽게 조종할 수 있는 사람으로 선출하고 싶어 했다.

도진수는 강골이다. 강골인 사람은 굽힐 줄을 모르고 자신의 길이 뚜렷했다.

그런 사람은 쉽게 조종당하려고 하지 않았고, 반기를 들 줄도 모른다.

헌터 협회는 한국에서 가장 강한 조직이다. 강한 무력을 이용해 반기를 들면 정부가 흔들려 버린다. 그래서 정부는 도진수가 협회장으로 적합하지 않다고 생각했다.

정부에서는 헌터 협회의 서열 3위 자리인 기획부장 김도민을 새로운 헌터 협회장으로 점찍었다.

그는 적당히 눈치도 빨랐고, 약점이 많은 사람이었다.

권력에 근접한 사람일수록 많은 비리를 저질렀지만, 그는 유독 돈에 욕심이 많은 사람이었다. 돈에 욕심이 많다는 것은 돈으로 그를 조종할 수 있다는 뜻이었다.

정부에서는 그에게 조건부 협회장 자리를 제시했고, 그는 일말의 망설임도 없이 받아들였다.

그 이후 정부에서는 부협회장인 도진수를 밀어내기 위한 분위기를 조성했다.

그런 분위기를 몸으로 직접 느낀 부협회장이었다.

자신에게 지지 약속을 했던 권력자들과 부유층들은 다시 자신을 만나 주지 않았고, 외부로 연결되는 끈이 완전히 끊겨 버렸다.

여전히 헌터 협회 내부에서는 인정을 받고 있긴 하지만 돈줄이 말라 버렸다.

후보 등록은 어떻게든 할 수 있다.

헌터 협회에서 가장 큰 지지를 받고 있기에 정부에서도 어쩔 수 없이 자신을 후보로 등록시켜 줘야만 한다. 하지만 선거는 곧 돈이다.

선거권을 가지고 있는 사람은 헌터 협회의 주요 인사들이었고, 그들을 끌어들이기 위해서는 많은 돈이 필요하다.

좋은 음식을 먹고, 좋은 옷을 입는 데는 문제가 없지만 선거권을 가진 사람들을 회유하기에는 턱없이 자금이 부족했다.

그는 발만 동동 구르며 머리를 쥐어뜯었다.

선거일이 다가오면 다가올수록 그의 탈모는 가속화되고 있었다.

오늘도 아침부터 도진수는 머리를 쥐어뜯고 있었다.

똑똑!

"부협회장님, 소포가 왔습니다."

"소포? 누가 보낸 거고?"

부협회장의 입에서는 걸쭉한 경상도 사투리가 터져 나왔다.

"카인트 헌터 회사에서 보낸 소포입니다."

"카인트 헌터 회사? 거기서 소포를 보냈다고? 일단 열어봐라."

소포를 가지고 온 직원이 포장지를 뜯었고, 안에는 롱구스 한 대와 편지 한 장이 들어 있었다.

"이거 룽구스 아니가. 이걸 왜 나한테 주는 거고?"

궁금증을 해결하기 위해 곱게 포장되어 있는 편지지를 거칠게 뜯어내어 편지를 읽었다.

친애하는 헌터 협회 부회장님에게.

헌터 협회 협회장 선거가 머지않은 것으로 알고 있습니다.

우리는 부협회장님의 대한 소문을 많은 헌터들에게 들었습니다.

헌터 협회의 발전을 위해서는 부협회장님 같은 분이 협회장이 되어야 된다고 생각합니다.

우리 회사의 도움을 원하신다면 편지에 동봉된 번호로 연락을 주십시오.

약간은 일방적인 내용이었지만 기분이 나쁘지는 않았다.

돌파구 하나 보이지 않는 지금의 상황에서, 한국에서 가장 큰 카인트 헌터 회사의 연락은 하늘에서 떨어진 동아줄이었다.

물론 헌터 협회와 카인트 헌터 회사와의 관계가 좋지 않긴 했지만 지금은 더운물 찬물을 가릴 때가 아니었다.

부협회장은 한 치의 고민도 없이 룽구스를 집어 들고 카인트 헌터 회사에 연락을 했다.

나는 오랜만에 품에서 나온 네르를 안고 시간을 보냈다.

마기의 정수를 흡수하긴 했지만 아직 완전체의 모습으로 변하지 않은 네르였기에 새끼 고양이의 모습을 하고 있었고, 짧은 다리를 바삐 움직이며 침대와 내 품 사이를 오갔다.

누가 이렇게 작은 고양이가 신수라고 생각할까?

네르를 처음 본 현수의 감상은 '고양이 밥은 팀장님 월급에서 제하는 거죠?'였고, 위용욱은 '키워서 먹지도 못하는 것치고는 귀엽네요.'였다.

우리 팀원들은 어떻게 하나같이 비정상인지 모르겠어.

그렇게 방해받고 싶지 않은 행복한 시간을 보내고 있었고, 네르는 오랜만의 나들이에 피로를 느꼈는지 다시 내 품으로 들어갔다.

그리고 어김없이 들려오는 발소리.

이제는 소리만 들어도 누구인지 알 정도로 익숙했다.

똑똑!

"팀장님, 저 들어갈게요."

입장 허가를 하지도 않았지만 막무가내로 나이트클럽에 들어가려는 반바지 차림의 아저씨처럼 내 방으로 들어오는 현수였다.

"지금 이러고 계시면 어떻게 해요. 헌터 협회의 선거 날이 머지않았는데. 가장 바쁘게 움직여야 할 사람이 가장 편하게 있는 게 말이나 돼요!"

"아니, 내가 할 일이 뭐가 있다고 그래. 선거를 내가 치르냐, 부협회장이 치르지. 그리고 자금을 지원해 주고, 한지협 사람들을 소개시켜 줬으면 됐지, 내가 뭘 더 해줘야 해."

"그래도 그게 아니죠. 그래도 명색이 한국 최고의 헌터 회사의 팀장인데. 부협회장 옆에서 얼굴마담 역할만 해도 큰 도움이 된다고요."

"나보고 지금 얼굴마담을 하라고? 내가 잘생기긴 했지만 그래도 얼굴마담을 하고 싶지는 않은데."

"오늘 아침 잘못 드셨어요? 갑자기 왜 헛소리를 하고 있으세요. 팀장님의 부모님 말고 팀장님에게 잘생겼다고 말할 사람이 누가 있는데요. 어쨌든 빨리 나오세요."

뭔가 기분이 나빴지만 급히 움직이는 현수에게 뭐라고 할 수는 없었고, 나는 현수를 따라 부협회장이 머무는 장소로 이동했다.

보통은 헌터 협회 사무실에서 시간을 보냈겠지만 외부 인사들을 만나야 했기에 헌터 협회 외부에 따로 사무실을 차린 부협회장이었다.

사실 우리 회사에서 손을 내밀기 전에는 이런 사무실은 필요가 없었다.

만나주는 사람이 없는데 사무실이 필요할 이유가 없지.

하지만 우리 회사가 전폭적인 지지 의사를 밝힌 이후 부협회장의 위치가 달라졌다.

단순히 헌터 협회 직원들의 지지를 받는 사람이 아니라, 한국에서 가장 큰 사업을 하고 있는 회사의 지지까지 받는 사람으로 바뀐 것이다.

그렇게 되자 부협회장이 협회장 선거에서 이길 가능성이 높아졌고, 많은 사람들이 부협회장이 찾아가기도 전에 그를 찾았다.

문전성시를 이루고 있는 부협회장의 사무실에 도착하자 부협회장이 직접 우리를 맞이했다.

"어서들 와요. 바쁜 분들이 이렇게 직접 다 찾아오시고 영광입니다."

부협회장은 어색하게 서울말을 사용하고 있었지만 그가 진심으로 우리를 반기고 있다고 느껴졌다.

하긴 우리가 반가울 수밖에 없지. 협회장에서 멀어졌다고 생각하는 순간 하늘에서 생명 줄이 내려왔는데, 당연히 반겨야지. 우리가 돌아서면 지금의 지지 기반 자체가 송두리째 흔들려 버리니 억지로라도 웃으면서 반겨야지.

부협회장의 선거 사무실에서는 이미 많은 사람들이 대화를 나누고 있었고, 내가 익히 얼굴을 알고 있는 사람들도 여럿 있었다.

한국 지도자 협회.

카인트 헌터 회사를 중심으로 만든 사설 협회이고, 현재는 헌터 협회를 제외하면 가장 큰 협회라고도 볼 수 있었다.

물론 우리 회사가 있기에 가능한 일이다.

우리가 빠져 버리면 한지협은 있으나 마나 한 협회로 전락해 버린다.

"선거 자금은 부족하지 않으세요?"

사무실 안, 부협회장의 개인 공간으로 들어간 현수는 선거에 대한 질문을 했다.

협회장 선거에 관여하자는 아이디어를 현수가 냈기에 엄청난 관심을 가지고 있었다.

"선거 자금은 아직 부족하지 않다네. 나를 지지하는 협회 사람들도 적지 않고, 절반 이상의 사람을 내 편으로 만들었다네."

"확실하십니까? 선거 날이 돼서 모른 척해 버리면 난감해집니다."

"알고 있다네. 계약서도 받았고, 대가도 약속했으니 배신할 사람은 없을 걸세."

"그래도 만반의 준비를 하셔야 합니다. 만약 부협회장님이 협회장이 되지 않으시면 우리가 매우 곤란하게 되어 버립니다. 부협회장님도 우리의 도움을 받고 있는 이상 협회장이 되지 못하시면 더는 헌터 협회에 자리 잡고 있지 못하십니다."

"알고 있다네. 너무 걱정 하지 말게나. 자금이 부족해서 내 손을 들지 못했던 사람들이네. 자금만 충분하다면 과반수 이상의 사람들이 나를 지지할 걸세."

자신감 넘치는 부협회장의 말과는 달리 상황은 그렇게 좋지 않았다.

헌터 협회에 침투시킨 스파이에게 기획부장을 지지하는 사람이 더 많다는 정보를 받았었다. 정부에서 직접 밀어주고 있는 만큼 많은 자금을 보유하고 있었고, 매우 공격적으로 사람을 관리했다.

헌터 협회의 권력을 철저히 나눠 주겠다는 기획재정부장의 말에 혹하지 않을 사람은 별로 없어 보였다.

물론 부협회장의 카리스마를 좋아하고 지지하는 사람도 여럿이긴 했지만 돈과 권력의 힘보다 강하다고는 생각되지 않는다.

부협회장에게만 선거를 맡겼다가는 지게 생겼네.

더러운 짓도 해본 사람이 잘한다고, 너무 깨끗해도 문제네.

이런 일은 우리가 또 전문이지.

현수도 나와 같은 생각을 하고 있는지 내 눈을 보며 슬쩍 웃었다.

부협회장의 사무실을 나온 현수와 나는 회사로 돌아가면서 대화를 나누었다.

"부협회장에게만 맡겨 둬서는 안 돼요. 협회가 돌아가고 있는 상황도 제대로 파악하지 못하고 있는 것 같네요."

"너무 깨끗하게 살아서 그래. 흑막과 암투를 전혀 모르고 오로지 자신의 할 일만 하며 살아온 사람이라 선거같이 복잡한 일에는 재능이 없는 거지. 그래도 사람이 신의도 있어 보이고 의지도 강해 보이니 좋은 협회장이 될 거야."

"우선 선거에서 승리를 해야 협회장이 되죠. 이대로는 힘들어요."

"그러면 어떻게 할까? 기획재정부장이라는 사람을 암살이라도 할까? 협회장과 같은 모습으로 만들어줄 수 있는데."

어이없다는 표정으로 나를 한번 쳐다본 현수는 콧방귀를 뀌며 말했다.

"너무 위험해요. 모든 일을 너무 쉽게 해결하려고 생각하는 습관 좀 버리세요. 꼬리가 길면 밟히게 돼 있다고요. 물론 어쩔 수 없는 상황이 찾아오면 그 방법을 사용해야겠죠."

"그러면 좋은 생각 있어?"

"선거하면 돈이지 않겠어요. 사람을 돈으로 살 수 있는 시대인데, 돈으로 표를 사지 못할 이유는 없죠."

돈을 이용해 표를 산다는 말은 곧 회사 자금을 투자한다는 뜻이었다.

회사 돈이라면 나보다 더 민감하게 굴던 놈이 선거에는 되게 적극적이네.

"얼마나 사용하려고 생각 중인데?"

"일단은 사람을 시켜 정부 쪽에서 얼마나 자금을 투입했는지 파악하고 있어요. 부협회장이 꿈같은 얘기들을 하긴 했지만 하나는 맞아요. 헌터 협회에 선거권을 가지고 있는 사람 대부분이 기획재정부장보다 부협회장이 헌터 협회장으로 더 잘 어울린다고 생각하고 있긴 해요. 물론 자신에게 들어오는 돈에 차이가 없다는 전제하에 말이죠."

"그러면 정부에서 투입한 자금만큼 우리도 투입할 거야?"

"비슷하게만 해도 되겠지만, 그래도 일 처리는 확실하게 하는 게 좋죠. 이번에 롱구스를 판매하면서 큰 수익을 올려서 여유 자금도 있으니 정부에서 제시한 금액의 1.5배를 투입할 생각이에요. 그 정도 금액이면 눈이 돌아갈 수밖에 없죠. 아무리 정부에서 지시한 사항이라고는 하지만, 헌터 협회는 이전부터 정부의 간섭을 받지 않았던 독자적인 조직이니까요."

"자금은 충분하겠어? 롱구스를 비싸게 팔았다고는 하지만 부족하지 않겠어?"

"절대 부족하지 않아요. 사실 지금 정부가 돈이 있으면 얼마나 있겠어요. 그러니 우리한테서 롱구스 제작법을 훔쳐 가려고 했죠. 겉도 속도 다 썩어버린 정부보다 우리가 더 많은 자금을 동원할 수 있을 거예요."

세금을 징수할 방법도 사라졌고, 아무런 복지도 받지 못하는 상황에서 세금을 낼 사람도 없어 나라의 곳간이 빈 것은 사실이었지만, 부자는 망해도 3년은 간다고 했다.

아무리 한국에서 가장 큰 규모의 회사를 가지고 있다고는 하지만, 그래도 정부와 비교하기에는 아직 무리가 있다고 생각하고 있었다.

그러나 현수는 나와 전혀 다르게 생각하고 있는 듯했다.

누구의 말이 맞을지는 결과를 보면 알겠지.

이번 선거에서 승리한다면 다행이었지만, 패배한다고 해도 달라지는 것은 없다.

물론 엄청난 돈이 하늘로 증발해 버리겠지만 전혀 아깝지 않았다.

미래를 대비하기 위해서 많은 돈이 필요한 것은 사실이었지만 급하지는 않았다.

회사의 규모도 내 생각보다 훨씬 빠른 속도로 커지고 있었다.

최소 5년은 지나야 본격적으로 악마의 탑에서 몬스터와 악마들이 쏟아져 나올 것이다.

아직은 시간적인 여유가 있었기에 너무 조급하게 생각할 필요는 없었다.

*　　　*　　　*

헌터 협회의 정직원 모두에게 협회장 선거권이 있다.

하지만 한 표라고 해서 같은 한 표가 아니다.

일개 사원의 한 표와 부서장 직위를 가지고 있는 고위급 직원의 한 표는 가치가 달랐다.

물론 표를 집계할 때는 같은 표가 되겠지만, 그 이전의 상황에 큰 영향을 준다.

부서장이 누구를 지지한다고 선언해 버리면 같은 사무실에서 얼굴을 봐야 하는 다른 직원들은 어쩔 수 없이 부서장을 따라가야 했다.

그리고 콩고물이라도 나눠 준다고 한다면? 두말할 것 없이 부서장의 말에 따라 표를 던진다.

헌터 협회에는 총 7개의 부서가 있었고, 현수가 노리고 있는 부서는 이번에 후보로 나서는 기획재정부를 제외한 6개의 부서였다.

다른 부서에서는 후보를 내세우지 않았기에 4개의 부서만 잡으면 선거에서 승리할 수 있다. 하지만 누가 어떻게 배신할지 모르는 상황이기에 강현수는 6개 부서장들을 모두 만날 계획이었다.

비밀리에 부서장들과의 약속을 잡았고, 오늘은 총무부장을 만나기로 한 날이었다.

서울에 남아 있는 식당은 몇 되지 않았지만 여전히 장사를 하는 식당도 있었다.

그리고 남아 있는 식당 중에는 비밀리에 운영되고 있는 식당도 있었다.

한 끼에 수백만 원에서 천만 원까지 내야 하는 고급 식당이었기에 식당을 방문하는 사람은 거의 없었다.

헌터 협회 부서장의 자리에 있는 사람이라고 해도 이런 고급 식당을 오기는 쉽지 않았다.

총무부장이 식당으로 들어오자 강현수는 자리에서 일어나 극진히 그를 반겼다.

"안에 자리를 준비했습니다. 들어가시지요."

아직 어려 보였지만 헌터 협회에서 강현수를 무시하는 사람은 없었다.

카인트 헌터 회사의 경제권을 실질적으로 잡고 있다고 소문난 그를 누가 무시하겠는가.

총무부장은 강현수의 안내에 따라 방으로 들어갔다.

"한국에 유일하게 남은 프랑스 식당입니다. 삼대 진미 전부를 구할 수는 없었지만, 푸아그라와 송로버섯은 구할 수 있었습니다. 귀한 음식은 귀한 사람에게 대접할 때 가치를 발하지 않겠습니까."

강현수는 자신이 이렇게 유들유들하게 말할 수 있는지 근래에 들어서야 알게 되었다.

공부에만 미쳐 살았기에 이런 재능을 확인할 틈은 없었다.

하지만 카인트 헌터 회사에서 보내다 보니 조금씩 자신의 재능을 깨달았다.

숫자에 대한 재능뿐만 아니라, 그는 정치에도 재능이 있었다.

고급스러운 음식이 차례대로 들어오자 간단한 대화를 하며 식사를 했다.

밥은 편안히 먹어야지.

마지막으로 디저트가 테이블에 세팅되고 나서야 본론을 꺼내는 강현수였다.

"한국 정부에게 얼마를 약속받았는지 알고 있습니다. 우리는 1.5배를 약속해 드리겠습니다. 그리고 부협회장이 협회장으로 당선되면 특별히 더 챙겨드리겠습니다. 부서원들이 만족할 만한 액수로 말입니다."

총무부장도 강현수의 말을 기다리고 있었다.

고급스러운 음식을 먹는 것도 즐거운 일이지만, 그보다 더 즐거운 대화는 0이 많이 들어간 대화였다.

"1.5배에 따로 수당을 챙겨준다는 말씀이신가요? 나쁘지 않군요."

"그게 전부가 아닙니다. 우리 회사가 부협회장을 지지하는 이유에 대해서 짐작하고 계실 거라고 생각합니다."

카인트 헌터 회사가 부협회장을 지지하는 이유에 대해서 헌터 협회 내부에서도 말이 많았지만 결국 이유는 룽구스를 지키기 위해서라는 의견이 지배적이었다.

“대충 예상은 하고 있어요. 협회가 롱구스에 대한 욕심을 접기를 바라는 게 아닌가요.”

“맞습니다. 그렇기에 우리로서는 부협회장이 꼭 협회장 선거에서 당선되어야 합니다. 그리고 당선이 되면 부서장님에게 따로 롱구스 몇 대를 드리겠습니다.”

롱구스는 돈이 있다고 해서 구할 수 있는 물건이 아니었다.

워낙 많은 사람들이 원했기에 공급이 턱없이 부족했고, 권력에 근접한 사람들이나 구할 수 있는 물건이었다.

“좋은 제안이군요. 정부 쪽에서 더 좋은 제안을 하지 않는 이상 부협회장을 지지하도록 하겠어요.”

정부에서 이보다 더 좋은 제안을 할 수 있을까?

불가능하다.

물론 말로 하는 제안은 할 수 있겠지만, 그런 말장난에 속아 넘어갈 정도로 어리숙한 사람이 부서장의 자리에 오를 수는 없다.

서로의 마음을 확인한 총무부장과 강현수는 부른 배를 두드리며 식당에서 나왔다.

멀리 사라져 가는 총무부장을 바라보며 현수는 혼잣말을 했다.

“내일은 핵심 경영부장을 만날 차례네. 하루에 한 명씩, 일주일이면 충분하겠다.”

협회장의 의문스러운 죽음도 벌써 40일이 지났다.

죽음의 이유에 대해서는 말이 많았지만 결국 의문사로 잠정 결론이 지어졌다.

정승 집 개에게는 문상을 가도 정승의 장례식장에는 개 한 마리 얼씬하지 않는다는 속담처럼 장례식은 생각보다 조촐하게 진행되었다.

사람들의 관심은 협회장의 의문스러운 죽음이 아니라 새로운 협회장이 누가 되는가에 쏠려 있었다.

단 두 명의 후보였지만 박빙의 지지율이었다.

정부에서 지지하고 있는 기획재정부장 김도민과 카인트 헌터 회사를 필두로 여러 회사들의 지원을 받고 있는 부협회장.

누가 협회장이 되어도 이상하지 않을 정도였다.

하지만 헌터 협회 내부에서는 기획재정부장이 새로운 협회장이 될 거라고 예상하는 사람이 많았다.

정부에서 지지를 하고 있기도 했으며, 7개의 부서 중 4개의 부서가 그에게 지지 선언을 했기 때문이었다.

현수가 바삐 움직여 헌터 협회의 간부들을 포섭하려고 했지만 돈보다 권력을 탐하는 부서장들이 상당히 많았고, 그들은 정부의 개가 되어 움직였다.

선거가 3일 남았다. 이제는 극단적인 방법을 사용하지 않는 이상 협회장 선거에서의 승리를 기획재정부장이 가져가게 될 것이다.

선거에 패배하면 현수가 많이 실망하겠지.

현수가 실망하는 모습을 보고 싶긴 하지만 그래도 우리 회사에서 지지하는 부협회장이 협회장이 되어야 귀찮은 일을 피할 수 있으니, 내가 움직여 볼까나.

현수는 회사에 쌓여 있는 자금을 이용해 간부들을 회유하려고 했다.

그 방법이 나쁘지는 않지만 모든 사람들이 돈만 보고 움직이는 것은 아니다.

사람들은 돈이나 권력 혹은 다른 목적을 가지고 움직이지만, 딱 한 가지 방법은 어떤 목적을 가지고 있는 사람이든 조종할 수 있지.

* * *

헌터 회사에는 여러 가지 핵심 부서가 있지만 그중에서도 뒷돈을 가장 많이 받는 부서가 어디냐고 묻는다면 인사에 관련된 부서들이라고 말할 것이다.

헌터가 되고 싶어 하는 사람은 전국에 깔려 있었고, 자신의 자식을 청탁하는 사람부터 전 재산을 싸 들고 오는 사람까지.

인사부장은 처음에는 청탁을 받지 않으려고 했다.

하지만 위에서 내려오는 압박에 못 이겨 청탁을 받아들였다.

그 한 번이 인사부장의 성향을 완전히 바꾸어버렸다.

"이미 더럽혀졌는데, 똥물이 좀 더 튄다고 해서 달라지는 것이 있겠어."

인사부장은 그 이후 청탁을 받아들였고, 다른 인사과 사람들이 받은 뇌물의 절반 이상을 상납받기도 했다.

그랬기에 그는 딱히 돈이 궁하지는 않았다.

이제는 회사를 그만두어도 삼대는 먹고살 정도의 돈을 모았다.

그런 인사부장에게는 돈이 중요하지 않았다.

카인트 헌터 회사에서 제시한 금액에 마음이 혹하기는 했지만 정부에서 약속한 권력이 더욱 구미가 당겼다.

그는 하루 중 5시를 가장 좋아했다.

퇴근 시간이 머지않아서이기도 했지만 5시가 되면 직원들이 상납금을 자신에게 바쳤기 때문이었다.

"오늘은 얼마나 들어왔는지 볼까. 헌터 시험이 머지않아서 많이 들어왔을 것 같은데."

절대 상납금 관리를 다른 직원들에게 맡기지 않았다.

직접 돈을 세는 것을 즐기는 인사부장이었고, 돈이 한 장 한 장 넘어갈 때 풍기는 냄새가 어떤 음식의 향기보다 향기롭다고 생각했다.

"그러다가 손가락 지문 다 사라지겠네요."

돈을 세고 있는 인사부장에게 모습을 드러냈다.

아무것도 없는 곳에서 갑자기 내가 나타났으니 놀랄 수밖에 없다.

자신의 개인 공간에서 낯선 사람이 나타나면 바깥에 있는 사람을 부르거나 방어 자세를 취하는 것이 보통이지만 인사부장은 황급히 서랍을 열어 돈을 쓸어 넣었다.

저렇게 돈을 좋아하는 사람이 왜 우리의 제안을 거부했을까.

돈은 충분하니 권력을 탐하고 싶어 하는 걸까?

어쨌든 돈이든, 권력이든 살아 있어야 가질 수 있지.

모든 사람을 조종할 수 있는 방법은 간단하다.

목숨의 위협.

그냥 단순하게 칼을 들이밀고 협박을 해서는 큰 효과를 기대할 수 없다.

앞에서는 고개를 끄덕이고 뒤에서 모른 척하는 방법을 애초에 방지하기 위해서는 극심한 공포가 동반되어야 한다.

"손님이 왔으면 인사부터 하는 게 예의가 아닐까요?"

돈을 서랍 안에 다 집어넣은 인사부장은 그제야 바깥에 대기하고 있는 사람을 부르기 위해 소리를 질렀다.

"도둑이다! 어서 사람을 불러라! 경비원을 불러. 아니, 헌터들을 불러!"

그는 얼굴이 붉어질 때까지 소리를 질렀다.

나는 성대 운동을 활발히 하고 있는 인사부장의 행동을 막지 않았다.

언제 저렇게 소리를 질러 보겠어. 듣기 좋은 목소리는 아니지만 그래도 내가 손님이니까 참아야지.

한참이나 소리를 질렀지만 아무도 사무실 안으로 들어오지 않았고, 그제야 무언가 이상하다는 것을 깨달은 인사부장이었다.

열심히 소리를 지른 덕에 쉿소리를 내는 인사부장에게 상황을 설명해 주었다.

"악마의 탑에서 나오는 아이템 중에는 전투에 특화되어 있는 아이템도 있지만 전투와는 상관없는 아이템들도 많죠. 그리고 지금 내가 들고 있는 아이템으로 말할 것 같으면 소리가 밖으로 퍼져 나가는 것을 막아주는 아이템이죠. 아무리 소리를 질러도 바깥에 있는 사람이 들을 수 없다는 말이죠."

인사부장은 책상 밑으로 손을 집어넣었다.

무기라도 꺼내려는 건가? 무슨 무기를 꺼내는지 구경이나 해야지.

"너는 누구냐!"

인사부장은 서랍 밑에서 꺼낸 단도를 앞으로 내밀며 말했다.

"제 얼굴이 기억나지 않으세요? 나름 유명한 얼굴이라고 생각했는데, 아닌가 보네요."

다른 회사라면 모르겠지만 헌터 협회의 고위직에 있는 사람이 내 얼굴을 모를 리는 없다.

"자네는 카인트 헌터 회사의 팀장이 아닌가!"

"빙고! 아시면서 왜 모른 척하세요. 사람 섭섭하게."

"자네가 왜 여기에……. 나에게 원하는 것이라도 있는 건가."

"아시면서 말을 돌리시네요. 제가 부장님에게 원하는 게 뭐가 있겠어요. 하나뿐이지."

"지지 선언을 말하는 건가? 그건 해줄 수 없네. 나는 이미 김도민 부장을 지지하기로 결정했네. 그리고 자네가 나에게 이런 짓을 했다는 게 알려지면 성치 못할 게야. 지금 조용히 나간다면 책임을 묻지 않겠네. 어서 나가게나."

아직 상황 파악이 안 되나보네.

헌터도 아닌 일반 사람이 권력을 가지고 있다고 해서 육체적인 힘이 강해지는 것은 아니다. 그가 아무리 아이템을 가지고 있다고 하더라도 말이다.

나는 손을 내밀었다.

인사부장은 내가 내민 손을 향해 단도를 휘둘렀지만 전투에 무지한 인사부장의 공격이 날카로울 리는 없었다. 너무도 쉽게 내 손 위에 그의 단도가 옮겨져 있었다.

"오, 꽤 좋은 아이템이네요. C급 아이템 중에서도 이런 능력을 가진 단도는 흔치 않은데. 인사부장이 가지고 있기에는 너무 고가의 무기네요."

"나에게 이런 짓을 하고도 무사할 것이라고 생각하는 건가!"

여전히 쇳소리를 내며 소리치는 인사부장이다. 이 정도가 되면 보통 고개를 숙이는 척이라도 해야 되는데.

하긴 갑의 입장으로 살아왔으니 고개를 숙이는 법이 생각나지 않겠지.

그러면 의식의 저편에 숨어 있는 고개 숙이는 법을 깨닫게 해줘야지.

인사부장의 머리채를 손으로 우악스럽게 잡아 들어 올렸다.

주름이 가득한 목이 정면으로 튀어나왔고, 단도를 그의 목에 들이밀었다.

"지금 무슨 상황인지 이해가 가지 않나 본데요. 제가 한마디만 해드릴게요. 협회장님의 죽음이 자연사라고 생각하시나요? 협회장님은 장어 요리를 참 좋아하시더군요. 그렇게 잘 먹는 사람은 처음 봤어요. 수저를 사용하지 않고 손으로 집어 먹는 모습이 마치 원시시대의 사람 같더군요."

"자네가……!"

이제야 대화를 할 자세가 되었네.

인사부장의 동공이 좌우로 심하게 흔들렸다. 수전증이 있는지, 그의 손도 가만히 있지 못했다.

"그렇다고 해서 제가 인사부장님을 어떻게 하겠다는 것은 아니고요."

칼을 그의 목에서 천천히 떼어 내었고, 엉망이 되어 버린 머리도 정리해 주었다.

인사부장이 공포를 느끼고 있긴 하지만 그의 욕심을 집어삼킬 정도는 아니다.

나는 주머니에서 알약 하나를 꺼냈다.

"이 약만 드시면 저는 사무실에서 사라져 주죠. 그다음은 원하시는 대로 하세요. 김도민을 지지하든, 부협회장님을 지지하든 저는 신경 쓰지 않을게요."

약을 내밀었지만 한 발 뒤로 물러섰기에 나는 그의 머리채를 다시 붙잡아 약을 입안으로 밀어 넣어야 했다.

약을 삼키지 않으려고 하는 인사부장의 목젖을 두드려 주는 건 서비스였다.

"무슨 약인지는 설명을 드려야겠죠. 우리 회사에서 천사의 눈물을 만든 건 잘 알고 계시죠? 이 약은 천사의 눈물과는 정반대의 효과를 가진 약이라고 생각하시면 돼요. 특별한 능력이 있는 건 아니고, 그냥 협회장님하고 같은 모습으로 관으로 들어가는 약이라고 생각하시면 돼요."

"부협회장을 지지하겠네. 제발 해독제를 주게나."

나이 먹은 사람의 눈에 눈물이 그렁그렁 맺혀 있는 모습을 지켜보는 취미는 없었지만 그에게 해독제를 줄 수는 없다.

사실 그에게 준 것은 딱히 독약도 아니었다. 단지 천사의 눈물을 만들다 남은 찌꺼기를 뭉친 것일 뿐이었다. 그러니 해독제를 주고 싶어도 줄 수 없는 것이다.

"약효가 돌려면 일주일은 남았어요. 선거가 끝나고 약을 보내드릴게요. 저도 인사부장님 같은 유능한 인재가 헌터 협회에서 사라지는 것을 바라지 않아요. 그리고 지금이라도 우리 회사가 제안하는 조건을 받아들이세요."

채찍은 충분히 휘둘렀다. 이제는 당근을 줄 차례였다.

"특별히 다른 사람보다 더 많은 금액을 약속해 드릴게요. 제가 그렇게 경우 없는 사람은 아니에요. 그리고 부협회장님의 곁에 있으면 지금보다 더 큰 권력을 쥘 수 있을 거예요. 정부가 약속하는 권력보다 더 큰 권력을 말이죠."

이 말은 거짓이 아니다.

한국 정부가 앞으로 성장을 하긴 하겠지만 우리 회사와 비교하면 토끼와 코끼리의 차이다.

주먹만 한 토끼가 아무리 성장해 봐야 결국은 토끼일 뿐이다.

우리가 지원하는 부협회장이 헌터 협회를 장악하면 결국 많은 부와 명예를 같이 즐길 수 있다.

그러면 부협회장을 지지하는 사람도 같은 우산 안에 들어가게 되는 것이다.

공포에 떨고 있는 인사부장을 뒤로하고 나는 다음 사람을 찾아 나섰다.

이번에는 관리부장을 만날 차례인가.

두 명 정도만 포섭하면 충분하겠지.

내가 이렇게 고생하고 있는 걸 현수가 알아줘야 하는데.

나도 놀고만 있지는 않다고!

*　　　*　　　*

헌터 협회 직속 체육관 안에서는 많은 사람들이 투표를 하기 위해 오고 갔다.

앞으로 헌터 협회를 운영할 협회장을 뽑는 선거였기에 부정행위가 있어서는 안 되었다.

투표와 개표는 완전히 공개된 곳에서 이루어지기에 부정행위가 발생할 가능성은 매우 낮았다.

나와 현수도 참관인의 자격으로 체육관 2층에서 선거를 지켜보고 있었다.

"부협회장이 선거에서 승리하겠죠?"

"그렇다니까. 너와 내가 직접 움직였는데, 지고 싶어도 질 수가 없지."

"그런데 아무리 생각해도 너무 무리하게 움직인 것 같아요. 협박을 하면서 넌지시 협회장의 죽음과 팀장님이 관련 있다는 말을 했다면서요. 양날의 검으로서, 우리를 찌를지도 몰라요."

"검도 검 나름이지. 이빨 빠진 검으로는 삼겹살도 자르지 못하니까 걱정하지 마."

나에게 협박을 당한 두 부서장은 지금 공포심으로 가득하다.

하지만 시간이 지나면 공포는 희석되기 마련이고, 그들은 나를 공격하기 위해 협회장의 죽음으로 옭아매려 할지도 모른다.

하지만 시간이 지나서 하는 그들의 말을 믿을 사람이 얼마나 되겠는가?

그리고 진실은 강한 자의 입에서 나오는 말이다.

약한 자의 입에서 나오는 말은 투정에 불과하다.

이번 선거만 이기면 나중은 문제가 되지도 않는다.

"투표가 끝났나 본데요."

헌터 협회 직원들만 투표권이 있었기에 투표는 3시간도 걸리지 않아 끝이 났다.

몇 단계로 이루어진 개표 작업을 거쳐 득표수가 실시간으로 공개되었다.

체육관 안에는 참관인의 자격을 가지고 있는 사람과 개표를 하는 사람을 제외하면 입장이 불가능했다.

참관인 중에는 정부 쪽 사람들의 모습도 보였고, 그들의 표정이 점점 어두워지는 만큼 우리의 얼굴에는 미소가 꽃피웠다.

개표는 투표만큼 시간이 걸렸고, 이내 새로운 협회장이 발표되었다.

"협회장으로 도진수 님이 당선되었습니다. 3일 동안 유예기간을 가지며, 그동안 이의가 없으면 당선이 확정됩니다."

짝!

나와 현수는 손뼉을 마주치며 승리를 즐겼다.

"밖으로 나가자. 이제는 협회장이 된 도진수를 축하해 줘야지."

"지금은 축하받느라 바쁠 건데. 우리까지 합류하면 더 정신이 없어져요. 한가해지면 알아서 찾아올 테니 그냥 회사로 돌아가죠. 이번 선거 때문에 미룬 일이 산더미거든요."

그렇게 우리는 선거가 끝났다고 생각하고는 회사로 돌아갔다.

새로운 협회장으로 당선된 도진수가 회사를 찾아왔다.

무수히 많은 사람들의 인사를 받아야 했기에 달이 얼굴을 빼꼼 내밀 때가 돼서야 헌터 협회를 빠져나올 수 있었다.

아직도 상기된 감정을 진정시키지 못한 부협회장이 환한 미소를 지으며 감사 인사를 전했다.

"바로 찾아왔어야 하는데 늦었습니다. 제가 협회장에 당선될 수 있었던 것은 전부 카인트 회사 덕분입니다."

알고 있어서 다행이네. 그래도 신의는 있어 보이는 사람이니까 뒤통수를 후려치지는 않겠지.

도진수가 협회장에 당선된 것은 우리의 도움이 있었기 때문이다.

만약 그런 은혜를 쓰레기통에 처박아 버린다면 그의 목숨도 같은 꼴로 쓰레기통 안을 기어 다니게 될 것이다.

이런 생각을 하고 있었지만 일단은 환한 미소로 그의 인사를 받았다.

"협회장님이 헌터 협회 직원들에게 신뢰를 받고 있어서 가능했습니다. 우리가 도움을 주긴 했지만 협회장님이 아니었다면 선거에서 승리하지 못했습니다."

입에 바른 말이 유들유들하게 튀어나왔다.

이계에서 공작과 왕의 비위를 맞추는 데 도가 텄기에 이런 말을 하는 것은 어렵지 않았다.

"아직은 협회장이 아닙니다. 3일의 유예기간이 지나야 정식으로 협회장으로 당선되지 않습니까."

그의 말대로 남은 3일이 중요했다. 정부에서 이대로 도진수가 협회장이 되게 두지는 않을 게 분명했다. 이전이었다면 사건이 일어나고 대처를 했겠지만 현수가 목숨을 잃을 뻔했던 사건을 계기로 예방에 대한 중요성을 다시 느꼈다.

너무 안일하게 생각했었지.

이계에 비하면 위험하지 않다고 생각했기에 마음이 풀어진 것은 사실이다.

협회장이 회사로 찾아오기 전에 나와 현수는 정부에서 어떤 방향으로 트집을 잡을지 생각했다.

3일이 지나면 헌터 협회를 등에 업고 있는 도진수 협회장을 건드릴 수 없기에 3일 동안 공작을 실행해야 한다.

선거를 처음부터 다시 시작할 수 있으며, 자신 쪽 사람이 협회장이 되게 할 수 있는 방법이 뭐가 있겠는가.

내가 이전의 협회장을 암살했던 것처럼 도진수를 암살해 버리면 선거는 무효가 되어 버린다. 죽은 사람이 헌터 협회를 이끌 수는 없지 않은가.

그래서 도진수에게 한 가지 제안을 했다.

"남은 3일 동안 우리 회사에서 거주하시는 것이 어떻겠습니까. 3일 동안 휴가를 즐긴다고 생각하시고 가족들을 데리고 회사로 들어오십시오. 최대한 편안하게 지낼 수 있도록 돕겠습니다. 헌터들과 수련을 매일같이 한다고 들었습니다. 우리 헌터들과 지내면 새로운 경험을 하실 수 있기도 합니다."

그래도 헌터 부협회장 자리에 있던 사람이다.

안전이 걱정되니 들어오라고 대놓고 말하면 자존심이 상하기 마련이다.

괜히 자존심을 상하게 해서 내 제안을 거절하기라도 하면 곤란해진다.

아니, 귀찮아진다. 그의 안전을 위해 헌터를 파견하거나, 내가 직접 그의 안전을 지켜야 했다. 호위 기사 노릇을 하는 것은 정말 피곤한 일이다.

제발 그냥 받아들여라.

"그렇게까지 저를 생각해 주시니 감사합니다. 하지만……."

저놈의 하지만! 하지만은 개뿔.

뒷말을 끊고 강경하게 나갔다.

"인수인계도 하셔야 하고, 헌터 협회를 정리하기 위해 시간이 부족하다는 것은 잘 알고 있습니다. 그렇지만 3일 늦게 한다고 해서 크게 달라지지 않습니다."

강경한 입장을 보이는 나의 모습에 도진수는 잠시 고민에 빠졌다.

뭘 또 생각을 하고 그러는지.

그냥 쐐기를 박아야겠다. 저 사람이 생각을 한다고 해서 좋은 방법을 강구할 가능성은 제로니까.

"사람을 시켜 가족들을 회사로 모셔 오겠습니다. 3일 동안 우리 회사 헌터들이 협회장님과 가족분들을 밀착 보호하도록 조치를 하겠습니다."

현수도 부협회장을 설득하기 위해 말을 거들었다.

"지금은 안전을 생각해야 합니다. 협회장님이 정식으로 헌터 협회장의 자리에 오르실 때까지만 머물러 주십시오. 얼마나 힘들게 오른 자리입니까. 작은 사고로 모든 것이 파괴될 수도 있습니다."

이 정도 했으면 머리가 있는 사람이라면 들어 먹는 게 당연했다. 다행히 협회장은 영장류 수준의 머리를 가지고 있었다.

3일 동안 협회장은 우리가 보호하기로 은밀히 소문을 냈다.

우리 회사와 정식으로 전쟁을 벌일 작정이 아니라면 협회장을 건들지 않을 것이다.

*　　*　　*

"헌터 협회를 위해 살과 뼈를 깎아내는 노력을 하겠습니다. 저를 믿어주신 많은 사람들의 기대를 실망시키지 않겠습니다."

"우와아아아!"

길었던 3일이 지났고, 도진수는 정식으로 헌터 협회장이 되었다.

지금은 그가 취임사를 하고 있는 중이었다.

당당한 모습으로 취임사를 하고 있는 도진수 협회장이었지만 순탄하지는 않았다.

"현수야, 협회장 암살 시도가 몇 번이나 있었지?"

"제가 아는 것만 해도 여섯 차례예요. 헌터급의 능력을 가진 암살자가 찾아온 것이 네 번이고, 독살 시도가 두 번이네요."

여섯 번의 암살 위협만 있었던 것이 아니었다.

암살이야 대비만 잘하면 조용히 막을 수 있었지만 무리를 지어 쳐들어오는 사람을 조용히 처리하는 것은 쉽지 않았다.

밤중에 협회장을 노리고 쳐들어온 무리를 내가 직접 상대했었고…….

그들은 전부 나무의 양분이 되어 사회 발전에 기여하고 있는 중이다.

"이제 돌아가자. 이 정도 봤으면 충분하잖아."

우리는 카인트 헌터 회사의 대표로 취임 행사에 참석했다. 오늘의 주인공은 협회장이었지만 우리도 많은 관심을 받고 있었다.

롱구스를 구입하려는 사람부터 자신의 자식을 학교에 청탁하려는 사람까지.

아쉬운 소리만 하는 사람들을 만나는 것은 피곤한 일이다.

회사로 돌아온 나는 곧장 사무실 소파에 누워 사색에 잠겼다.

이제 더는 롱구스 제작법을 헌터 협회에서 노리지는 않을 거고, 이제는 세력을 확장하는 것만 남았나.

수익 구조는 이제 안정권에 접어들었다.

아이템부터 롱구스 판매까지, 창고에서 빠져나가는 돈보다 들어오는 돈이 비교도 되지 않게 많았다. 돈을 쌓아만 놓고 있다고 해서 이자가 붙는 것은 아니다.

그리고 사용할 곳은 이미 정해져 있다.

몬스터와 악마를 상대로 전쟁을 하기 위해서는 많은 헌터들이 필요하다.

헌터 회사에서 꾸준히 헌터들을 유입시키고 있었고, 학교에서도 헌터들을 양성하고 있었지만 그것만으로는 부족하다.

지금의 헌터들은 이계에서 꽤나 높은 직위를 가지고 있는, 귀족들이 가지고 있는 기사단과 비슷할 정도다.

전쟁에서 승리하기 위해서는 제국의 기사단과 비슷한 숫자의 헌터가 필요하다.

그리고 한 번에 헌터의 수를 늘리는 방법은 인수 합병이다.

어떤 방식으로 다른 헌터 회사를 인수하는 게 좋을까.

돈으로 인수할 수 있긴 하지만 돈으로는 한계가 있는데.

가장 안정적으로 수익을 올릴 수 있는 헌터 회사를 판매할 대표는 얼마 되지 않을 것이다.

많은 돈을 제시한다면 몇 개의 회사를 인수할 수는 있겠지만 나는 지금 한국에 남아 있는 인구수만큼의 헌터가 필요했다.

내가 머리를 써 봐야 뭐하겠어. 머리를 쓰는 사람을 불러야지.

소파에서 일어나지 않고 발만 이용해 책상 위에 놓여 있는 롱구스를 집어 들었다.

그리고 가족의 번호를 제외하고 유일하게 외우고 있는 현수의 번호를 눌렀다.

—팀장님, 무슨 일이세요? 저 지금 바빠요. 처리할 일이 한두 가지가 아니라고요.

“신입 사원들 붙여줬잖아. 그런데도 바빠?”

—일을 가르쳐야 써먹죠. 무슨 일인데요.

이거 주객이 전도된 느낌인데. 현수가 이 회사 대표라고 해도 믿겠어.

하지만 현수에게 뭐라고 할 수는 없다.

사실 그가 대부분의 일을 처리하고 있는 것은 맞았으니까.

“급히 상의할 일이 있으니까 사무실로 와줘.”

—꼭 지금 해야 되는 말이에요? 나중에 하면 안 돼요?

“응, 안 돼!”

통화가 끝나고 20분이 지나서야 현수가 문을 열고 들어왔다.

대표가 찾는데 20분이나 걸렸다고?

우씨!

소파에 누워 있는 내 다리를 한쪽으로 치우고 엉덩이를 들이민 현수가 부른 이유에 대해 물었다.

"저를 왜 찾으셨는데요. 이상한 말 하면 바로 돌아갈 거예요."

협회장 선거 때문에 수련을 잠시 멈췄더니 아예 날 잡아먹으려고 하네. 조만간 다시 곡소리가 나게 만들어 줘야겠어.

그런 생각은 잠시 뒤로하고 현수를 부른 이유에 대해 말했다.

"몇 년 후에 악마의 탑에서 몬스터와 악마가 범람한다고 설명했었지. 내가 회사를 만들고 돈을 버는 목적이 그들을 막기 위해서잖아. 그런데 지금 우리 인원만으로는 턱없이 부족해. 헌터의 수를 한 번에 확 늘리고 싶은데, 좋은 방법이 없을까?"

현수는 내가 한 말이 자신을 부른 이유로 충분하다고 생각했는지 고개를 까딱거리며 잠시 생각에 빠졌다.

"몬스터와 악마들을 상대로 이기려면 얼마나 많은 헌터가 필요해요?"

"위용욱 정도의 능력을 가진 헌터 3만 명 정도랑 일반 헌터 10만 명 정도면 될 것 같은데."

"그렇게나 많이 필요해요?"

"그럼 당연하지. 국가 간의 전쟁이 아니라 악마와의 전쟁이라고. 지금 내가 말한 것도 최소한의 인원이라고."

"그렇게 많은 헌터들을 우리가 관리하기에는 문제가 있어 보이네요. 그리고 위용욱 정도의 능력을 가진 헌터를 만드는 게 얼마나 힘든지 팀장님도 잘 알고 계시잖아요."

"자질이 있는 사람이라면 충분히 수련을 통해 만들 수 있어."

“그러면 일단 헌터들을 모아야겠네요. 부족한 헌터는 다른 회사와 혹은 국가와 공조를 해서 충당하면 될 것 같네요. 우리만 전쟁을 하는 건 아니잖아요. 가까이 있는 중국도 있고, 미국 그리고 중동 지역까지, 그들과 연합하면 얼추 숫자는 채울 수 있겠네요.”

“나도 그 정도 생각은 하고 있어. 그래도 우리 회사의 헌터들이 일정 부분을 채워야 된다고. 지금 너무 쉽게 생각하고 있는데 본격적으로 악마와의 전쟁이 시작되면 다른 국가들을 믿을 수가 없게 된다고. 누가 적인지, 누가 아군인지 모르는 상황을 이겨 내려면 우리 회사가 가장 강한 무력을 가지고 있어야 하고, 그래야 전쟁에서 승리를 할 수 있어.”

“알겠어요. 그런데 한국에서 영입할 수 있는 헌터의 수는 한계가 있어요. 팀장님이 말하는 인원만큼의 헌터가 한국에 있을 리 없잖아요. 결국 다른 국가의 헌터를 영입해야 한다는 말인데, 중국 말고는 없겠네요.”

“중국? 중국에서 사람을 빼오자는 말이야?”

“팀장님은 벌써 기억에서 지웠을지 모르겠지만, 저는 계속 흑두방의 움직임을 관찰하고 있었어요. 흑두방이 어떤 조직인지는 기억하고 계시죠?”

“나를 뭐로 보고. 당연하지. 화교 출신 조직이잖아. 그리고 그 뒤에는 흑룡회가 있잖아.”

“맞아요. 흑두방에 흑룡회 출신 헌터들이 왔다는 정보를 입수했어요.”

"그래? 그 새끼들은 이 좁은 땅덩어리에 뭐 먹을 게 있다고 자꾸 쳐들어오고 지랄인지. 당장 지워 버릴까?"

"지금 우리 회사의 규모면 흑두방 정도는 식은 죽 먹기니까, 크게 신경 쓰지 마세요. 그림을 좀 크게 그려 보세요. 메모지에 그림 그릴 생각이세요."

"그림을 크게 그리라고?"

현수의 말을 듣고 잠시 생각했다.

우리는 헌터급의 능력을 가지고 있는 많은 사람이 필요하다.

그리고 그런 능력이 있는 사람을 구하기 위해서는 외국으로 눈을 돌려야 한다.

그리고 흑두방과 흑룡회.

답이 나왔다.

"흑룡회의 조직원들을 흡수하자는 말이지?"

"오! 아직 머리가 굳지는 않았네요. 맞아요. 흑룡회의 조직원들이 한국에 들어온 이상 명분은 충분히 만들 수 있어요. 그리고 굳이 우리가 직접 나서지 않아도 흑룡회를 찢을 방법도 있고요."

"그러니까 흑룡회를 찢어서 덩어리를 흡수하자는 말이지?"

"네. 팀장님, 생각보다 머리가 좋으시네요."

자꾸 나를 아이 다루듯이 하는 현수였기에 나는 기분이 나빴다.

현수가 나를 무시해서 기분이 나쁜 것이 아니라 아이 다루듯이 하는 칭찬에 기분 좋아 하는 내 모습에 화가 났다.

뭐, 그래도 욕 들어 먹는 것보다는 백배 낫지.

"흑룡회를 어떻게 붕괴시킬 생각인데? 중국을 실질적으로 지배하고 있는 조직이 흑룡회잖아. 우리 회사가 많은 돈이 있고, 능력이 뛰어난 헌터들이 많다고는 하지만 흑룡회와의 전면전은 큰 피해를 감수해야 하는데."

엄청난 숫자를 자랑하는 흑룡회지만 내가 직접 나선다면 이길 자신은 있다.

하지만 다른 사람을 지키는 것은 자신이 없다.

내 밑에 사람이 늘어나면 늘어날수록 내 행동에 제약이 생기는 것이다.

"누가 전면전을 하자고 그랬어요. 굳이 그럴 필요는 없어요. 큰 조직일수록 높은 곳에 오르고 싶어 하는 사람이 있기 마련이고, 우리가 조금만 긁어주면 알아서 내분이 일어날 거예요."

"무슨 방법이 있어?"

현수는 의미심장한 미소를 지었다.

어디서 저 얼굴을 본 적이 있는데.

거울에 비친 내 미소와 매우 흡사했다.

언어를 배울 때 가장 먼저 배우는 단어가 욕이라고 하더니, 현수도 안 좋은 것만 자꾸 배워서 큰일이네.

『스킬스』 현대편 3권에 계속…

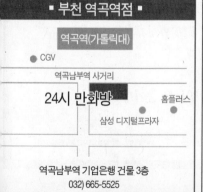

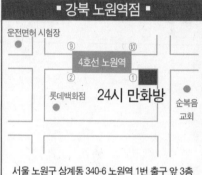

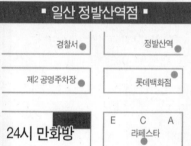

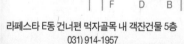

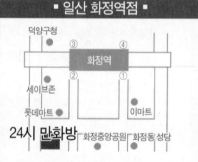

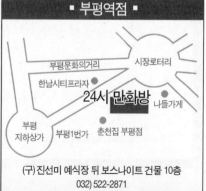

十字星
십자성
전왕의 검
허담 新무협 판타지 소설
FANTASTIC ORIENTAL HEROES

유행이 아닌 자유추구 -
WWW.chungeoram.com